る付喪神

雨月夜道

幻冬舎ルチル文庫

CONTENTS ✦目次✦

恋する付喪神

✦イラスト・金ひかる

✦カバーデザイン＝久保宏夏(omochi design)
✦ブックデザイン＝まるか工房

恋する付喪神

冬が終わりを告げようとしている、ある晴れた昼下がり。

片田舎《かたいなか》にある家の小さな蔵。その格子窓《こうしまど》のサッシに、雀《すずめ》の親子が降りてきた。

春の気配がかすかに感じられる、柔らかな日差しに誘われたのだろうか。

『お母さん。ボク、上手《じょうず》に飛べた？』

『ええ。とても上手だったわ、坊や。初めてだったのに、すごい！』

母親が優しく言うと、子どもが誇らしげに胸を張る。その姿が妙にかっこよく見えたものだから、思わずパチパチと手を叩《たた》くと、親子が驚いたように、こちらに目を向けてきた。

「すごいな！　初めてでそんなに飛べるなんて。おめでとう」

にっこり笑って言ってやると、雀の子は目を剝《む》いて飛び跳ねた。

『お母さん！　あの着物の男の子、ボクたちの言葉が分かるみたい』

『ええ……ああ。あなた、付喪神《つくもがみ》ね？』

コクリと頷《うなず》いてみせると、雀の子が「ツクモガミ？」と首を傾《かし》げる。

『物の精霊よ。作られて百年経つと魂と心を持って、人の形になって動き出す……』

「違うよ」と、袖《そで》をひらひらさせながら、着物姿の少年、付喪神のトキは首を振ってみせる。

「人型になるには、百年経つだけじゃ駄目なんだ。人間に大切に使ってもらわないと」

『あ。そう言えばそうだったわね。でも、だったら今時珍しいわね』

最近の人間は物を大事にしないのに。そう言われ、トキは満面の笑みを浮かべた。

何だか嬉《うれ》しくなる。自分を付喪神にしてくれたあの子が、褒《ほ》められた気がしたからだ。

『ねぇ。ずっと、そこにいるの？』

「うん。ずっとここにいるよ。作られてから、ほとんどずっと」

トキは観賞用に作られた柳葉筆《りゅうようひつ》だ。本来の用途で使われたことがなく、飽きられて桐の箱にしまわれてからは、それっきり。その後数百年ほったらかしにされた。

五年前に付喪神に変化してからも、ここを出たことがない。

『そんな……可哀想《かわいそう》だね。こんな小さくて狭いところしか知らないなんて』

「うん。けど、ここには全部あるよ」

『全部？』

「そう。俺にとって必要で、大事なモノ全部。……今日までだけど」

トキがぽつりと呟《つぶや》いた時、雀の母親が小さく声を上げた。

『いけない！　鴉《からす》が出てきたわ。坊や、早く巣に帰りましょう』

『え？　あ……うん、分かった。じゃ、じゃあね！』

飛び立つ母親を追いかけて、雀の子は行ってしまった。

トキは笑って手を振ったが、視線の端に引っ越し業者のトラックが見えた途端、笑顔がくしゃりと歪《ゆが》んだ。

今日でいなくなってしまう。何百年も桐の箱にしまわれ、放っておかれた自分を大事にしてくれたあの子が……大好きなあの子が！

　この蔵で過ごしたあの子との日々を思い出す。

　かくれんぼをしたり、絵本を読んだり、絵を描いたりと、二人で何かをして、一緒に驚いたり、笑ったり……すごく楽しかった。だから、今日という日が悲しくてしかたない。

　自分も一緒に東京へ行く！　そう言えたら、どんなにいいだろう。

　でも、無理だ。今の自分では、あの子と一緒に東京へ行くことができない。

　行こうと思えば行けるのだが、トキの妖力が弱いのか、東京の空気が汚いのか、街に入ると人型を保てず、ただの筆に戻ってしまうのだ。

　――遊べない、お喋《しゃべ》りもできないトキちゃんなんて嫌だ。

　あの子はそう言った。だから……。トキは懐に手を入れ、一枚の紙を取り出した。

「福の神（座《ざ》敷童《しきわらし》含む）志願妖怪急募！」と書かれた文字を食い入るように見つめる。

　その時、後ろから「トキちゃん」と、愛らしい呼び声がかかった。

　トキは相手に気づかれぬよう、潤んだ目を袖で擦《こす》り、笑顔で振り返った。

　制服姿の小さな男の子と目が合う。こちらを見上げてくる、黒目がちの大きな瞳は赤く腫れ、頼りなく揺れていた。その瞳を見ると胸がぎゅっと詰まったが、トキは一生懸命笑顔を保ちながら、男の子……汐《しお》見《み》要《かなめ》に駆け寄った。

「要！　今日も来てくれたのか？　引っ越しの準備、忙しいだろうにありがと……っ」

突然、勢いよく何かを突《つ》き出される。絵が描かれた画用紙だ。鮮やかな色彩で描かれた、着物姿の凛々《りり》しい少年と、「ぼくのトキちゃん」と書かれた文字。

「ほ、本当は……ぼくの顔、描こうと思ったんだ。トキちゃんに、ぼくのこと忘れて欲しくなくて。でも、トキちゃんのことばっかり、考えてたら……これしか描けなくて」

渡された似顔絵を見ると、鼻の奥がつんと痛くなった。

いい絵だ。まだまだ荒削りで拙《つたな》さは残るが、人を惹きつける魅力をしっかりと持っているし、可能性を強く感じる。

このまま頑張って絵の勉強を続けていけば、どれだけの高みへ行くのか。想像するだけでドキドキするほど溢《あふ》れる才能。美術品の端くれである自分には分かるのだ。

だから、分かるからこそ、たくさん絵の勉強ができる東京に行かせなくてはならないと思う。要の夢が「立派な絵描きさん」だと、知っているだけになおさら――。

「……すごい。すごいぞ！　要っ」

できる限り明るい声を張り上げてトキは、絵の具の汚れが残る小さな手で、半ズボンを握りしめて震えている要を、勢いよく抱き締めた。

「よく描けてる。滅茶苦茶格好いいし、綺麗《きれい》で……て、なんか変だな。自分の似顔絵に格好いいとか、綺麗とか……へへ。でも、本当によく描けてるよ。俺、自分がどんな顔してるか分からないから、説得力ないかもだけど……そうだ！」

要から身を離したトキは蔵中を走り回って、もう使われていない茶碗や皿などの日用品に、似顔絵をかざしてみせた。

「どうだ、お前たち。いい絵だと思うか？」

トキが呼びかけると、呼応するように蔵中の物という物がカタカタ、カチャカチャと音を立てた。トキは笑って、要へと振り返る。

「要、聞いたか？　皆、上手だって褒めてる。これなら、東京の学校でも一番……っ」

トキは口を閉じた。要に、体当たりされる勢いで抱きつかれたからだ。

「ううう……ごめん、なさい。トキちゃん……ひっく、今までいっぱい、心配させたから、ぼく……最後くらいちゃんと、しようって……思った……思ったのに……うう」

「……要」

「ねぇ……また、すぐ会えるよね？　これで最後とか、絶対違うんだよね？」

泣きながらしがみついてくる要に、トキは胸を掻《か》き毟《むし》られる思いがした。

早くに母親を亡くしたせいか、要は内気で繊細だ。おまけに体も小さいし、顔も女の子のように愛らしいから、同い年の男子と馴染《なじ》めないばかりか、苛《いじ》められてもいたようだ。

自分は、そばにいてやることしかできなかった。要は「トキちゃんがいるから平気」と笑ってくれたけど、もうそれさえしてやれない。

――絵描きさんになれなくてもいい！　トキちゃんのそばにいるっ。

そう言って泣きじゃくる要を、東京に行くよう説き伏せるのは、身を切られる思いがした。こんなにも必要としてもらえる。とても幸せなことだ。なのに、自分は要の役に立つことができない。それどころか、こんなにも要を苦しめて――。

自分に力があれば、辛《つら》い思いをさせずにすんだのに。痛々しい要の姿に、謝罪の言葉が喉《のど》元《もと》まで出かかる。だがすんでのところで、トキはそれを飲み込んだ。

駄目だ。ここで謝って弱音を吐いたら、要をますます不安にさせてしまう。要にこれ以上辛い思いをさせないために、自分ができること。それは……、

「……ああ。また、すぐ会えるよ」

頑張ることだ。

「神様の学問所で一生懸命勉強して、立派な座敷童様になる。それで、東京でもどこでも人型を保っていられるようになったら、すぐ要を追いかける！」

神様を養成する学問所の案内が近所の神社から届いたのは、トキが付喪神に変化してすぐのことだった。何でも、今の日本はカクカゾクカによるセタイスウゾウカのため、家に憑《つ》く福の神や貧乏神たちの数が足りず、困っているらしい。

その案内を、トキは無視し続けてきた。そんなものより、要のほうがずっと大事だったから。でも、今のままでは要と一緒にいられないとなると話は別だ。

下級妖怪である付喪神としても半人前の自分が、座敷童だなんて偉い神様になれるのか。

不安でしかたないが、東京で要と暮らすための方法が、それしかないならやるしかない。

「頑張るよ。要のために、いっぱいいっぱい頑張る。だから要も、絵の勉強頑張って…っ」

「……待ってる」と、要の小さな手が、ますます強くしがみついてくる。

「ぼく、ずっと待ってる。絵の勉強も頑張る。それで、もっとかっこいいトキちゃん描く」

ぼくもトキちゃんが好き。ずっとずっと大好き。

いつも言ってくれるその言葉に応えるように、トキは要を強く抱き締めた。

自分も、何があっても要が大好きだ。要は俺の全部。絶対、要を幸せにできる立派な神様になって、いっぱいいっぱい幸せにしてやる！　心の底から思った。それなのに——。

＊＊＊

「……い。おーい、『ラクダイ』さん！」

遠くから聞こえてきた呼び声に、トキはぼんやりと目を開いた。

「……むにゃ？　……あれ？　要……どこ行った……うわっ」

寝惚《ねぼ》けながら要を探しかけ、トキは悲鳴を上げた。座っていた木の枝から落っこちそうになったからだ。声をかけた学友たちも慌てて駆け寄る。

「ラクダイさん、落ち着いて！　ラクダイさん、飛べるでしょ！」

「ええ？　……あ、そうだった」

木の枝にしがみついていたトキがそう言って、ふわりと木の下に舞い降りると、学友たち……一つ目小僧や天狗《てんぐ》と言った異形の子どもたちが呆《あき》れた声を上げた。

「相変わらずおっちょこちょいなんだから。ていうか、その涎《よだれ》。まさか昼寝してたの？」

「それも、要さんの夢見てたとか？」

「え？　あ、いや、これは何というか……ハハ」

着物の袖で口元を拭いながら、笑って誤魔化そうとしたが、皆脱力したように肩を竦《すく》める。

「もうすぐ合格発表が貼り出されるっていうのに」

「落第し慣れているからって、もう少し緊張感持とうよ。僕なんか全然眠れなかったのに！」

寄ってたかって非難してくる子どもたちに、トキは口をへの字に曲げた。

「試験期間中寝れなかったから、今寝てる……て、あれ？　お前たち、試験受けてたっけ？」

「え？　もう！　眠れなかったのはラクダイさんのせいだよ！」

「そうそう！　僕たち、ラクダイさんがどれだけ頑張ってきたか、よく知ってるから……今年も落ちちゃったらって、考えただけで涙出そうで」

「だからね、昨日皆で道真《みちざね》様のところへ行って、お守りもらってきたんだよ！」

これで絶対合格できるよ。と、次々にお守りを渡されて、トキは頬《ほお》を赤く染めた。

この学問所の戸を叩いて幾星霜《いくせいそう》。一刻も早く立派な座敷童様になってやるという意気込みの下、トキは懸命に励んできた。

学問所中の誰よりも夜更《よふ》かしして勉強し、妖力を使い果たしてぶっ倒れるまで修業して……とにかく、自分の思いつく限り、できる限り努力してきたつもりだ。

それなのに、試験は赤点ばかりのびりっけつ。

落ちることなどまずないと言われている、座敷童資格試験にも落ち続けて、とうとう……座敷童になれる年齢制限を過ぎてしまった。

なので、今は座敷童と同種である福の神を目指して資格試験に挑み続けている……が、これも、落ちる者などいないと言われているのに、十年連続不合格。

そうして、いつしかつけられたあだ名が「ラクダイ」。人間世界で言えば、小学校低学年くらいの子ども妖怪たちと、いまだに机を並べて勉強している有り様だ。

前々から、自分が落ちこぼれという認識はあったが、まさかここまでひどかったなんて。すっかり大人の体に成長してしまった己の体を見遣《みや》り、思う。

だが、もっと驚きなのは、こんな自分を馬鹿にする生徒が、ほとんどいないことだ。

最初こそ「別の道を探せ。時間の無駄だ」何だと言ってきたりするが、数年もすると「こんなにも頑張ろうと思わせる人間なら、きっと素敵な人に違いない。絶対に幸せにしてね」と、応援してくれるようになる。

本当に、気のいい連中だ。そして、それと同じくらい、こうも思う。

（……要、すごいな）

会ったこともない妖怪たちをここまで心変わりさせるとは、なんという魅力だ！

（俺、要を好きになってよかったなあ）

とても誇らしい。が！　誇らしく思うだけでは駄目だ。要のためにも、この子たちの期待に応えるためにも、今年こそは何が何でも合格したい！

その時、どこからか泣き声が聞こえてきた。見ると、クラスメイトの猫又が可哀想なほどに大きな獣の耳を下げて、泣きながらこちらに歩いてくる。

「猫又？　どうしたんだっ。何か悲しいことでもあったのか？」

慌てて駆け寄り、顔を覗《のぞ》き込んで尋ねると、猫又はふるふると首を振った。

「うう……違うの。ひっく……悲しいとかじゃなくて……ラクダイさんが、合格したから」

手拭いで猫又の涙を拭おうとしていたトキの手が止まった。

「い、今……なんて……？」

「あのね、さっき広場で、合格者が貼り出されていたんだけど、そこにラクダイさんの名前があったの。だから、おれ……おれ、嬉しくて……あ」

最後まで聞いていられなかった。慌てて立ち上がったトキは、広場に向かって走った。

貼り出されている合格者一覧を見上げる。

自分の名前を見つけた瞬間、トキはその場に崩れ落ちてしまった。

十年……いや、座敷童を目指していた期間も入れると、十五年かかった。

十五年。思ったより時間がかかってしまったが、これで……これでようやく、要のところへ行ける！　約束を守れる！　そう思った時、突如体を浮遊感が包み込んだ。

「ラクダイさん、おめでとう！」

「おめでとう！　これで要さんのところへ行けるね」

学友たちやその場にいた妖怪たちが胴上げしてくれる。

よく見ると、他の学部の生徒たちも校舎の窓から身を乗り出し、ノートをちぎった紙吹雪《かみふぶき》を飛ばしながら、「おめでとう」と叫んでいる。

その顔は、どれも笑顔で温かい。皆、自分の合格を我が事のように喜んでくれている。それがひしひしと感じられて、トキは目頭が熱くなった。

「ありがとう……ありがとう、皆！　俺、要を絶対幸せにす……」

「くぅおらあ！　じゃりガキどもっ」

突如、沸き返る広場に全てを掻き消すような、すさまじい怒号が轟《とどろ》いた。

「授業サボって何騒いでんだ。減点食らわすぞ！」

持っていた竹竿でぴしゃりと地面を叩きながら、青い狩衣《かりぎぬ》をだらしなく着崩した若い、咥《くわ》え煙管《キセル》の男ががなった。瞬間、その場にいた全員が「わあ！　恵比寿《えびす》様だ！」と悲鳴を上げ、脱兎《だっと》のごとく逃げ出した。トキを胴上げしていた者たちも例外ではなく、トキを放って逃げていく。おかげで、トキは思い切り尻餅《しりもち》を突いてしまった。

「……ってえ。いきなり放り出すとか、ひど過ぎ……わっ！」

「やっぱり騒ぎの主はてめえか。毎度毎度面倒臭え騒ぎばっか起こしやがって」

トキの帯に釣り針を引っかけ、持ち上げて、男……恵比寿天が睨《にら》みつけてくる。

トキは、にへらと照れ笑いを浮かべてみせた。

「へへ、すみません。皆、俺が合格したこと、すごく喜んでくれて……あ！　そうだ。恵比寿様、ありがとうございます。恵比寿様のえげつないアカハラ……いえ、愛あるしごきのおかげで、俺試験に合格できました！　ホント、なんてお礼を言ったらいいか」

「ちっ、なんで受かるんだよ」

竹竿で釣り上げられた状態でぺこぺこ頭を下げるトキに、背を向けながら恵比寿がぼそりと呟く。小さな声だったが、しっかり聞こえてしまったトキは「ええっ」と声を上げた。

「ひどい！　普通、十五年間も落第し続けた超不出来の問題児が合格したら、感動のあまりむせび泣くもんでしょ。それなのに……っ」

「自慢げに超不出来とか言ってんじゃねえよ。……とにかく、ちょっと来い。話がある」

恵比寿はトキを釣り上げている竹竿を肩にかけ直し、歩き出した。

トキが連れて行かれたのは、進路指導室だった。そこには、恵比寿と常に行動をともにしている大黒天《だいこくてん》が待っていたのだが、その姿を見てトキは密かに眉を寄せた。

最近の人間は老人よりもイケメンを敬うのがトレンドと聞いて、恵比寿と一緒に老人から若い男へと変化するまではよかった。だが、アルマーニのスーツに赤い頭巾《ずきん》を被《かぶ》って、米俵の上に胡坐《あぐら》をかく男なんて、いくら顔がイケメンでも全然敬う気になれない。

なんて、トキが思っていることなど知る由もない大黒は、「まあ座れ」と大仰な言い方で、自分の前の畳を鷹揚《おうよう》に指差してきた。

トキが言われるままに座ると、恵比寿も定位置の、大黒の隣に胡坐をかく。

「恵比寿。例の件、いつしてくれる？」

恵比寿が座るなり、大黒がせっつくように声をかけた。

「こやつが合格したら、何でも言うことを聞くと言うたは、ぬしぞ。よもや忘れたわけでは」

その言葉で、トキはようやく恵比寿の機嫌が悪い理由を悟った。

好きなのか、暇なのか。二人はよく賭け事をする。明日の天気は何かとか、明日の弁天《べんてん》の着物は何色かとか、細々したことを一々賭けては、勝った負けたと騒いでいる。

今回はトキの試験の合否で賭けて、大黒が勝ったのだろう。と、そこまで考えて、トキは少しムッとした。人の試験結果を賭けの対象にするなんて、神様と言えど失礼ではないか？

（俺はものすごく真剣にやってるのに、ひどくね？　……でも、待てよ？）

トキが合格するほうに賭けてくれたということは、大黒はそれだけ、自分のことを信じてくれていたということか？　そう思うと、賭けのネタにされた怒りも忘れて嬉しくなったが、

「勘違いするな」

トキの心を見透かしたように、大黒が冷ややかに言ってきた。

「わしがぬしの合格に賭けたは、恵比寿が不合格に賭けたゆえじゃ。両方不合格に賭けては賭けにならぬゆえな。本来なら不合格に賭け……いや、落ちて欲しかった」

「そんな……」

ひどいと言いかけ、トキは口を閉じた。大黒たちの顔がいつになく真剣だったからだ。

「まさか……『名づけ人』存命中に、『名呪《なしゅ》』のかかった付喪神が福の神試験に受かるとは」

「本当になあ。普通なら、五百年修行したってなれねえのに。こんなこたあ前代未聞だ」

名呪とは、人間に名前をつけられることで起こる呪いのことだ。

人間に名づけられた付喪神は、存在をその人間に縛られて、本来の数十分の一しか力を出せなくなってしまう。

トキが東京の汚れた空気に人型を保てなくなったり、誰もが受かると言われている座敷童試験に落ち続けたのも、この名呪のせいだと、大黒たちから教えられた。

そして、この呪いを解く方法はただ一つ、名前とともに名づけ人の記憶を捨てること。そうすれば、本来の力を取り戻せるとも言われた。

普通の付喪神なら、この段階で名前も記憶も捨てる。

「名づけ人がこっちのこと忘れてるんじゃ、こっちも覚えてる意味なんざねえってのに」

そうだ。……覚えていないのだ。

どんな形であれ、付喪神を手放したら、名づけ人は付喪神との記憶を失ってしまう。

それを初めて聞かされた時、にわかには信じられなかった。

あんなに自分のことを思ってくれている要が、自分のことを忘れるなんてありえない。

そう思って、お盆に祖母の家に帰省していた要の元へ、禁忌を犯して駆けつけた。しかし、

――お前なんか知らない。どっか行けよ。

薄気味悪いモノを見るような冷え冷えとした目で、そう言い捨てた要の姿が脳裏《のうり》を過《よぎ》る。

あの時は、本当に辛かった。今思い返してみても、胸が張り裂けるような錯覚を覚える。

それでも、しばらくしてトキはこう思った。

忘れてしまったのなら、また最初からやり直せばいい。

一度仲良くなれたのだ。だったらもう一度最初から仲良くなっていけば、元の関係に戻れる。何の問題もない！　そう自分を奮い立たせ、この学問所で励んできた。

しかし、念願の座敷童になることはできなかった。ならせめて、福の神として要の役に立ちたいと勉学に励み、今回ようやくその資格を得たわけだが……。

「トキ、元付喪神である福の神の掟《おきて》を申してみよ」

「……『福の神は、人間相手に自分本位の行為をしてはいけない』」

「それから？」

威圧的に問われる。トキはにっこり笑って、はっきりと答えてみせる。

「『福の神は決して、人間に接触してはならない』」

そう……座敷童と違い、福の神は人間との接触を固く禁じられており、破ると重い天罰が下ることになっている。

だからもう、要と仲良くなることはおろか、話すことさえできない。

「それでも、その人間の元へ行くつもりか」

「はい！」

元気よく即答してやると、恵比寿が苛立《いらだ》ったように舌打ちした。

「これだから、名呪のかかった付喪神は嫌なんだよ。忘れられても話せなくてもいいからそばにいてえだの、役に立ちてえだの。そういう暑っ苦しいのは、最近流行《はや》ってねえっての」

「いや……流行りとか、そういう問題じゃ」

「そういう問題だ」

大黒と恵比寿、二人同時に語勢《ごせい》を強めて言った。

「トキ、考えたことはないか？　なにゆえ、名呪だの何だの、付喪神と人間の仲を引き裂くような呪いや決まりばかりあるのか」

「それは……大黒様たちが意地悪だから？　……いって！」

「馬鹿。お前ら付喪神のためだ。知ってるだろ？　近頃の人間には真心ってもんがねえ。俺たち神への信心もそうだが、道具への心も失った。昔は百年でも使ってやろうってくらい大事にしてたのに……物さえ大事にできねえ輩《やから》が、心あるモノを大事にできるわけがねえ」

暗い瞳で、恵比寿はきっぱりと言い切る。隣にいる大黒も、同じ目をしている。

「わしらはこれまで、ぬしのように、名づけ人に添い遂げようとした付喪神を何人も見てきたが、ここ百年、結果は皆悲惨の一言」

尽くすことが生き甲斐《がい》である付喪神に甘やかされ続けて、人が変わってしまった名づけ人が、付喪神を利用し虐げたり、望んだ愛情をもらえず、恨みに思った付喪神が祟《たた》り神になってしまったり……幸せになれた者は一人もいなかった。

「付喪神と今の人間では幸せになれぬ。ゆえに、我らは呪いや決まりを作った。恋愛脳な付喪神に、いくら言い聞かせても聞かぬゆえな」

「で、でも、福の神になれたら、要のところへ行っていいって」

「それも、お前らを諦めさせるための方便だ。何でもかんでも駄目って言うより、どんなに低くても可能性を残しておいてやるほうが、案外諦められるもんだからだよ。それだってのに、お前はそれを全部かいくぐっちまった」

「そりゃあ『前代未聞の天才』ですから！　はは……いたっ」

おどけて胸を張ってみせると、釣竿で思い切り頭を引っ叩かれた。

「もったいねえ。数百年に一人の天才が、たかが人間のためにその才能を溝《どぶ》に捨てるなんて」

恵比寿が盛大な溜息《ためいき》を吐《つ》く。なので、トキは居住まいを正し、改めて二人に向き直った。

「大黒様、恵比寿様。箱の中に何百年も、虫に喰《く》われる恐怖に怯《おび》えながらしまわれて、放っておかれる気持ち、どんなだか分かりますか？　……地獄です」

光も差さない真っ暗闇に独りぼっちで居続けなければならない孤独感。絶望感。そして、自分を包んでいる綿にじわじわと虫が侵食してくる恐怖。

なぜ、自分がこんな目に遭わなければならない？　こんなにも放っておくのなら、なぜ自分を作った？　これならいっそ、生まれてこないほうがよかった！

そんな、嫌な感情に押し潰されたまま、虫に喰われるしかなかった自分を、要は助けてくれた。それだけでも感謝に絶えないが、要は桐の箱から救い出してくれた後も自分を大事に扱い、付喪神にしてくれた上に、楽しい思い出をたくさんくれた。

「いくら感謝しても全然足りない。それくらいの恩を受けました。でも、俺はまだ、その恩を何一つ返せていません。だから、返しに行かないと。要が忘れてしまったからって、俺の受けた恩が消えるわけでも、返さなくてよくなるわけでもない。そうでしょう？」

聞き返すトキに、恵比寿は面倒臭そうに舌打ちした。

「ったく。なんでそう思えるかねえ。いくら恩を返そうが何しようが、その人間とズッコンバッコンしてえってお前の願望は、絶対叶《かな》わねえってのに」

「わ、分かってます。たとえ、要とズッコンバッコンできなくても、俺は……はぁっ？」

そこまで復唱したところで、トキは素《す》っ頓狂《とんきょう》な声を上げた。

「何です、その表現！　違います。俺の要への思いは、そんなんじゃないです！」

自分の要への気持ちは、一片の曇りもない蒼天《そうてん》のように清らかで、純粋で、美しくて！　と、トキは力説したが、大黒が「純情ぶるな」と鼻で嗤《わら》う。

「知っておるのだぞ。ぬしが夜な夜な『要……要っ……可愛《かわい》い……俺の天使っ！』などとほざきながら、己を慰めておるのを。全く、仮にも日本の妖怪の分際で『天使』とは何事」

「オ、オカズにするくらいいいでしょう！　それに、天使を天使と言って何が悪い」

「お前、突っ込むのそこかよ。もっと他に気にするところあるだろ」

「へ？　……ああ。そう言えば、二人とも何でそのことを？」

トキが首を傾げると、「それはな」と恵比寿が意地悪く口角をつり上げ、大黒を指差す。

「大黒が毎晩オナってるお前をガン見してたからだよ。ほら、こいつ盗撮物好きだから」

「！　そんな……そんなのあんまりです！　セクハラですっ」

大黒は福の神であると同時に、子作りの神様でもあるから、筋金入りのスケベだと知ってはいたが、まさかそういう方面でも温かく見守られていただなんて！

「ふん！　己の一物《いちもつ》に感謝するのだな。形、色、大きさ、全てにおいてわし好みであったから、将来性のない超問題児のぬしを、この学問所においてやったのだ」

「わあ！　聞きたくなかったよ、そんな事実！」

あまりにもひどいぶっちゃけ話に、思わず自分の股間《こかん》を隠しながらトキは抗議したが、大黒は止まらない。おもむろに懐から、愛読書『四十八手図式表』を取り出して、

「それで？　ぬしは何があっても、『人間とは接触しない』という決まりを守れるのか？　例えば、その人間がぬしの前で誰かと、『燕返《つばめがえ》し』や『菊一文字《きくいちもんじ》』で組んず解《ほぐ》れつしてても！」

肌色《はだいろ》ばかりのページを突きつけ、鼻息混じりに詰問してくる。

突きつけられた刺激的な絵柄の数々に、うっかり要を当てはめてしまい頭がクラクラしたが、慌ててそれらを振り払うように首を振ると、トキは大黒を挑むように睨み返した。

「お、俺の望みは要の幸せだけです！　要が誰かと『立ち鼎《かなえ》』やろうが『鵯越《ひよどりご》えの逆落《さかお》とし』やろうが、温かく、全部、がっつり！　見守ってやります！」

「……いや、そこはわざわざ鑑賞する必要ねえだろ」

「あ……で、でも！」

「何だよ。セックス見ながらオナるのは許せとでも言う気か」

「いえ、その……見守るだけなのもアレなので、ちょっとなら……手助けしてやってもいいですよね？　脱ぎ散らかした靴を揃《そろ》えてやるとか、切れそうなトイレットペーパーを替えておいてやるとか、彼女いるのにコンドーム切らしてたら、ネット通販してやるとか」

「全然ちょっとじゃねえじゃねえか！　大体お前はな……」

「恵比寿、まあ待て」

力一杯突っ込む恵比寿をやんわりと制しながら、大黒が懐に手を入れた。

打ち出の小槌《こづち》を取り出し、二度振る。するとそこに、何百冊もの大学ノートが姿を現した。

「これら全てに、その人間の行動を逐一書き連ねていけ。何を食ったか、何をしたか、誰と致して、どんな体位で、何分持ったか、勃起《ぼっき》時の色、形、大きさはどんなか……っ」

「大黒」

「……失敬。とにかく、詳《つまび》らかに、克明に記せ。さすれば、その人間が今現在どのような性格で、何を真に欲しているか見えてくるはず。手助けは、その後でも遅くはなかろう」

大黒のその言葉に、恵比寿が大きく目を見張る。

「大黒。それはつまり、こいつを行かせるつもりか？」

「恵比寿。やはり……こやつはもう、己の思いに殉じる覚悟を決めておる。ゆえに、我らが何を言うても詮無きこと。ぬしも分かっておろう？」

大黒がそろりと言うと、恵比寿は渋い顔をした。そして、しばらくの逡巡《しゅんじゅん》の後、溜息交じりに竹竿を振り上げ、トキの頭をちょんと叩いた。

瞬間、トキの頭から青々と揺らめく火の玉が飛び出した。恵比寿はそれをすくい取り、両手で包み込むと、ポンッという音とともに、火の玉が小槌へと姿を変えた。

「今日からは、この小槌を使え。一人前になった福の神は、自分の魂で作った小槌を使う決まりだからな。ほら。大事に扱えよ。これが傷つくとお前自身も傷つくからな」

「は、はい。ありがとう、ございま……っ」

おずおずと小槌を受け取るトキの頭を、恵比寿はもう一度竿で叩いた。

途端、トキの着ていた着物が一瞬にして朱色の狩衣へと変化した。

「大黒の狩衣をくれてやる。ありがたく使うように」

「恵比寿。本人の許可なく、何をしておる」

大黒が非難がましく恵比寿を睨んだが、恵比寿は無視して居住まいを正す。

「いいか。大黒はこんなだが、一応最高位の福の神だ。その大黒の狩衣を着ていくんだ。福の神の威信に賭けて、必ずその人間を幸せにしてこい」

笑顔で言われたその言葉に、トキは顔を輝かせ、勢いよく頭を下げた。

「あ、ありがとうございます！　必ず、要を幸せにしてきま……」

「待て」

大黒がトキの言葉を遮る。自分の被っていた頭巾を取り、「これも持っていけ」とトキの頭に被せてくるので、トキは目を丸くした。

「い、いいんですか？　この頭巾、気に入ってたんじゃ」

「馬鹿者。気に入る、入らぬの問題ではない。これこそが、我が衣装にとって最も重要な物ゆえな。わしの衣を、と言う以上やらぬわけにはいかぬ」

最も重要？　トキが首を捻《ひね》ると、恵比寿がにやにやと笑いだした。

「なんだ、知らないのか？　大黒の格好はな、男の一物を表しているんだぞ？」

「……は？」

「座ってる俵二つが布久利《ふぐり》。頭巾が亀頭。だから、イメチェンするにしても、この二つだけは絶対変えられねえんだよ」

「そのとおり。ゆえにな、ぬしはわしの亀頭を常に頭に乗せておると思うて、日々精進を」

「謹《つつし》んでお返ししますっ！」

話の途中で力一杯叫んで、トキは大黒に頭巾を突き返した。

「こんなもんっ……いえ、こんな大事な物を俺なんかがもらうわけには……ぎゃっ」

「まあまあ。遠慮せず受け取れって。大黒の亀頭頭巾」

「そうじゃそうじゃ。遠慮は無用ぞ」

にやにや顔の恵比寿に羽交い締めにされ、これまたにやにや顔の大黒に頭巾を押しつけられる。そんなものだから、トキは「やめてくれええ。助けてええ」と盛大な悲鳴を上げた。

「あ、ラクダイさん。また大黒様たちにからかわれてるよ」

「あの悲鳴を聞けるの、今日で最後か。寂しいね」

木霊《こだま》するトキの悲鳴を聞きながら、生徒たちがしんみりと呟いた。

進路指導室からの帰り道。不快感が半端ない頭巾が乗った頭に手を遣り、トキは唸《うな》った。

（……ううう。最後まで滅茶苦茶なんだから。餞別《せんべつ》もこんな、大学ノートの山……）

と、ノートの山を見返したところで、トキはふと足を止めた。

（こんなにたくさん、要が俺じゃない誰かと結ばれるのを見なきゃならない……くそっ）

今更、何を動揺している！　もうとっくに、覚悟を決めたはずだろう？

要はもう二十七だ。恋人が必ずいるはずで……いや、もしかしたらもう結婚して、甘い結婚生活を送っているかもしれない。

だったら自分は、要の幸せのために、その女性も好きにならなければならなくて……。

――……ったく。なんでそう思えるかねえ。いくら恩を返そうが何しようが、お前の願望は絶対叶わねぇってのに。

（「なんで？」　そんなの……）

トキは懐から、綺麗に折りたたまれた一枚の紙を取り出した。要がくれた似顔絵だ。

――また、会えるよね？　……待ってる。ぼく、ずっと待ってる。

涙でくしゃくしゃに濡れた、愛らしい顔を思い浮かべながら、色鮮やかな少年の似顔絵と「ぼくのトキちゃん」という文字に、苦笑する。

あれから十五年。色んなものを見て、たくさんのものに出会ってきた。

神界、人間界、魔界……この世はどこまでも果てなく、無限に広がっている。

それでも、一番に思うのは十五年前と同じ。最後に向けられた泣き顔を笑顔にしてやりたい気持ちと、約束を守りたい気持ち。……自分は、要を好きでいることをやめられない。

だったら、この息の根が止まるまで思い続ける。それだけだ。

（……待ってろな？　要）

俺はちゃんと、約束守るから。独り言《ご》ちながら、似顔絵を大事にしまった時だ。

前方から何かがわらわらと近づいてきた。

それは、古びた道具たちだった。

茶碗。皿。しゃもじ。やかん。柄杓《ひしゃく》。火鉢。洗濯板。盥《たらい》。それらに、目と口、枝のように細い手足がそれぞれついていて、その小さな足でトコトコと走ってくる。

トキの元まで駆けてくると、道具たちはピョンピョン跳ねながら、手を打ち鳴らしたり、陽気に踊ったりしながら、トキを取り囲んだ。

「ああ、もう合格のこと聞いたのか？　ありがとう！　お前たちのおかげで合格できたよ。これでようやく、要のところへ行けるぞ」

トキが胸を張ってみせると、道具たちはますます嬉しそうに飛び跳ねる。

彼らは、トキとともに要の祖母の家の蔵にしまわれていた道具たちだ。

彼らもトキと同じく、人間からの愛情不足で付喪神になることができなかったが、付喪神化したトキと要に大事に扱われ、後一年待てば念願の付喪神になれるはずだった。

しかし、要の祖母が中身ごと蔵を処分してしまったため、その夢は叶わなかった。

——後一年で、付喪神になれたのに……。そしたら、ぼくたちも要と遊べたのに……。

彼らの嘆きの念は深かった。そしてその思いが、彼らを付喪神の出来損ないの妖怪、九十《つく》九神《もがみ》へと変化させた。

とはいえ、彼らに恨みの念はない。あるのは要への思慕ばかりで、トキの計らいでこの学問所で働くようになってからも、要のために努力するトキを一生懸命助けてくれた。

(こんなに喜んで……本当にこいつら、要のこと好きだよな)

要のそばに行けない彼らの分も頑張らなければ。胸の内で改めて思っていると、やかんが歩み寄ってきて、数枚の紙の束を差し出してきた。

「何だ？　何々……『汐見要の現住所』っ？　あ……調べてくれていたのか」

尋ねると、九十九神たちが皆して胸を張り、えへんとポーズして見せる。

「すごいな。よく調べてくれた……っ！」

卒業するまで、要のことを調べるのは禁止されていたから助かると、東京の住所を走り読んでいたトキは、とある注意書きを目にして、息を呑《の》んだ。

「『二週間前、交通事故で左腕を骨折。現在、祖母宅に戻り療養中』っ？　そんな……身の回りの世話をしてくれる人間はそばにいないのか？　お、奥さんとか、恋人……とか」

奥さん。恋人。口にしただけでズキリと痛む心を無視しながら尋ねてみる。

すると、九十九神たちは首を振るばかり。

「一人、なのか？　骨折してるのにっ？　じゃ、じゃあ早く行ってやらないと！」

素っ頓狂な声で叫んで、トキは一目散に駆け出した。


慌ただしく学問所の人たちに挨拶をすませたトキは、とりあえず数百冊のノートと大黒の狩衣七着、自分の分身である打ち出の小槌だけを袋に詰めて、学問所を飛び出した。

高天原《たかまがはら》から天の川で下界に滑り降り、近くにあった受付へと走る。ここは人間界総合案内所だ。全国の寺社仏閣と繋《つな》がっており、目的の場所に飛べるようになっている。

「その住所でしたら、『ろ』の列の六十五番の扉をお通りください。そこから」

親切な巫女《みこ》受付の説明を受けた後、教えられた神社の扉に向かう。

扉を開くと、その先には白銀の世界が広がっていた。

小高い山の上にある神社の境内《けいだい》から見える山々は真っ白で、田畑も数えるほどしかない人家も皆雪に覆われている。そう言えば、人間界は冬だったか。

（こんなに寒いなんて……要の怪我《けが》、この寒さで悪化してないよなっ？）

焦燥感が余計に噴き出す。トキは音速の勢いで空を飛び、要の家を目指した。

十五年経ってもあまり変わっていない寂れた村を突っ切り、村はずれにぽつんと一軒だけ建っている日本家屋に突っ込む。

（要！　大丈夫かっ……て、あれ？）

壁をすり抜けて家の中に突っ込んだトキは、目を丸くした。見覚えのない無人のキッチンが、目の前に広がっていたからだ。

家を間違えたか？　外に出て表札を確かめる。間違えていない。ここは汐見家、要の家だ。

（なんだ、改装してたのか。……あ、タイヤの跡）

どうやら、今は出かけているようだ。

車の運転ができるくらいには元気らしい。そのことにほっとしつつ、トキはひとまず家に引き返すことにした。この雪の中運転なんて心配だが、行き先を知らないからしかたない。

要の家に戻ったトキは、まず福の神の寝床になる神棚を探した。

この家は旧家だから、先祖代々憑いている神がいるかも。と思ったが、神棚はもぬけの殻だった。要の祖母が亡くなって以来空き家になったことで、どこかへ行ってしまったらしい。

では遠慮なくと、体を小さくして神棚の中に入る。なかなかいい部屋だと感心しながら荷物を置き、一息吐く。だがすぐに、トキはそわそわして落ち着かなくなった。

要の怪我が心配で文字どおり飛んできたが、これからどうしよう。

（部屋が冷えてたから、エアコンでもつけておこうかな？　後、体も冷えてるだろうから風《ふ》呂《ろ》の準備も……いや、そこまでやったら不審に思われるか）

あれこれ考えながら、手持ち無沙汰《ぶさた》にしていると、腹に何かの感触を覚える。

手をやってみると、懐から九十九神たちに渡された紙の束が出てきた。

そう言えば、一枚目の住所についての記述だけで読むのをやめてしまったが、他の紙には何が書いてあるのだろう？　何の気なしに二枚目を見てみる。

それは、要がとある有名なコンクールで賞を取った山水画のコピーだった。

月夜に浮かび上がる、岩肌が剝き出した山々を背景に、松の枝に留まる一羽の鴉。

構図、世界観。どの観点から見ても一流だ。

他の絵も……コピーなので、細かな色合いや筆運びは判別できないが、構図、遠近感、濃淡の色合い、絵全体から発せられる空気まで、全てが緻密に計算され、一つの世界を完璧に創り出している。

ここまでの業を身につけるまでに、どれだけの修練を重ねたことか。想像もできない。

（お前、約束どおり……立派な絵描きさんになったんだな）

渡された紙の束の最後に書かれた、「現在、要は期待の新鋭水墨画家として活躍中」という文字に、じわりと涙が滲《にじ》む。

もう二度と自分の似顔絵を描いてはもらえないが、ここまで立派な絵が描ける男になってくれていた。それだけで、嬉しくてしかたない。ただ――。

（……なんか、ずいぶん作風が変わったな）

トキの記憶では、要は日向《ひなた》で戯れる雀の子など、温かくほのぼのとしたモノをモチーフに選ぶことが多かったが、今は寒々しくて悲しげなモノばかりだ。

そして、一番驚いたのが色だ。

要は色にとても拘《こだわ》る性質だった。気に入る色ができるまで、何日も絵の具を配合し続けたり、拾ってきた木の実や石をすり潰して、自分で色を作ってみたり……とにかく色にかけては、妥協を一切許さなかった。それなのに、現在の代表作に有彩色の絵は一枚もない。

（東京に行って、好みが変わったのか？）

十五年前にもらった似顔絵とコピーを見比べながら、首を捻った時だ。

外から、物音が聞こえてきた。神棚の窓から外を見ると、家の庭に入ってくるワゴンが見えたので、トキは思わず立ち上がった。

要が……要が帰ってきた！　要に会える！

（こ、この格好、変に思われないかな？　特に、この亀頭頭巾とか……いや！　俺は別に姿を見せるわけじゃないからいいんだ！　でも……えっと……っ）

まとまらない思考の途中で、トキは飛び上がった。

二階に上ってくる足音が聞こえる。まさか、この部屋に来るつもりか？　まだ、心の準備ができていないのに！

だが、そんなトキの動揺など知るかとばかりに、襖《ふすま》がかすかに動いた。入ってくる！

（ああ、要……どれだけ可愛く成長したんだろ。天使の成長版だから、女神みたいな…っ！）

失神してしまいそうなほど胸を高鳴らせながらそこまで考えた刹那、トキはぎょっとした。

真っ黒なズボンとシャツを着た、すらりとした長身。知的さが漂う眼鏡《めがね》。日鼻立ちの整った青白い顔……に、この世の不幸を一身に背負ったような、辛気臭い仏頂面を浮かべた男が部屋の中に入ってきたからだ。

（え……え？　あ……あれが、要？）

今まで会ったどの疫病神よりも陰気臭い顔をした、うっかり背後に魔界の扉でも見えてしまいそうなほど負のオーラを放ちまくっている男が、あの愛らしい天使の成れの果て？

（あ、あんなに……あんなに可愛かったのに！　……い、いやいや！）

トキは首を振った。自分はなんてことを考えている。要を好きな理由は容姿か？　それとも、容姿が変わってしまっただけで冷めてしまう安い愛情か？　違うだろう！　……でも。

（本当に……アレ、要かな？）

ものすごく本人確認がしたい。確かに、左腕をアームホルダーで吊ってはいるが、もしかしたら偶々同時期に左腕を折った、要の友だちかもしれない。

往生際悪く思っていると、どこからか電子音のような音が聞こえてきた。

「……はい、汐見です」

ポケットからスマホを取り出し、表情同様、聞いただけで心を晴天から真っ暗闇に変えるような声音で男がそう名乗るので、トキは口をあんぐりさせた。駄目だ。やはり本人だ。事故のショックで気持ちがナーバスになっているとか？　だが、それを差し引いても、この変貌《へんぼう》ぶりはひどい。面影が全然ないではないか！

ショックのあまり眩暈《めまい》がした。しかし、要を見ているうちに、だんだん――。

「結構です。別に大したことないですよ。骨折したのは利き腕じゃないし、障害も残らないし。ただ……結構です。とにかく、復帰したら連絡します。それじゃ」

話の内容的に仕事相手のようだが、あのようなつっけんどんな言い草はよくない。いや、電話の応対に限らず、あそこまで負の気をまき散らすのはまずい。疫病神を吸い寄せてしまいかねない。ああいう気が、疫病神は大好きなのだ。

（今日だけ、とびきり機嫌が悪いってんならいいんだけ……どっ？）

ドキリとした。要が突然、こちらに顔を向けてきたからだ。

（もしかしてバレた？　いや、そんなはずねえ。神棚の中は人間には見えないはず……っ）

尻餅を突く。要が神棚に手を伸ばしてきたかと思うと、乱暴に揺さぶり始めたのだ。

その上、親の仇《かたき》を見るような、怒気に満ちた表情までしていて……何がどうなってるっ？

あまりに予想外の展開に、トキは荷物を抱えて慌てふためいた。だが、ミシミシと神棚が軋《きし》む音を聞いて、はっとした。まさか、要は神棚を壊すつもりなのか？

ぞっとした。神棚を壊すような罰当たりに、福の神は憑くことができない。だから、出て行かなくてはならないが、福の神に見放された人間は、漏れなく貧乏神に憑かれてしまう。ただでさえ疫病神に憑かれそうなのに、さらに貧乏神にまで憑かれてしまったら、不幸のどん底だ！

「……駄目だ。それは……それは駄目だっ！」

トキは思わず、神棚から飛び出した。

要が「わっ」と声を上げて、尻餅を突く。だが、そんな要を意に介さず、トキは等身大の大きさに戻ると、尻餅を突いた体勢のまま固まっている要の両肩を勢いよく掴《つか》んだ。

「駄目だろう、神棚を粗末に扱っちゃ！　こんなことしたら罰が当た……ぐえっ！」

トキは蛙《かえる》の潰れたような声を上げ、後方に吹き飛んだ。要に思い切り腹を蹴《け》られたのだ。

「ううう……いきなり、ひどい……わっ！」

蹴られた腹を抱え、呻《うめ》いていたトキは慌てて飛びのいた。要が近くにあった箒《ほうき》を手に取り、思い切り振り落としてきたからだ。

「出て行けっ！　泥棒っ」

逃げ惑うトキに、要が鬼の形相で箒を振り回す。

「今なら、警察は呼ばないでいてやる。盗んだものを置いて、とっとと出てけっ」

どうやら、要はトキを空き巣か何かと勘違いしているらしい。

ひどい誤解だ。けれど、それよりも……敵意剝き出しで睨んでくる要に、トキの心はジクジク痛んだ。

やはり、要は自分のことを覚えていない。必ず会いに行くという約束も忘れている。

分かっていたことだが、実際事実を突きつけられると心が軋む。

だが、トキはすぐに首を振ってその感情を打ち消す。感傷に浸っている暇はない。とにかく、今は要を説得しなければ。トキは逃げるのをやめ、要へと向き直った。

「汐見要、よく聞け。俺は泥棒じゃない。福の神だ！」

「……は？」

思わずといったように、箒を振り回していた要の手が止まる。

「……福の神、だ？」

「そうだ！　ほら、打ち出の小槌だってあるし……あ。ちなみに、名前はトキだ」

懐から打ち出の小槌を取り出し、かざしてみせるが、要の表情は強張るばかりだ。

「な……何、訳の分からないこと言って……っ」

要は再び箒を振り落としたが、はっと息を呑んだ。箒がトキの体をすり抜けたからだ。

「俺は福の神だからな。油断しなければ、そんな攻撃は効かない。他にも」

こういうことができるんだぞ。そう言って、トキはふわりと体を宙に浮かせ、壁や家具を

すり抜けながら、縦横無尽に飛び回ってみたり、姿を消してみせたりと、あらん限りの力を披露してみせた。要の目が、ますます呆気《あっけ》に取られたように見開かれる。

よし！　ここまで力を見せつけてやれば、十分だろう。そう、思ったのだが……。

「……だから何だ。人の家に不法侵入しておいて、ふざけるなよ」

「え？　ええっ？　何だよ、その反応。壁すり抜けたり、空飛んだり、すごいだろ？」

「そんな手品、テレビで腐るほどやってる。それなのに、何が神様だ。馬鹿じゃねぇの」

トキは絶句した。人間の科学力の進歩は目覚ましいものがあると、授業で習ってはいたが、まさかこの力を手品扱いされるとは思いもしなかったのだ。

「で？　くだらない手品ショーはもう終わりか？　だったら、早く出てって」

「ええっ？　あ……じゃ、じゃあ！　これから俺と一緒に宝くじを買いに行こう。そしたら絶対百万円当たる！　それなら、俺が福の神だって信じて……」

「断る。この寒い中、なんでお前に付き合わなきゃならない」

ばっさりと言い捨てられて、トキはとうとう地団駄を踏んだ。

「もう！　じゃあどうしたら信じてくれるんだ！」

「じゃあ信じてやるから出て行け。それで満足だろ？」

「駄目だ！　俺が出て行ったら貧乏神が来ちまう。……なあ、ホントに信じてくれ。俺は福の神で、お前を幸せにするためにやってきたんだ。でも、お前が神棚を粗末に扱うような奴《やつ》だったら、俺はお前に憑けない。だから」

取り付く島もない要に、懸命に食い下がる。要を幸せにするためにここまで来たのに、それができないばかりか、貧乏神を招きよせるようなことになってたまるか。

トキがあまりにも必死に説明したせいか、要は相変わらず険しい表情ながらも、黙って話を聞いてくれた。だがしばらくして、大きく息を吐いたかと思うと、ぼそりとこう言った。

「いらない」

「……へ？」

「仮に、お前が本物の福の神だったとしてもだ。俺はそんなものいらない」

トキは驚愕《きょうがく》した。福の神を拒絶する人間なんて聞いたことがない。

「ど、どうしてだよ。俺がいれば、金に困ることはないぞ。それなのに」

「それが、嫌だって言ってるんだ」

要は真っ直《ま》ぐ《す》にトキを見据えると、こう続けた。

「俺は画家だ。絵で食ってることに誇りと覚悟を持って、一筆一筆魂を込めて描いてる。それだってのに、誰かに養ってもらったりしたらそれが鈍る。だから、お前はいらない」

いい絵が描けなくなるなら、貧乏になったほうがましだ。

トキから一切目を逸《そ》らさず言い切る。声にも淀《よど》みがなく凛《りん》としていて、要が嘘《うそ》偽りではない本心を口にしていることが、よく分かった。

揺るぎのない強い瞳に、しばし見入る。しかし、あまりに不躾《ぶしつけ》に見つめ過ぎたせいか、要が居心地悪そうに目を逸らした。

「そういう、ことだ。憑くなら他の奴に」

「……か、かっこいい」

「……は？　何か言った……っ！」

感極まって、トキは要に思い切り飛びついた。

子どもの頃の要は、引っ込み思案で泣き虫で、とても頼りなく思っていたのに！

「こんなに逞《たくま》しく、立派になって。俺はすごく嬉しいぞ！　偉い偉い……わっ！」

要の頭を撫《な》でていた手を振り払われたかと思うと、胸倉を摑まれて乱暴に引っ張られる。

「お前に育てられた覚えはねえよっ。服装同様訳分かんねえことばかり言いやがって」

「ふ、服装……？」

「そうだよ。着物の色はケバくて下品だし……特にその帽子！　変な形でダサい」

下品。帽子。変な形。トキの顔は羞恥《しゅうち》で真っ赤になった。

「う、煩い！　俺だって……俺だってこんな亀頭頭巾なんか被りたくなかった……ぶっ」

最後まで言葉にならなかった。要に玄関から蹴り出され、雪に顔面から突っ込んだからだ。

「とにかく！　そういうわけだから出てけっ」

持ってきた袋も放り出され、ぴしゃりと玄関の戸を閉められる。

「ううう……失敗した」

要の立派な成長ぶりがあまりに嬉しくて、つい昔のノリで抱きついてしまった。

（要にしてみれば、初対面の男に抱きつかれたわけだからな。悪いことした……ん？）

トキは首を傾げた。袋がもぞもぞと動いている。動くようなものなんて、持ってこなかったはずだが？　と、袋を開き、あっと声を上げた。

袋の中から茶碗、汁椀《しるわん》、しゃもじ、鞘《さや》に入った包丁の四匹の九十九神が顔を出したからだ。

「お前たち、何でそこにいるっ？　……え？　お前が心配でついてきたって？」

この四匹は、トキと特に親しい九十九神だ。

この茶碗と汁椀で毎日飯を食っていたし、しゃもじは毎日トキの飯をよそってくれ、包丁はトキが釣ってきた魚などを捌《さば》いてくれて、とても世話になった。

この四匹にとって、トキは子どものようなものなのだろう。それはとてもありがたいことだが、主である大黒たちの許可なく、ついてくるのはまずい。罰を受けるかもしれない。

しかし、そう指摘するより早く、九十九神たちがすごい勢いでせっついてくる。

「……何？　大丈夫かって？　何のこと……ああっ！」

九十九神たちからの指摘で、トキはようやく重大なことに気がついた。

不測の事態とはいえ、自分は「人間とは接触してはいけない」という福の神の掟を破ってしまった。罰が当たる！

慌てて体のあちこちを触り、異変がないか確かめてみる。

何ともない。どうやら先ほどの行為は、福の神の禁忌を犯したことにはならないらしい。

そのことを伝えると、九十九神たちは安堵《あんど》の息を吐くとともに、大きな目をうるうるさせて抱きついてきた。トキが福の神の掟を破ったことを、相当心配してくれていたようだ。

「悪い、無茶して。でも」

なぜ、お咎《とが》めなしだったのだろう。人間と接触したというのに……待てよ？

（もしかして要のための行為なら、接触してもいいってことか？）

もし、そうなら……。と、そこまで考えたところで九十九神たちに袖を引っ張られる。

とても心配そうな顔をしている。トキが何を考えているか、察したらしい。

「そんな顔するな。大丈夫だよ。さっきのでも、何ともなかったんだから。それに、要をこのまま放っとくわけにはいかない。神棚のこと、まだ説得できてないし」

『おやめになることね』

突然、誰かが横やりを入れてきた。声がしたほうを見ると、木の影から何かが出てくる。

一匹のメス猫だ。毛足の長い、茶色と白の毛の混じった……この猫は。

「お前、この家の猫か？　要に飼われてる」

『「お前」』

「……は？」

『初対面のレディを「お前」呼ばわりするような人に、差し上げる返事なんてないわ』

澄まし顔でツンとそっぽを向く猫に、トキは瞬きした。

「はぁ……えらく上品なんだな」

『当然よ。私、由緒正しいノルウェージャンフォレストキャットのレディですもの』

「……ふーん？　すごいんだな」

よく分からないけど。という言葉を飲み込みつつ、感嘆の声を上げてみせると、猫は大きな瑠璃色《るりいろ》の瞳をこちらに向けてきた。

『ふん！　私の言葉が分かるということは、あなた本当に福の神のようね。でも……だったらお願い。要のためを思うなら、金輪際さっきみたいに要と接触しないで』

「さっきみたいに？　あ、お前あの場にいたのか。でも……なんで、接触しちゃ駄目なんだ？」

『要の精神衛生上よくないからよ。要はね、孤独を愛する繊細な人なの。あなたみたいな、下品で能天気でデリカシーの欠片《かけら》もない人の相手をしていたら疲れてしまうわ』

「ず、ずいぶんな言い様だな」

あまりの言い草にトキが面食らうと、猫は優雅に尻尾を揺らした。

『事実を言っているの。その服とお帽子のネーミングセンスからして絶対そうよ！』

（……ほとんど全部、大黒様のせいじゃねえか）

まさか、この着物がこんなにも盛大に足を引っ張ることになるとは。恵比寿もとんでもないものをプレゼントしてくれたものだと、内心溜息を吐きつつ、トキは猫に向き直った。

「俺、そんなにひどい奴じゃないぞ？　要のことも、少しは分かってるつもりだ。だから、そんなにつっけんどんになるなよ。『アリス』お嬢様？」

『ふん！　気安く名前を呼ばないでくれる？　あなたにそう呼ばれる筋合いは……え？』

驚いて振り返る猫……アリスに、トキは「やっぱり」と笑ってみせる。

『なんで、私の名前が……分かった！　騙《だま》されないわよ。事前に調べていたんでしょっ』

「違うよ。なんで分かったかって言うとな、昔」

『とにかく！　要は今、怪我でナーバスになっていて大変なの。そっとしておいて！』

毛を逆立てながら言うと、アリスはキャットドアから家の中に入っていった。

それを見て、トキは思わず噴き出した。捨て台詞《ぜりふ》が、要とそっくりだったからだ。

微笑《ほほえ》ましくて可愛い。しかし、それにしても……と、要がいるだろう明かりの灯《とも》った部屋を見上げ、トキは口元を綻ばせた。

――ぼく、猫を飼うことがあったら、アリスちゃんってつけたいな。

アリスの容姿が、昔要に繰り返し読んでやった絵本の猫にそっくりだったから、もしやと思ったが、本当にあの猫と同じ名前をつけていただなんて。

……要だ。容姿も性格も変わって、自分のことを何一つ覚えていなくても、あの男は自分が思い続けた、大好きな少年の成長した姿なのだ。

夜の帳《とばり》が下り始めた庭先で一人、その事実を何度も何度も心の中で嚙《か》みしめた。

＊＊＊

福の神だと名乗る変質者を追い出した後、汐見要は家中の施錠をチェックした。鍵は全部閉めて家を出たはずだから、どこかを壊して侵入してきたのだと思ったのだ。

だが、どんなに調べても、壊された箇所も鍵を閉め忘れた箇所も見つけられない。おまけに、姿を消したり、壁をすり抜ける手品に使ったとおぼしき道具も見つからない。

ここまで来ると、何だか薄気味悪くなってきた。

警察に連絡しようかと一瞬考えたが、すぐやめた。庭を見たら、あの男はもういなくなっていたし……今はできるだけ、人と関わり合いたくない。

そう思いながらカーテンを閉めていた時だ。神棚が視界の端に留まった。

瞬間、ある記憶がフラッシュバックする。

――どうしてですかっ？　折れたのは左腕です。利き手じゃない。だから描けます。この寺の歴史に恥じない、最高の襖絵を描いてみせますから……っ。

――……いえ。もう楠本《くすもと》様に頼みましたので、どうぞこの件はなかったことに。

こちらの熱意を冷笑するかのような、にべもない事務的な態度。

――汐見。事故のこと、災難だったな。仕事のことは忘れて、ゆっくり休め。労《いたわ》りに満ちたあの男の顔。心配などまるでしていないくせに、抜け抜けとそんなことを言ってくる、労りに満ちたあの男の顔。思い出しただけで反吐《へど》が出る。

やはり、神棚は捨ててしまおう。この神棚はあの寺に形がどことなく似ているから、見るたびにあの時のことを思い出してしまう。

再び神棚に近づく。だが、要はすぐに足を止めた。足に何かが当たったのだ。

小さな碗だ。今は亡き祖母が、神棚にお供《そな》え物をするために、毎日使っていた物だ。

――要ちゃん。この神棚にはね、神様が住んでいらっしゃるの。だから、要ちゃんが絵が上手になるように、おばあちゃん毎日お願いしてあげるからね。

優しい祖母の笑顔が脳裏を過り、要は思わず舌打ちした。

祖母が大事にしていたものに当たるなんて、どうかしている。最低だ。

(ばあちゃん、ごめん。でも……神様なんか、この世にいないよ)

心の中で独り言ちて、要は部屋を出た。今日はもう疲れた。さっさと寝てしまおう。

アリスに餌《えさ》をやった後、食事もせず、睡眠薬を飲んで早々に床に就く。

前より効き目が強いものを調合してもらったから、すぐ眠れると思った。それなのに、睡魔はなかなかやってこない。代わりに、頭に浮かぶのは、先ほどの変な男。

――信じてくれ。俺は福の神で、お前を幸せにするためにやってきたんだ!

逆に聞きたい。一体どうしたら、そんな非現実的な言葉を信じられるのか。

空き巣スキルや手品はなかなかの腕なのに、頭がいいのか、悪いのか。よく分からない男だ。しかし……それにしても。

（なんで、俺……あいつにあんなこと言ったんだろ？）

絵で食っていることに誇りを持っているだの何だの、初対面の、しかも空き巣相手に何を真剣に語っているのか。分からない。でも、本音で答えずにはいられなかった。

内容は変でも、あの男がやたら必死で真摯《しんし》だったから？

（そもそもあいつ……どこかで会ったことあったかな？）

どうも、初めて会ったような気がしない。何というか、ずっと前から知っていたような……そんな、妙な親しみを覚えて、つい真面目《まじめ》に答えてしまった。

だが、いくら思い返してみても、あの何も考えていなさそうなのほほん顔の記憶はない。あれだけ強烈な個性の持ち主を忘れるはずがないし、やはりただの勘違いか？

つらつらと考える。しかし、すぐ面倒になってやめた。

どうせ、もう会うこともないんだし。そう結論づけて、要はようやくやってきた睡魔に意識を放った。今夜こそは眠れればいいと、切に願いながら。

次に目が覚めた時は朝だった。カーテンの隙間《すきま》から差し込む陽光を見て、要は息を吐く。

（……よかった。ようやく、朝まで寝れた……っ！）

ナイトテーブルに置いた眼鏡に手を伸ばそうと寝返りを打ち、要はぎょっとした。

昨日追い出したはずののほほん顔が、同じ布団《ふとん》で安らかに惰眠を貪っていたからだ。

「あ……ああ……な、なん……」

驚きのあまり、要が声にならない声を漏らしながら固まっていると、トキの目が開いた。

とろんとした虚ろな目が、あたりを彷徨《さまよ》う。

「……ああ。おはよう」

要を見てにへらっと笑うと、トキはまた目を閉じた。それから少しして、気持ちよさそうな寝息が聞こえ始める。ここでようやく、要は悲鳴を上げて飛び起きた。

「……むにゃ？　もう起きるのか？　まだ六時なのに。要は早起きだなあ。ふぁあ～」

「なんで……なんでお前がここにいるっ？」

「んう……なんで？　そりゃ……ふぁあ。夜は布団で寝るもんだろ？」

トキが欠伸《あくび》を嚙み殺しながら目を擦る。よく見ると、ご丁寧に寝巻にまで着替えている。

「そういうことを言ってるんじゃないっ。俺は昨日、出て行けって言ったよな」

「言ったな。でも俺、『うん』って言わなかったぞ。だったら、いてもおかしくないだろ？」

「それは……違う！　おかしい。この家の主は俺だ。家主が許可していないのに、その家に居座るのは立派な犯罪」

「うん、お前ら人間の間ではな。だけどほら、俺神様だから」

得意げなしたり顔が猛烈に腹立たしくて、要は思わずその顔面に右ストレートを繰り出した。だが、拳《こぶし》は昨日の箒のようにトキの顔をすり抜け、布団にめり込んだ。

「また変な手品を使いやがって！　この……っ」

今度こそトリックを暴いてやると、馬乗りになって体をまさぐってみる。だが、どんなに触ろうとしても、何の感触も得られないし、手品の種らしき道具も見つけられない。

何がどうなっているのだと、躍起になって調べていると、トキが楽しげに笑い出した。

「もう。会ってまだ二日目なのに。要のエッチ」

からかうようにそんなことを言ってくる。

そんなものだから思い切り脱力して、騒ぎを聞きつけてやってきたらしいアリスと一緒に、要は頭を抱えた。


それからも、トキという不可思議な男は不貞不貞《ふてぶて》しく家に居座り続けた。

「まだいるのか。目障《めざわ》りだ。出てけ！」

何度も出て行くよう警告した。しかし、そのたびに、

「分かった！　じゃあ、姿消してお前を温かく見守ってる」

全然分かっていない答えを返してくる。その上――。

「二十四時間、風呂の時も便所の時も……ばっちり、じっくり」

えらく聞き捨てならない付け足しをしてくるから洒落《しゃれ》にならない。

「！　ちょっと待て。風呂もそうだが、なんで便所までついてくるんだよっ？」

「うん？　陰ながら『ガンバレ』って応援しようと思って。ほら、お前年がら年中便秘して
そうな顔だし……まあ、俺のことは空気と思ってもらって」

「お前みたいな自己主張の激しい、失礼で変態な空気がいるか！　とにかく出てけっ」

「駄目だ。言ったろう。福の神の俺が出てったら、貧乏神が来ちまうって。大丈夫だよ。お
前を幸せにしたら問題なく出て行けるから」

「福の神って、まだそんな嘘吐くのか。いい加減しつこいんだよっ」

うんざりして、そう言い返してしまったが最後。

「要！　俺は福の神なんだ。信じてくれ！」

「わぁああ！」

壁やテーブルから浮き出てきたり、ぱっと消えたかと思ったら突如眼前に姿を現したりと、
頻繁に脅かしてくるようになってしまった。

おまけに、朝目が覚めると必ず、隣で高いびきを掻いて爆睡している。

全く！　こいつは本当に何なのだと、要は目の前で眠る男を睨んだ。

人間に嫌気が差して田舎に引っ込んだというのに、なぜ一日中こんな訳の分からない能天気男に振り回された挙げ句、一緒の布団で寝なければならない。滅茶苦茶だ。

ただ、一つだけいいことがある。夜、眠れるようになったことだ。

事故に遭ってからというもの、要は悪夢に魘《うな》されて、眠ることが一切できなくなっていた。

それなのに、トキが来てからはどうだ。薬を飲まなくても、朝までぐっすりだ。

トキの奇行に疲れ果て、夢も見ないほど深い眠りに就いているから……だろうか？

（怪我の功名というか、何というか）

溜息が止まらない。けれど……いい加減この男が普通の人間ではないことは認めなければならないと、思っていたりする。

手品だと思っていたモノのタネがいくら探しても見つけられないことは元より、この男は鏡や水面に姿が映らないし、物も食わない上に脈がない。

無機物から生まれた神なので心臓がないとのことだが、ここまで人間ではない証拠を見せられると信じざるを得ない。

しかし、トキに対するありがたみや畏怖《いふ》の念は、やっぱりちっとも湧いてこない。

自分は福の神の力を必要としていないから。という理由もあるが、それを差し引いても、トキには神としての威厳どころか、大人の男としての威風《いふう》さえ皆無なものだから、とてもあがめる気になれないのだ。

(神様のくせに、こんなに親しみやすくてどうするんだよ)。

溜息交じりに眼鏡をかけ、再度暢気《のんき》な寝顔に目を遣る。そして、要は目を見開いた。

トキの寝顔を初めてまともに見たが、表情がないと印象がひどく変わって見える。

起きている時は、無邪気な表情や仕草からずいぶん年下に見えたものだが、こうして見ると、結構大人の男の相貌をしていることに気づかされる。

それぞれ形のよい、顔のパーツが綺麗に嵌《はま》ったその顔は、いかつくはないが、男らしく凛とした面構えで……男の自分から見ても、かなり男前の部類に入る気がする。

(もっとしゃんとすれば、格好いいのに……て!)

要は顔を顰《しか》めた。この男相手に、自分は何を考えているのか。

その時、伏せられていた長い睫毛《まつげ》がかすかに動いたかと思うと、トキの目が開いた。

トキの瞳に、思い切り不機嫌な表情を浮かべた自分の顔が映るのが見える。

自分で見てもひどい顔だと思った。なのに、トキはいつもどおり、無邪気に破顔した。

「おはよう、要」

穏やかな声で言われて、要は少し動揺した。今更、こんな笑顔を向けてくるトキを不思議に思ったのだ。

思えば、自分はトキに対して、友好的な態度を取ったことなどただの一度もない。

常に不快げに睨みつけ、何か言えば頭ごなしに怒鳴り、舌打ちして、二言目には出て行けと言い捨てる。こんな人間、自分だったら五分だって一緒にいたくない。

それなのに、トキは嫌な顔一つしない。いつもニコニコ笑って、「お前に憑かせてくれ。幸せにするぞ」とせっついてくる。

なぜ、自分なんかを幸せにしたいと思うのだろう。トキは「それが福の神の仕事だから」と言うが、それだったら――。

「……基準は、何だ」

「うん？　基準？」

「福の神が、憑く人間を選ぶ基準だ。善人か？　信心深い人間か？　けど、それじゃ俺は当てはまらない」

そう言うと、トキは驚いたように目を見開いた。だがすぐ、肩を揺らして笑い出した。

「可愛い」

「……は？」

「神様は善人の味方で、善人は幸せになるべきとか、要は純粋……いや、いい奴だなあ」

思ってもみなかった言葉に、一瞬面食らう。けれど、からかうようなニヤり面に腹が立って、要はいつものようにトキの顔に右手を上げた。

すると、トキが慌てたようにその右手を掴んできた。いつもは体を通り抜けさせるのに、なぜ今日に限って？　不思議に思っていると、トキがこう言ってきた。

「要、その角度はまずい。怪我するぞ」

最初は意味が分からなかったが、ベッド脇に置かれたナイトテーブルを見て、ようやく合点がいった。確かに、いつものようにトキの体をすり抜けていたら、テーブルの角に拳をぶつけていたかもしれない。

「俺の顔が殴りやすくても、商売道具は大事にしなきゃ。絵が描けなくなったらどうする」

摑んだ要の右手をポンポン叩きながら苦笑する。その仕草や表情に、なぜかひどい居心地の悪さを覚えて、要はトキの手を乱暴に振りほどくと、ベッドから降りた。

「煩い。思わず殴りたくなるようなことする、お前が悪い」

「そうか？　よし！　じゃあハリセン作ってやる。それで思い切り殴れ！」

「そんなもん作ってる暇があったら、行動を改めろっ」

名案だろうとばかりに胸を張るトキを怒鳴って、要は乱暴に部屋の襖を閉めた。

しかし、数歩も行かないうちに盛大な舌打ちが出た。

別に、行動を改めさせる必要などないだろう。追い出せばそれで終わりなのだから。

と、そこまで思ったところで、はっとした。

アリスがじっとこちらを見ている。その目がまるで、「本気で追い出す気があるの？」と呆れているように見えたものだから、要は思わず目を逸らした。

お前を受け入れる気はない。出て行け。口ではそう連呼しているが、トキがこの家に居座ってもう一週間経つ。おまけに、朝目覚めると一緒のベッドで寝ていることが当たり前になり、先ほどのように、同じベッドに寝転がったまま会話までするようになってしまった。

これでは、追い出す気でいるとは到底言えない。

だが、これは自分のせいではない。あの男が悪いのだ！

こちらが何を言ってもどこ吹く風だし、無神経この上ない……が、要が本当に嫌だと思うことは絶対にしないいし、左腕の怪我のことなど聞いて欲しくないことも一切聞いてこない。

頭が痛くなるようなことは言っても、気が滅入るようなことは言わないし、こちらがネガティブなことを言っても、全部ふわっとした受け答えをしてくるから、一緒にいて、疲れても苦にはならない。

変態的な発言もベッドに入り込んでくる行為も、あの男が犬猫並に屈託がなさ過ぎるから、アリスが布団に潜り込んでくるように、抵抗感がない。だから……ああ。

（なんだよ。これじゃまるで……）

女々しい言い訳みたいだと、内心舌打ちしながら着替えをすませ、リビングに入る。

少し気分を変えようと、テレビのリモコンに手を伸ばす。だが、映像が映し出された途端、要は息を呑んだ。

『……公福寺《こうふくじ》には七百年もの歴史があるわけですが、そのお寺の襖絵を描くことに、楠本さんはプレッシャーを感じていたりしますか?』

最初に映ったのは、中年の女性キャスト。そして、次に映されたのが――。

『確かにプレッシャーは感じています。しかしそれと同時に、とても名誉なことだと思っています。そのように由緒あるお寺から、僕の絵をぜひにとご指名いただいたわけですから』

女性キャストにそう答える、朗らかな笑みを浮かべる男。

『そのお話は伺っています。公福寺の住職からすごいラブコールをいただいたと』

『ええ。「この寺の襖絵はあなた以外考えられない」と。そう言っていただいた時は、もう嬉しいというより、恐縮してしまって……』

要は急いでテレビを消した。これ以上は、とても聞いていられなかったのだ。

(「あなた以外考えられない」だ? ふざけるなっ)

その言葉は、俺が……俺が! と、拳を握りしめた時、背後から「要」と声をかけられ、要はびくりと肩を震わせた。

「あ。悪い、驚かせて。スマホが鳴ってるから持ってきたぞ」

「そ、そうか。悪い……っ」

トキからスマホを受け取りかけ、要は目を剝いた。ディスプレイに「楠本」という文字が表示されていたからだ。

「? どうした。早く出ないと、切れる……っ!」

トキが驚いたように瞬きした。要が突如、トキからスマホを奪い取り、楠木からの着信を切ったばかりか、着信拒否の設定までし始めたからだ。

トキは何も聞いてこなかった。ただ、要が設定を終えたスマホをポケットにねじ込むまでを黙って見届けると、にっこりと笑いかけてきた。

「今日は冷えるらしいぞ。もう一枚厚着したほうが」

「今日は絵を描く」

そばにあった上着に手を伸ばすトキの言葉を遮り、要は早口に言った。

「邪魔されたくないから、絶対作業部屋に入ってくるな」

「……そうか。うん、分かった。アリスの餌は心配するな。俺がやっとくから」

トキの話が終わらないうちに、要は踵《きびす》を返した。一刻も早く、絵が描きたかったから。

十二の時、水墨画家になると心に決めてから、要は絵の勉強に励んできた。

同級生と遊ぶことなく絵ばかり描いて、中学の時に祖母を、高校の時に父を亡くしてからも、残してくれた財産のほとんどを画材や学費につぎ込み、極貧生活に陥りながらも描いて描いて……とにかく努力してきた。

そのおかげか、大学院卒業を機に、要はプロの水墨画家として活動していけることになった。学生時代にいくつか有名な賞を取っていたので、仕事依頼も断るほどに来て……あの頃は何もかもが順調だった。

しかし、歯車は徐々に狂い始めた。三年ほど前から、コンクールで賞を取ることができなくなり、依頼も来るには来るのだが、当初に比べると減っていく一方だ。

なぜこんな事態になるのか、要には理解できなかった。絵の勉強を怠ったことなど一度もないし、常にその時の自分にできる最高のものを描こうと頑張ってきたはずなのに。

努力が足りないのだろうか？　……そうだ。自分がやったと思い込んでいるだけで、本当はできていなかった。だから前のように人を感動させる絵が描けなかった。そうに違いない！

今まで以上に……それこそ、過労で倒れるまで描いた。努力した。

そんな要に、見舞いに来てくれた恩師はこう言った。

――君に足りないのは努力じゃない。もっと別のモノだ。

別のモノ？　それは一体何なのか。必死に尋ねたが、恩師は首を振るばかりだ。

――すまない。上手《うま》く説明することができない。だが、感じるんだ。君の絵には何かが足りないと。昔からそうだ。

昔から。驚く要に、恩師は肩を竦めた。

――あえて指摘しなかったのは、昔はそれが君の絵の魅力を引き出していたからだ。だが、今はそれが悪い方向に出てしまっている気がする。……どうだろう？　いっそ一度絵から離れてみたら？　君には休息が必要な気がする。

労りに満ちた声と表情で言われたが、それは要をさらに混乱させるだけだった。

努力しても駄目。しかも、水墨画を描くのをやめろ？　冗談じゃない。

自分には絵しかないのだ。一日一度は筆を握らないと、死んでしまいそうな気持ちになるくらい。それなのに、どうして離れることなんてできる。

どうしたらいいのか。そんな時に舞い込んできたのが、公福寺の襖絵の仕事だった。

天袋六枚、地袋六枚、床の間脇四枚、襖八枚、大小合わせて二十四枚の大仕事だ。また、公福寺と言えば、京都では有名な歴史ある名所の一つで……こんな大役をスランプに陥っている自分が依頼されただなんて、すぐには信じられなかった。

そんな要に、わざわざ訪ねてきてくれた公福寺の住職は言ってくれたのだ。

公福寺の襖絵は、あなた以外考えられないと。

――技術もそうですが、あなたの絵に込められた、ひたむきな強さ、一途さがたまらなく好きです。ですからどうか、頼まれていただけませんか？

涙が出るほど嬉しかった。そして、スランプが何だ。何が何でもいい絵を描いて、自分の腕を信じて依頼してくれた住職の期待に応えたいと思った。

そんな矢先、要は車に轢《ひ》かれた。

幸い、命に別条はなかったし、利き腕も無事だったが、その怪我では襖絵制作は無理だ。

別の人間に頼むと、公福寺側が言ってきた。

利き腕は無事だったから平気だ。必ずいいものを描いて見せるからと、病院を抜け出し、寺を訪れてまでして訴えたが門前払いで、聞き届けられることはなかった。

要の代わりに襖絵を描くことになったのは、大学時代の先輩である楠本だった。

子どもの頃から天才として注目を浴び、プロの水墨画家となってからも、常に第一線で活躍し続けている真の実力者にして、要が唯一憧れる先輩でもあった。

本人に直接言ったことはないが、彼が新作を出すたびに感嘆の溜息を漏らし、彼の業を少しでも盗もうと、数え切れないくらい模写した。

それくらい憧れた人が自分の代わりならと、少し救われた気はしたが、やはり本人を目の前にすると色んな感情が込み上げてきて、

——とてもお忙しいでしょうに。俺なんかのためにご苦労様です。

見舞いに来てくれた彼にこんな暴言を吐いて、大人げない態度を取ってしまった。

それがひどく恥ずべき行為だと気がついたのは、「そんな憎まれ口を叩けるくらい元気で安心したよ」と、楠本が悲しそうに笑って去っていくのを見た時だった。

自分は、なんてひどいことをしてしまったのだろう。

楠本は、公福寺の仕事が元は要のモノだったことを知らない。その上、生来の不愛想で、孤立しがちだった自分を常に気にかけてくれた優しい人で……今だって、多忙なスケジュー

ルを割いて、わざわざ見舞いに来てくれた。

……謝らなければ。八つ当たりしたことを、楠本に謝らないと！

要は傷ついた体を引きずり、楠本を追いかけた。そして、聞いた。

——本当に運がよかったですね。汐見が事故に遭ってくれて。

聞いて……しまった。

——これくらいのことがないと、あなたのお父上も折れてくれないですからね。全く、なんで汐見なんかをあんなに高く買ってるのか。根暗で辛気臭い絵しか描けない上に、知名度だってないのに。けど、僕は違いますよ。レギュラー番組だって持ってる有名人ですし、腕だって……必ず、いいものを描いてみせます。

スマホに向かって、あんなことを言っているあれは……誰だ？

自分の知っている楠本という男は、穏やかで心優しく、誰にでも分け隔てなく親切な人格者なはずで、決して……あんな醜い顔で嗤う男ではないはず。

——ただ、いくつか手を打っておいたほうがいいでしょうね。ついさっき見舞いに行ったんですけど、あなたに依頼を反故《ほご》にされたことをとても怒ってるようだったから。

何が何だか分からなかった。だがその後も、理解不能な事態が続く。

いつの間にか、要は楠本が売れていることを僻《ひが》んで、公福寺の件は自分が最初に依頼されたという「嘘」を吹聴《ふいちょう》している人間にされ、世間からひどいバッシングを受けた。

ゴシップ記者から、「こんなみっともないことをして、画家としてのプライドはないのか」と詰《なじ》られ、契約していた画商たちは、「怪我に障るといけないので」と見え透いた嘘を理由に、仕事を回してくれなくなった。

心配してくれる友人たちに対しても、一番好意を持っていた楠本に裏切られたせいで、どんなに優しい言葉をかけられても、疑うことしかできない。

誰も彼も皆醜悪で、見るに堪《た》えなくて、気持ち悪かった。

しかし、一番醜悪だったのは、そんなふうに思ってしまう自分自身で——。

何もかもが嫌になった。だから、処分しそびれていた祖母の家に、療養と称して引っ込んだ。このまま人間のひしめく東京にいたら、おかしくなってしまうと思ったから。

けれど、本当は分かっていた。このままでいいわけがないと。

こんなことはただの逃げで、何の解決にもなっていないし、何より悔しいではないか。あんなクズみたいな男に、一方的にやられまくって潰されるなんて！

見返す方法はただ一つ。あの男よりも、ずっとずっといい絵を描くことだ。

そうすれば、あの男も、自分を切り捨てあの男を選んだ公福寺も、自分を馬鹿にした世間も、皆見返してやることができる。

（このまま終わってたまるか。今に見てろっ）

そんな思いに突き動かされて、要は墨を擦《す》り、筆を握った。

だが、一日中紙に向き合い、絵を描こうとしても、一筆も入れることができなかった。

無理矢理描いてみても、その線はとても醜く、見れたものではない。

とうとう、要は紙を破り捨て、その場に頭を抱えて倒れ込んでしまった。

駄目だ。やはり、どうしても描くことできない。

事故に遭って以来、要は絵が描けなくなってしまっていた。右腕は怪我なんてしていないのに、どういうわけか筆を握ると手が震えて、頭の中が真っ白になってしまう。

そのことが、要には何をおいても辛かった。

自分には絵しかない。それだけしかなくて、後は空っぽ……何もないのに。

今の自分は、あの木の葉よりも価値がないのではないか。

庭に生えている木の枝に一枚だけ残っている、汚らしい枯れた木の葉を見上げ、思った時だ。背中に何かが触れる感触を覚えて、要は飛び起きた。

「わっ」という悲鳴とともに、トキが尻餅を突く。それを見た瞬間、要の頭は真っ赤に染まった。この、どうしようもなくみっともない姿を見られたと思ったから。

「お、起きてたのか。びっくりし……わっ」

「出て行けっ！」

尻を擦りながら瞬きするトキに、要は近くにあるものを手当たり次第投げつけた。

「いい加減、目障りなんだよっ。何の悩みもない脳天気なお前なんかに、俺の気持ちが分かるわけない。幸せにできるわけがないっ。……いなくなれ。どこかに消えちまえ！」

要のあまりの剣幕に驚いたのか、トキは慌てふためきながら、脱兎のごとく駆け出し、部屋から出て行った。それでも、要は物を投げるのをやめることができない。

トキが憎たらしかった。自分の都合ばかり理不尽に押しつけてきて、好き勝手な言動をしまくった挙げ句、こんなみっともない姿を覗き見しやがって！

けれど、ぐしゃりという鈍い音がした瞬間、はっとした。

大事な硯《すずり》が襖に叩きつけられ、床に落ちる光景が見えたからだ。

転がる勢いで硯に駆け寄る。墨で手が汚れるのも構わず割れていないことを確認して肩を撫で下ろしたが、すぐに……要は硯を抱き締めたままその場に座り込んでしまった。

呆然《ぼうぜん》と、部屋の中を見回す。無残に散らばる大事な商売道具に、胸を掻き毟られる。

(俺……何やってるんだろ)

自分で散らかした道具を片付けながら、唇《くちびる》を噛みしめる。しかし、ここで……ふと目に留まったあるものに、作業の手が止まった。

毛布だ。ここにあるはずがないのに、どうして……と、少し考えて気づく。

(そうか……これ、あいつが)

畳に横たわる要を見て、寝たと勘違いして持ってきたのだろう。だがそれにしては、タイミングがよ過ぎた気がする。まさか、ずっと見てたのか？

普通なら、覗き見なんてふざけるなと腹を立てているところだ。

しかし、毛布を抱えて、部屋の外でそわそわしているトキを思い浮かべると、どうしても怒る気になれない。それどころか、あの男なりに心配してくれたのにあの言い方はなかったと、罪悪感さえ覚えてしまう。そして、

（もし、さっきの言葉真に受けて、本当に出て行ってしまっていたら？）

そう思うと、なぜか居ても立ってもいられなくなって、要は部屋を出た。

トキはなかなか見つからなかった。リビングにも寝室にも、どこにもいない。

本当に出て行ってしまったのか。体中の血液が、急速に冷えていくような錯覚を覚える。

けれど、最後に入った台所の隅っこで、餌を食べるアリスをしゃがみ込んで見つめるトキの姿を見つけて、要はほっと肩を撫で下ろした。

（よかった。いたか……て！　俺は、何を考えてるんだっ）

自分の思考に戸惑う。だが、ふと垣間見たトキの横顔に、はっとした。

何だか悲しそうだ。もしかして、先ほどの暴言に傷ついているのか？

トキのあんな表情は見たことがなかっただけに、要はひどく落ち着かなくなったが、

「……なあ。ホント美味《うま》そうだよな、それ」

餌を食べるアリスを見つめながら、トキがおもむろにそんなことを言い出した。

「ちょっとだけ、もらっても……ぎゃ！　ケチ！　少しくらいくれたっていいだろ！」

餌を摘《つま》もうとした手を引っかかれて怒るトキに、要は溜息を吐いた。こんな能天気の心配なんかした自分が馬鹿だった。しかし、ここでふと疑問に思う。

アリスの餌が美味そうに見えるということは、トキは物を食う習性があるのか？

でも、トキはここに来てから一度も……と思った時だ。

「なあ頼むよ。ここに来てから何も食ってないから、腹が減って死にそうなんだ」

続けて言われた言葉に、要は驚きの声を上げた。

「！　要、いたのか。絵はもういいのか……っ」

「今の話ホントかっ？」

トキに摑みかかって、要は詰問する。

「腹減って死にそうって……それってつまり、お前も人間と同じように物食うってことか」

「ああ。意外だろ？　本来はお供え物が主食なんだけど、最近はそういう信心深い奴っていないからさ。冷蔵庫のモノを勝手に失敬するんだよ。裕福にしてやってんだからそれくらいいいだろってことでさ。で、俺もここの冷蔵庫から食い物を失敬しようと思ってたんだけど、この家の冷蔵庫って空っぽなんだよな。いやあ、びっくりしたよ」

あっけらかんとそんなことを言う。その声はいつもどおり明朗だったが、頰が心なしか一週間前より瘦《こ》けたような気がして、要はたまらなくなった。

「なんで……なんでそれを早く言わなかったっ？」

「なんで？　そりゃあ飯が食えないのは、ここに勝手に居座ってる俺の自業自得で、お前には関係のないことだろ？」

真顔でさらりと言われる。瞬間、なぜだろう。頭に血が上った。

「……何、だよ、それ。アリスには物乞いするくせにっ」

「アリスはいいんだ。俺たち眩《まばゆ》いばかりの親友だから。な？」

トキは笑顔でアリスに声をかけたが、アリスはツンとそっぽを向くばかりだ。

「もういい！　……ちょ、ちょっと待ってろ！」

要は戸棚に走った。その中から、数ヶ月前に買っておいたカップ麺《めん》を見つけ出すと、慌てて封を切り、湯を注ぐ。

三分待つ間に箸《はし》も見つけ出して、要はカップ麺をトキの前に置いた。

「ほら、早く食え！　……あ、でも、熱いから火傷《やけど》しないように」

「要」

口早に急《せ》き立てる要の名を、トキは穏やかに呼んで破顔した。

「お供え物してくれてありがとう。けど……悪いんだけど、先にお前が食ってくれないか？」

「……え」

「実はさ。福の神は、家主が食わなきゃ食っちゃいけないんだ。だから」

トキが白く骨ばった指先で、そっとカップ麺を押し戻してくる。

その時の、ひどく柔らかな笑顔を見た刹那、胸をぎゅっと締めつけられる錯覚を覚えた。

確かに、最近ろくにものを食っていない。

ここに来てからというもの、息をするのも面倒なほどに何もかもがどうでもよくて、食事も餓死しない程度に栄養食品を齧《かじ》るくらいだった。

そんな要の食生活に、トキはすぐ気づいただろう。だが何も言わず、要のそばに居続けて今、腹が減って死にそうなのに、要に食うよう勧めてくる。

要が食わなければ食えないなんて……そんなの、嘘に決まっている。

どんな気持ちでそんな嘘を言っているのか。要には想像もできない。

ただ、要が食わなければ、この男は絶対食わない。それだけは理解できた。

この男はいつだって、要を大事にしようと一生懸命だから。

……そう、知っていた。仕事でも何でも、この男は当たり散らすことしかできない自分を見捨てず、大事にしてくれようとしていると、知っていたのだ。

それなのに、先ほど自分は……。改めて思い返すと、胸が苦しくなった。

今度は、なんと応える？　また先ほどのように「余計なお世話だ。出て行け」と吐き捨てるのか？　そしてその後、トキが本当に出て行っていないか探すのか？　馬鹿みたいに。

そう自問した瞬間、要はおもむろに立ち上がった。

食器棚からお椀を持ってくると、カップ麺の中身をお椀によそい始める。

「俺が食わなきゃ食えない……なんて、俺に飯を食わせるための嘘だろ？」

トキがはっと目を見張る。そんなトキの前に、要は椀に半分よそったカップ麺を置いた。

「余計な気を遣うな……て、言いたいところだが、俺が食わなきゃ、お前絶対食わないんだろ？　だったら俺も食う。その代わり、同時だ。同時に食うぞ」

「……同時？」

「そうだ。俺も、お前が食わなきゃ食わない」

きっぱりと言い切る。トキは少し驚いたようにこちらを見つめてきたが、すぐ困ったように苦笑した。その表情は初めて見るものだったが、結構……悪くないと思った。

「分かった。じゃあ同時。せーの」

いただきます。トキの号令の下、二人同時に麺に箸をつける。

けれど、トキは要が麺を口にするのを見届けてから、自分も食べ始めた。

同時だと言ったのにと文句を言いたくなったが、そのまま食べ続ける。自分が食べるのをやめたら、トキも食べるのをやめると思ったから。

トキは最初、こちらの様子ばかり窺《うかが》っていたが、だんだん食事のほうに集中し始めた。その目は実に必死で、今までどれだけ腹を空《す》かせていたかを如実に伝えてきて、胸が詰まった。

馬鹿だ。なんでこんな自分のために、ここまでしてくれる？

(絵が描けない今の俺には、価値なんてないのに……っ。何もないのにっ)

意味が分からなかった。だがそれと同時に、自分が食うことで、この男を飢餓から救ってやれるのなら、いくらでも食べようと思った。

そうすれば、この瞬間だけでも、自分は価値のある人間になれる気がしたから。

なんて、最初は思っていたけれど、だんだん……箸が止まらなくなってきた。

最近全然食欲がなくて、空腹さえほとんど覚えなかったというのに、麺を口に含めば含むほど腹が減っていく気がして、いつしか夢中になって食べていた。

それはトキも同じだったらしく、お互い無言のままに食べ続け、気がつくと残っていた三つのカップ麺も二人で平らげていた。

しかし、空きっ腹にいきなりカップ麺二つ分も流し込んだのはまずかったらしく、いやに胃が重く感じて、二人ともテーブルに突っ伏してしまった。

(……ホント、何やってるんだ。俺は)

重たい胃を擦《さす》りながら要が溜息を吐いていると、「へへ」という笑い声が耳に届く。

顔を上げてみると、向かい合わせに座ったトキがこちらを見て嬉しそうに笑っている。

要が腹いっぱい飯を食ったことが、嬉しくてしかたないと言うように。

だが、何を笑っているのだと尋ねると、

「うん？　ああ……えっと、あれだ。お前に初めてお供え物もらえたのが嬉しくて、へへ」

そう答えてくる。要が飯を食ったことを大げさに喜んでは、要が気分を害するとでも思ったのだろうか？　そう思った時だ。トキが突然「あっ」と声を上げた。

「初めてお供えしてもらったのが嬉し過ぎて、要が俺のために作ってくれたんだってこと、噛みしめて食うの忘れてた！」

大失敗だと言って、心底悔しがる。そんなトキに、要はむず痒《がゆ》くなった。

この男はまた、何を訳の分からないことを言っているのか。馬鹿じゃないのか？　罵詈雑言《ばりぞうごん》が胸中で乱れ飛ぶ。だが、どんなにそんな言葉を積み上げても、自分は……。

「……心外だ」

「……へ？」

「カップ麺が俺の手料理だ？　ふざけるな。こんなもの、料理のうちに入るか。待ってろ。明日はもっと、いいもの食わせてやる。感動するのはその時にしろ」

「え……あ……そ、それって……」

口をパクパクさせるトキに、要は小さく息を吐くと、改まって姿勢を正した。

「前にも言ったように、俺は誰の助けもいらないし、一人でいたいとも思ってる。けど……どうしてか、俺はお前を拒めない。さっきだって、あんなにひどいこと言っておいて、本当に出て行ってたらどうしようって、お前を探してた。それで、お前の姿見たらほっとして」

要はトキから目を逸らした。食い入るように見つめてくるトキの視線に耐えられなくなったのだ。素直な意見を言っているだけなのに、ひどく落ち着かない。心臓が痛い。

「もう出て行けとは言わない。じゃなきゃ、全部お前のせいにしてて卑怯《ひきょう》だろ？」

「……要」

「俺は、卑怯なのは嫌いなんだ。けど、中途半端も嫌いだ。だからはっきりさせよう。福の神の力を使わないなら、ここに置いてやる。飯も、家事を手伝ってくれたら出す。それで…」

「……かっこいい」

「……は？　何か言った……っ！」

トキに視線を戻し、ぎょっとした。トキがこれ以上ないほどに顔を輝かせていたからだ。

「要、すごくかっこいい！　さすが、俺が幸せにしたいと見込んだ人間」

「こ、答えになってない！　条件を飲むのか？　飲まないのか？」

無邪気に褒められるのがどうにも耐えがたくて、要はトキの言葉を強引に遮り、再度尋ねた。トキは満面の笑みでこくこくと頷いてくる。

「『富の術』を使わなきゃいいんだな？　いいぞ！　金だけが幸せじゃないもんな」

その言葉に、要はひどく安堵した。なぜだろう。この男は今まで何を言っても出て行かなかったんだから、今更出て行くだなんて言うはずないと分かっているのに。

「そう、か。あ……そういや、お前家事とかできるのか？　何か得意なこととか」

「得意？　う～ん。学問所の授業で色々習ったけど……あ！　オナニーする時に呼んでくれ。

オカズ本のページを絶妙のタイミングでめくってやる！　どうだ、便利だろ？」

胸を張ってそんなことを言い出すトキに、要の表情筋は瞬時に強張った。

「……他には？」

「他？　他は……特にないかな？　ハハ」

能天気な笑い声を上げるトキに、要は完全に脱力した。全く……何なのだ、この男は。

けれど、一つ分かったことがある。

この男と話すと終始苛ついていたのは、この男に対してではなく、この男に当たり散らす自分自身に対してだったのだと。

その証拠に、今は嘘のように苛立ちを感じない。代わりに感じるのは……何だろう？　この感じ。よく分からない。でも、これも結構悪くない。

「……飯を作るの手伝え。その時に、料理教えてやるから」

トキに素っ気なく返しながら、要は心の中で思った。

＊＊＊

さっぱりしたいから風呂に入ると言う要を笑顔で見送った後、トキは安堵の溜息を吐いた。

空の冷蔵庫を見てから心配でしかたなかったが、カップ麺だけどたくさん食べてくれたし、これからもちゃんと食事を取ると言ってくれて、とりあえずは一安心だ。

（けど、悪いことしたな。こんな、嵌《は》めるようなことして）

要は、アリスとの会話を偶々《たまたま》聞いたと思っているが、実際は違う。

狙って言ったのだ。「腹が減って死にそう」と言えば必ず、要はトキに飯を出してくれるとともに、飯を食ってくれると踏んで。

本当は、こんな……要の優しい気持ちを利用した汚い手は使いたくなかった。

ひもじい思いをしているのは自分の勝手な都合だし、一ヶ月以上モノを食わなくても死んだりしないから、ゆっくりと時間をかけて、ちゃんと食事を取るよう説得する気だった。

だが、そんな悠長なことは言っていられない事態になった。

（……そろそろかな）

トキはカップ麺の殻を弄《いじ》っていた手を止めると、床を思い切り蹴って飛び上がった。

天井や二階の部屋を突き抜けて外に出ると、屋根の上へと降り立つ。

懐からたすきを取り出し、たすき掛けしていると、闇夜に光る無数の何かが見えた。

目だ。猫のそれのように目を鈍色に光らせながら、トキの周りをくるくる回り続ける。

「やっぱり、今夜も来たか」

呼びかけると、闇夜から全身毛むくじゃらの異形のものが十数匹、姿を現した。

疫病を運んでくる疫神の一種、毛有毛現《けうけげん》だ。

『マダオッタカ、ゴミクズ福ノ神。シツコイゾ』

『昨夜、アレダケ痛メツケテヤッタトイウニ。分カラヌ輩ゾ』

「はっ！　お前らも分かんねえ奴らだな」

普段のおっとり顔からは想像もできない鋭い表情で、トキは毛有毛現たちを睨みつける。

「俺がいる限り、この家の人間には絶対憑かせない。憑くなら他を当たれ」

トキがすごむと、毛有毛現たちはケタケタ笑いながら宙を舞った。

『ウヌコソイネ。ソノ人間ハモウ駄目ゾ。ウヌガ何ヲシテモ立チ直ラヌ』

『ソウジャ。コノ世ノ全テヲ拒絶シ、呪ウテ、独リ寂シク死ヌル運命』

『引カヌナラ、今宵コソ屠《ほふ》ルゾ。餓エタ福ノ神風情ナド、恐ルルニ足ラズ……ッ！』

毛有毛現たちが、唯一毛の間から見える両の目を剝いて息を呑んだ。

トキが打ち出の小槌を、昨日までとは比べ物にならないほど大きくて立派な剣に変化させて、毛有毛現たちに突きつけてやったからだ。

『貴様ッ、何故《なぜ》ソノヨウナ妖力ヲ……！　マサカ』

「そうだ。ここの人間が供物《くもつ》をくれたのさ。だからもう、お前ら下等妖怪なんざ敵じゃない」

さあ、どうする？　大剣からバチバチと妖力の火花を迸《ほとばし》らせてみせながら、トキが低い声で問いかける。

「引かないなら、殺すぞ」

駄目押しとばかりにそう付け足すと、毛有毛現たちは心底悔しげに宙をのたうった。

『アナ悔シヤ！　恨メシヤ！』

『マタトナイ、極上ノ陰気ニアリツケルト思ウタニ！』

口々に恨み言を吐き捨てて、毛有毛現たちは再び闇夜へと消えていった。

トキはそれを食い入るように見つめていたが、彼らの姿が消えた途端、その場に崩れ落ち、大きく肩を撫で下ろした。

（……よかったあ。はったりが利く連中で）

カップ麺じゃこれが限界だと、見かけばかり立派な剣を打ち出の小槌に戻して懐に戻す。

瞬間、四つの小さな影が飛び出してきた。トキを心配してついてきた九十九神たちだ。

「うん？　大丈夫だ。今日は怪我して……嘘じゃねえって。ほら。傷、増えてないだろ？」

袖をまくって確かめさせると、四匹がつぶらな目から滝のように涙を流し「よかったよかった」と泣き出すので、トキは頭を掻いた。

怪我をしたら「痛そう、可哀想」と大泣きし、無事なら無事で大泣きする。本当に泣き虫な連中だと溜息を吐いていると、包丁が袴《はかま》の裾《すそ》を引っ張ってきた。

「今度は何……え？　薬を塗りたい？　別に、これくらいほっとけば治……ああ！　泣くな泣くな。分かった。塗られてやるから、とりあえず神棚に戻ろう」

また目をうるうるさせ始めた包丁に宥《なだ》めるように言いながら、トキは他の九十九神たちを拾い上げた。

神棚に戻ると、トキは九十九神たちに言われるまま、着物を脱いだ。

傷だらけの白い肌が露《あらわ》になる。ここ数日間で、毛有毛現たちにつけられた傷だ。

十五年ぶりに要と再会した日、要がまき散らす夥《おびただ》しい陰気を見て、なんでこんな人間を陰気大好きの疫病神は放っておくのだろうと、不思議に思っていたら案の定。

翌日、要にとり憑いていた疫病神が、二泊三日の温泉旅行を終えて戻ってきた。

幸い、その疫病神は学問所で親しかった先輩だったので、何とか交代してもらえたのだが、

――お前が心配だよ。ここの人間はもう、その……。いいか？　人間なんて変わるもんだ。ましてや、そいつはお前のこと覚えてもいないわけで……危なくなったらすぐここを出ろ。義理とか考えるな。いいな！

強く念を押された。その後、引き続き要の陰気に引き寄せられてやってくる疫病神たちも、知り合いだったり、話の分かる者だったので、一応引いてはくれたが、皆口を揃えて、「この人間はもう駄目だから、危なくなったらすぐ見捨てろ」と警告してきた。

そして、その言葉を裏付けるようにやってきたのが、疫をまき散らす妖怪たちだった。邪魔をする者には問答無用で襲いかかる危険な連中だ。

その中でも、毛有毛現が特にしつこくて……まあ、彼らは不摂生な生活をしている人間にとり憑き、病を招く妖怪だから、不摂生極まりない要に引き寄せられるのも無理はない。

とはいえ、彼らの好きにさせるわけにはいかない。

要を病気にしてたまるかと、力尽《ず》くで追い払ってきたが、空腹で力は出ないし、毛有毛現の数は増えていく一方で、とうとう自分一人の力ではどうにもならなくなってしまった。

だから要に食事をさせ、トキに供え物をさせるよう仕向ける禁じ手を使ったわけだが、その決断がもう少し遅かったら、トキは毛有毛現に殺され、要は大病を患っていただろう。

それくらい、危ないところだった。

――自ら不幸に向かう人間を救うのは、福の神でも不可能。

――自棄《やけ》になった引きこもりニートは、疫神たちにとっちゃ最強アイドルだ。熱烈に群がってくるから絶対近づくな。命がいくつあっても足りねえぞ。

(……大黒様たちの言うとおりだな)

ただの仕事だったら、ここまで危ない橋は渡れない。さっさとその人間を見捨てて、別の人間を探している。だが、今憑いている人間はただの仕事ではない。

要なのだ。自分が必ず幸せにしてやると決めた、あの少年なのだ。

何があっても見捨てない。必ず、今の状態から救い出してみせる!

「とりあえず、毛有毛現はもう襲ってこないだろう。要はちゃんと食べるって言ってくれたし、家事を手伝うなら俺に供え物してくれるって言ってくれたからな」

小さな手で丁寧に、お手製の傷薬を塗ってくれる九十九神たちに、先ほどの要との会話も踏まえて説明すると、茶椀と汁碗は眦《まなじり》をしゅんと下げた。

あんなに一生懸命……十五年間も、要のために福の神の修業をしたのに、その力を要は「いらない」と言うなんて……と、悲しんでくれているらしい。

「そんな顔するな。確かに、福の神の力をいらないって言われたのは残念だけど、嬉しいことじゃないか。あの要が、福の神に頼って、いい絵が描けなくなるなら貧乏になるほうがいいだなんて言える、立派な絵描きになってくれたんだから。そうだろ……うん？」

茶碗たちを励ましていると、今度は包丁としゃもじに袴の裾を引っ張られた。

とても心配そうな顔をしている。このまま人間と接触してはならないという禁を犯して、要と関わり続けたら、トキの身に何か起こるのでは、と危惧しているらしい。

「心配してくれてありがとうな。けど、ここでやめるわけにはいかねえよ。要がようやく、飯を食う気になったんだ。俺が食うなら食うって。それなのに出てったら、要はまた飯を食わなくなる。だから……大丈夫だよ。要が立ち直ったら、もう要とは接触しない。出てったた振りして、こっそり見守ることにするから……っ」

話の途中で、トキは口を閉じた。耳にある音が届いた気がしたからだ。

近くの壁に耳を当て、耳を澄ませる。やはり聞こえる。要が、助けを求める声。

「悪い。話の続きは明日……あ、そうだ。お前たち、体綺麗にしておけよ？　明日から、要の料理を手伝って飯を食うんだから、お前たちには活躍してもらわないと」

寝巻に袖を通しながらそう言ってやると、九十九神たちは皆、顔を輝かせた。

どんな状況でも、使ってもらえると嬉しい。それが、道具の精霊の性《さが》だから。

いそいそと自分の体を拭き始める九十九神たちに笑いつつ、トキは神棚のある部屋の隣、要の寝室へと移動した。

電気の消えた暗い部屋。その中で、衣擦れの音と苦しげな呻き声だけが響いている。

ベッドに近づくと、魘されている要の姿が見える。顔には苦悶《くもん》の表情が浮かび、右手は助けを求めるようにシーツの上を彷徨っている。

トキはその手を握ってやりながら布団に入り、そっと……ガラス細工を扱うくらい慎重に、要を抱き締めた。昔、怖い夢に怯えて眠れない要に、してやったように――。

「……大丈夫だ、要。大丈夫」

片方の手で要の右手に指を絡め、もう片方の手で怯えるように強張り震える背中を擦ってやりながら、耳元で囁《ささや》いてやる。

要が右手どころか、ギプスからわずかに覗く左手の指先さえ伸ばしてしがみついてくる。

毛有毛現たちに痛めつけられた体が軋む。それでも、トキは要の好きにさせ、左腕の怪我に注意しながら、力の限り抱き締め返す。こうしないと、愚図《ぐず》って起きてしまうのだ。

「大丈夫。お前は独りじゃない。大丈夫だ」

根気よく背中を擦り、優しく囁き続ける。

要の体から徐々に力が抜けていき、表情も安らいできた。

穏やかな寝息を立て始めた頃、トキは息を吐いたが、すぐ……ジクジクと胸が痛んだ。

飯は食ってくれたが、要の心はいまだ苦しみの中にいる。

こうして毎夜魘されるほど、大事な商売道具に当たってしまうほど、心はボロボロに傷ついたままだ。けれど、自分はその心にほんの一瞬さえ触れられない。

……昔は、こんなんじゃなかった。

亡くなった母親が恋しくて寂しいこと。クラスの男子に苛められて辛いこと。

苦しみの原因を取り除いてやることはできなかったが、何でも打ち明けてもらえたし、泣きたい時は思い切り、この胸で泣きじゃくってくれた。

そして、最後はいつも、「トキちゃんがいてくれるなら平気」と微笑んで、この腕の中でぐっすりと眠ってくれた。それなのに、今は――。

――目障りなんだよ。何の悩みもない能天気なお前なんかに、俺の気持ちが分かるわけない。幸せにできるわけがない。

今の要にとって、自分は会って間もない赤の他人で、十五年前とは状況が違う。分かってはいる。それでも、どうしようもなく悔しい。……辛い。

気持ちがどんどん暗く沈んでいく。それが耐えられなくて、トキは要がちゃんと寝付いたことを確認すると、布団から抜け出した。

嘆いているだけでは、状況は何も変わらないからだ。

神棚に戻ったトキは、眠っている九十九神たちを起こさないよう気を配りながら、文机《ふづくえ》に向かい、ノートを開いた。大黒天に持たされた要観察用ノートだ。

ここに来てから、暇さえあれば気づいたことを逐一書き綴《つづ》っている。今の要がどんな人間なのか、少しでも早く理解するために、どんな些細《ささい》なことでも詳細に。

そんなものだから、ここへ来てまだ一週間なのに、もう七冊もノートを消費してしまった。

（今夜のこと、忘れないうちに書いておこう。それが終わったら、復習……）

本当は妖力の使い過ぎで、眠くてしかたないが、少しでも要の心を理解したい。負担を軽くしてやりたいという一心で、トキはノートに向かった。

「えっと……ふぁあ。俺が……アリ……から餌もらおうとしたら、要が……『アリババがモンゴル人』って怒って……あれ？　アリババって……モンゴル人だったたっけ？」

けれど、睡魔に蝕《むしば》まれた頭では、ろくな記録ができなかった。

次に気がついた時には朝になっていた。いつの間に寝てしまったのだろう。寝惚《ねぼ》け眼《まなこ》を擦りながらノートを見遣る。トキはぎょっとした。

『要はカッパ麺。ききょうがキラン。中途採用もキラン。さっぱりミートソース飲んだくれ！』

寝惚けた自分は一体何を書きたかったのか。踊っている意味不明な文字の羅列に頭を掻いていると、どこからか声が聞こえてきた。

『……いっ。おいっ！　どこ行ったっ？』

要の声だ。しかも、その声は何だか怒っているような……？

（……俺、何かしたっけ？　というか）

要に呼ばれるなんて初めてだ。何だ？　自分はそんなにまずいことをやらかしたのか？

全然覚えがないんだけど。首を捻りながら、トキは神棚を出た。

「おはよう、要。朝からどうした……っ」

「どこにいたっ？」

声をかけた瞬間、トキは要にものすごい形相で摑みかかられた。

「ど、どこにって……神棚で、ちょっと」

「神棚で寝たのか」

「まあ、寝たと言えば寝たな。でも、それがどうした」

「お前、俺に喧嘩《けんか》売ってるのか」

トキの胸倉を摑んで、要がますます眦をつり上げる。

「今まで何度一緒に寝るなって言っても聞かなかったくせに、俺がここにいていいって言った途端、他の場所で寝るとか！　そんなに俺の言うことを聞くのが嫌か」

「ええっ？」

いや、その発想はなかった。

「誤解だ、要！　昨日は、神棚でうたた寝してたら、そのまま朝まで寝ちまったんだ。ほら、久しぶりに腹いっぱい食ったから、ついウトウト……っ」

お前の観察日記をつけてた。なんて、本当のことが言えるわけもないので、必死に嘘の言い訳を並べ立てていたが、トキはおもむろに息を止めた。

胸倉を摑んでいた要の手が、額に触れてきたからだ。

「風邪《かぜ》とか引いてないか？　ったく。眠くなったんなら、ベッドに行けよ。夜は布団で寝るもんなんだろ？」

「へ？　そ、それは、そうだけど」

「風邪なんか引かれたら困るんだよ。せっかく作った手料理を、風邪で馬鹿になった舌で食われて、『まずい』とか言われたら心外だ」

その発想もなかった。トキが呆気に取られていると、不機嫌顔で額を叩かれた。

「ぼけっとしてる暇があったら、食えないものがないか言え。買い出しに行けないだろ」

「……え？　ああ、特にないよ。俺、基本好き嫌いないから、何でも食える……ひっ！」

「『何でもいい』それが一番困る。何か好きな料理を言え。そのほうが買い物しやすい」

「そ、そうは言っても……あ。じゃあ、コロッケ！　コロッケが食いたい」

要の鋭い眼光に慌てながらも、トキはとっさにそう答えた。要の、一番好きな料理を。

要の目が少し驚いたように見開かれる。そして、なぜか少し目を泳がせた後、

「片腕じゃ作れないから、ちゃんと手伝えよ」

ぼそりと言って踵を返すと、スタスタと行ってしまった。

そんな要の後ろ姿をトキは呆然と見送っていたが、しばらくして要に叩かれた額に手をやり、にへらと笑った。さっきの叩き方、少し親しみが込められていた気がする！

「へへ。要……少しは、俺に慣れてくれた……ぎゃっ！」

一人笑いながら額に触っていたトキは、悲鳴を上げた。突如足に鋭い痛みを覚えたからだ。

『あら失礼。爪《つめ》とぎと間違えたわ』

「爪とぎって……朝からひどいじゃないか。お～いて」

引っ掻かれた足を擦りながら抗議すると、アリスはツンとそっぽを向いた。

『ふん！　要を騙す片棒を担がせる人に、ひどいも何もないわ！』

「あれは……悪かったと思うけど、要が飯を食うようになったからいいじゃないか。な？」

『まあ！　今度は要を使って許しを乞うつもり？　こんなに姑息《こそく》な男だったなんて。要は子どもの頃、とんでもない男に五年間も祟られていたのね。可哀想に』

「！　祟られたってなんだ、人聞きの悪い……て！　どうしてそのこと」

知っているんだと言う前に、トキは「あっ」と声を上げた。猫の足跡が顔にくっきりと残ったしゃもじが、泣きながらこっちに走ってくるのが見えたからだ。

「こいつから聞き出したのか。しかも顔を踏みつけるなんて、可哀想に……っ！」

しゃもじを拾い上げ、顔を袖で拭いてやっていたトキは手を止めた。アリスが膝《ひざ》の上に乗り上げ、ぐいっと顔を近づけてきたからだ。

『甘酸っぱい初恋に酔いしれるのは結構ですけどね。いい加減、少しは休みなさい』

「す、少しは……って、大丈夫だよ。毎晩要の布団でぐっすり……むぎっ！」

両頰に前足を押しつけられたものだから、トキは悲鳴を上げた。

『嘘吐き！　知ってるのよ。疫神の相手と要のストーキング、それから要のストーカー日記つけるのに忙しくて、何も食べてないし寝てないし、ボロボロだって！　こんなこと続けていたら、いくら神様でも倒れてしまう……きゃっ』

トキは思わず、アリスをぎゅっと抱き締めた。

「ありがとう、アリス。心配してくれて嬉しい。でも、大丈夫だ。疫神のことは昨日で一応片がついたし、飯も要が今日から食わせてくれることになったから、安心して……わっ」

『勘違いしないでくれるっ？』

トキの腕から逃れたアリスは、毛を逆立ててトキを睨んできた。

『誰があなたの心配なんてするもんですか！　でもあなたが倒れたら、要が嫌な思いをするから……別に！　要だってあなたのこと何とも思ってはいないけど、要はああ見えて優しいから、あなたみたいな人でも倒れたら嫌な思いをする』

矢継ぎ早にまくし立てるアリスに、トキは噴き出した。

「はは、照れちゃって。可愛いなあ。……うん？　なんだ、その前足」

『慰謝料』

「ええっ？　い、慰謝料って……いてっ！」

『何驚いてるのよ。同意もなしにレディを抱き締めるなんて、立派なセクハラよ』

前足でトキの足を引っ掻き、そんなことを言うアリスに、トキは口をあんぐり開けた。

猫相手にセクハラも何も……とは思ったが、アリスの嫌がることをしたのは事実だし、できれば、アリスとは仲良くしていきたい。だったら、しかたないか。

「分かったよ。で？　何してやればいいんだ。川ででっかい魚を獲ってきてやるとか」

『……写真集を出したいの』

「シャシンシュウ？　聞いたことない魚……はあっ？」

突如飛び出したとんでもない言葉に、トキは素っ頓狂な声を上げた。


買い出しに行く要を見送った後で、トキは九十九神たちとともに、アリスの指示の下、探し出したカメラでアリスの写真を撮り始めた。

『いい？　計画はこう。あなたが撮った私の写真を、開設したブログで公開する。私が大人気になる。すると、出版社から写真集を出さないかって声がかかって出版という流れ』

「……はぁ。そんなに上手くいくもんか？」

『私のこの美貌を持ってすれば造作もないことよ！』

自信満々に宣言すると、「さあ！　美しく撮ってちょうだい」と斜め四十五度に首を傾げ、上目遣いにこちらを見つめてくる。どうやら、アリスの決めポーズらしい。

『カメラアングルはもう少し左で、照明はそこ。それから……反射板！　それじゃ私に光が来ないじゃない！　もっと右！』

しかもそれにはカメラアングルや背景、照明、反射板の位置などもしっかり決まっているようで、トキたちはアリスの指示にあたふたと動き回った。

ようやくアリスの満足いくものが撮れて、ほっと肩を撫で下ろしても、

『ブログのデザイン、テンプレートにいいものがないわね。ちょっと、十個くらい何か作ってみてよ。後、人気ブログをよく読んで、どうやったら閲覧者が増えるか研究しておいてね。あなた、これからこのブログの管理人になるんだから。それと』

要のパソコンを拝借してブログを立ち上げる時も、山のように注文をつけられて、トキと九十九神たちはへろへろになってしまった。

ついさっき、無理をし過ぎだから休めと言ってくれたくせに、滅茶苦茶だ。

だが、両の目を細めたホクホク顔で、写真画像をうっとりと眺めるアリスを見ていると、

『……何よ。私の顔見てニヤニヤして』

「うん？　いや……アリスが嬉しそうだから」

人間にしろ、動物にしろ、こちらが何かをして嬉しそうにされたら、気持ちが浮き立ってくるものだ。九十九神たちも同じようで、トキの膝の上でにこにこ嬉しそうに笑っている。

『……あなたたちって、ずいぶんとお手軽なのね。要とは大違い』

「それは、要はアリスが嬉しそうにしてても、喜んでくれないってことか？」

『うーん。喜ばないっていうか、同調したがらないっていうか……誰かと必要以上に心を通わせるのが嫌みたいなのよね。私に限らず、友だちも恋人も皆そう』

「！　こ、恋人がいるのかっ」

思わず聞き返すと、アリスの大きな目が怪訝《けげん》そうに細まる。

『……何？　気になるの？』

「え？　いや……い、いるなら、要が元気になる活力になるかなと、思って」

目を逸らしながらぼそぼそ言うトキを、アリスは探るような目で睨んできた。

『それ本心？　……今はいないわよ。でも、いたとしても駄目。言ったでしょ？　必要以上に心を通わせないって。恋人にもそう。優しくはするけど、それだけ。心は開かない』

「そんな……どうして」

『勿論《もちろん》、いい絵を描くためよ』

静かに言って、アリスは要の画集が並べられた本棚を見遣った。

『描く絵どおりの人なのよ。余分なものは全部そぎ落として、ひたすら美しいものを追究する。そうしないといいものが描けないと思ってる……真面目で、気高くて……不器用な人。……本当は、思わず猫を買ってしまうほど寂しいのにね』

その言葉を聞きながら、トキは要の画集を手に取った。

ページをめくる。どの絵もモノクロで、構図も動物にしろ静物にしろ、被写体が一つ、ぽつんと佇《たたず》んでいるものが多く、どこまでも寒々しく、もの悲しい印象を受ける。

だが、決してそれだけではないのだ。

独り立ち尽くす被写体は確かに寂しそうだが、俯《うつむ》いてはいない。

あるものは闇夜に光る月を、あるものはその目には見えぬ春を、真っ直ぐと見つめている。

どんなに辛くても、大事なものは絶対見失わない。そんな、強い意思が見える。

だから、要の絵はいい絵なのだと思う。愛《いと》おしいのだと思う。けれど――。

「余分なことかな？　人と心を通わせるの」

ぽつりと呟き、トキは肌身離さず持ち歩いている、要からもらった似顔絵を取り出した。

――ぼく、トキちゃんの笑った顔大好き。だから、トキちゃんがもっといっぱい喜んでくれる絵が描けるように頑張る！

子どもの頃の要はとても感受性豊かで、トキが喜べば喜ぶほど喜んで、自分が大事にしているものばかり、愛《め》でるようにして描いていた。それが、今では余分だと言うのか。

（この頃の絵だって、すごくいいと思うんだけどなあ）

見ているだけでくすぐったくなるくらい被写体への愛に溢れた、温かなタッチの似顔絵を見つめていると、アリスがふんと鼻を鳴らした。

『何よ。要が芸術のために恋愛も捨ててたら困るとでも言いたいの？』

「いや……別にそういうわけじゃ」

『この際、はっきりさせておきたいんだけど』

アリスが九十九神たちを蹴散らして、トキの膝上に飛び乗り、顔を近づけてきた。

『あなた、要とどうなりたいの？　恋人にでもなるつもり？　気持ちは分からなくはないけど、そういうの……はっきり言って、要には迷惑だわ』

「……迷惑」

『そうよ。要はあなたのこと覚えていないし、そもそも要はゲイじゃないし……ううん、たとえゲイだとしても、あなたは要を幸せにできないわ。だって』

「俺が福の神で、要は人間だから？」

トキが穏やかに聞き返すと、アリスが一瞬面食らったように息を止めた。

『そ、そうよ！　確か福の神って、二十代くらいで老いが止まるし、寿命も人間の十数倍あるんでしょう？　そんな相手とじゃ幸せになれるわけ』

「分かってるよ」

明るい声で言って、トキはにっこりと笑いかける。

「大丈夫だ、アリス。俺はちゃんと分かってる。男で、付喪神で、福の神である俺は、人間の要とは絶対恋人になれないし、なっちゃいけない。だから、恋人になりたいとは思わない」

『……ふん。ずいぶん聞き分けがいいのね。いつも「愛こそ全て！」みたいなノリなのに』

「はは……。俺、そんなに子どもじゃないよ」

確かに、そんな夢物語を無邪気に信じていた頃もあった。でも――。

付喪神は、情熱的な生き物だ。恋のためなら、自分の身がどうなろうと構いはしないし、どんなことでもしてしまう。

その激しさはすさまじいもので、大黒や恵比寿のような高位の神でさえ、その恋情の記憶を消すことはできない。だから、その恋を諦めさせるための呪いや制約をたくさん作っている。それに引き換え、人間はどうだ？

――お前なんか知らない。どっか行けよ。

あんなにも簡単に、全部忘れてしまえる。

――好きだよ。大好き。

昔、要と数えきれないほどに交わし合ったその言葉。当時は同じ意味なのだと思っていたが、そうではなかった。

自分の「好き」は、要の「好き」よりずっとずっと重い。離れていた十五年間、そして自

分のことを忘れても、平然と生きていける要と再会したこの七日間で痛感した。それこそ、

「十五年前離れてよかったんだって、今は思う。あのまま一緒にいたら、俺は……俺の気持ちが要には害悪だって気づかないまま、俺の思いで要をぺっしゃんこにしてたろうから」

『……』

「何だよ、その顔。大丈夫。俺はちゃんと弁《わきま》えてる。今成り行きでこんなことになってるけど、要が立ち直ったら姿を消すよ。このまま禁を犯して関わり続けたら、天罰が下る」

『……辛くないの？』

「……ああ、全然」

硬い声音で聞かれたその問いに、トキは笑顔で答える。

「だって……要が俺のこと、また覚えてくれた。俺を見てトキだって認識して、声をかけてくれる。全部忘れられて、要の中に俺が何もなかったこれまでを思えば、夢みたいだ！……ただ、今の要のこと思うとな。早く何とかしてやりたいけど……あ！」

トキは顔を上げ、窓の外を見た。庭に入ってくるワゴンが見える。要が帰ってきた！

「今日はここまで。要を手伝わなくちゃ。色々話してくれてありがとう」

トキは複雑な表情を浮かべているアリスに礼を言って膝から下ろすと、窓をすり抜け、二階から庭に飛び降りた。

「要、おかえり！」

「わああっ！」

空から降ってきたトキに、要は悲鳴を上げた。

「いきなり空から降ってくる奴があるか。びっくりするだろ」

「だって要を早く出迎えたかったからさ。それより、買い出しお疲れ。荷物運ぶの手伝うぞ」

「それはありがたいが……まずは履き物履いてこいよ」

それじゃ冷たいだろと、足袋《たび》で直《じか》に雪を踏みしめるトキの足を指差してくるので、トキは「大丈夫」と言って、地面から数センチ浮き上がってみせた。

「これならいいだろ。ほら、荷物渡せって……っ」

トキはびくりと肩を震わせた。要がしゃがみ込んで、足袋についた雪を払ってくれたからだ。しかも、とてもさりげない自然な動きで。

「便利な奴だな。じゃあ、頼む」

立ち上がると、何事もなかったように荷物を渡してくる。その後、要が買ってきた食材を手分けして冷蔵庫に入れて、要が買ってきた総菜で昼食を取ったのだが、

「お前、どっちがいい？　俺はどっちでもいいから、好きなほうを食え」

サンドイッチとおにぎりを出して、そんなことを聞いてくる。おにぎりを選ぶと、おにぎりに合うおひたしや煮魚の総菜を寄越してくるし、熱いお茶まで淹《い》れてくれる。

相変わらず仏頂面だが、昨夜までの態度とは雲泥の差だ。悪寒が走るくらい優しい。

「……要。なんか、昨日までと態度が違うな」

「うん？　当たり前だろ。俺はお前を同居人として受け入れると決めたんだから、それ相応の態度を取ってるだけだ。それに……いや」

何でもない。トキから目を逸らしてぼそりと呟くと、要は持っていたマグカップに口をつけた。

多分、要は今まで、トキにきつい態度を取るのが辛かったのだ。

こんなにも自然に相手を思いやれるくらい優しいから、たとえ相手が誰であろうと、相手が傷つくような言動をすると心が痛んでしまう。

だから、もうトキに冷たい態度を取らずにすんで、安堵しているのではないか。

（……ごめんな、要）

こちらの都合で嫌な思いをさせた。でも、そんな要の気持ちを思えば思うほど、トキの胸は苦しくなった。

大好きな絵も描けない辛い状況であるにも関わらず、そばにいる人間のことを慮《おもんぱか》れる。

——トキちゃん、泣かないで。ぼく、もう泣かないから、大丈夫だから……泣かないで。

十五年前と同じ……強く、優しい男なのだ。

——あの人間は、もう……救えないよ。

——ソノ人間ハモウ駄目ゾ。ウヌガ何ヲシテモ立チ直ラヌ。

疫病神や毛有毛現たちの見解は、とんだ見当違いだ。要は決して、駄目なんかじゃない。必ず、この状況から立ち直る。そして、幸せになるべきだ。だから――。

『……ちょっと、あなたどこ行くの？』

深夜。魘される要を寝かしつけた後、こっそり家を抜け出そうとしたところを、アリスに呼び止められた。

『少しは休みなさいって忠告したばかりなのに。全然聞く気がない……っ』

「お嬢さん。よろしかったら、これから少し付き合いませんか？」

芝居がかったように手を差し出してみせると、アリスの目が少し泳いだ。

『つ、付き合うってどこに……？』

「夜の散歩。ほら。懐に入れ。外寒いから」

狩衣の胸元を開いて促すと、アリスは少し迷う素振りを見せたが、「しかたないわね」とツンツンした声で言いながら、懐に飛び込んできた。

『いい？　本当は行きたくなんかないの。でも、あなたが変なことしたら要がとばっちりを食うから……じゃなかったら、誰があなたと散歩になんか！　……で？　どこに行くの？』

少し寒いのか。身をすり寄せてきながら尋ねてくるアリスを包み込むように抱えると、トキは「すぐ分かるよ」と答えて、外に出た。

「なあ、アリス。昼間話してくれたことだけど」

星が冴《さ》え冴《ざ》えと輝く夜の空を疾走しながら、トキは囁いた。

「要が創作のために人と距離を置いているとしても、今の要には人との繋がりが必要だと思うんだ。要は、誰かが喜ぶと嬉しいと思える優しい奴で、人一倍寂しがりだ。だから」

ここで、トキは一本の大きな杉の木のてっぺんに降り立った。

眼前には、要の家の近くにある小さな村があった。どの家も明かりが消えていて、皆寝静まっている。それを見据えつつ、トキは懐から打ち出の小槌を取り出した。

『何をするつもりなの？』

「そうだな。題して『将を射んと欲せば』作戦、かな？」

『はあ？　それってどういう……きゃっ』

質問の途中で、トキは留まっていた杉の枝を蹴った。

村の家々の屋根を伝え飛びながら、打ち出の小槌を振るう。

富よ来そうらへ。幸よ来そうらへ。

明朗な声で唄《うた》いながら、舞を舞うように小槌を振るう。

小槌から鈴の音のような音とともに、小さな光の粒が無数に湧き出てきた。

その粒は蛍のような淡い光を放ちながら、雪のようにしんしんと村の家々に降り注ぎ、染み込んでいく。それはとても幻想的な光景で、アリスはほうっと息を吐いた。

『あの光は……何？』

「『小福の寿《ことほ》ぎ』だよ。あれが降り注いだ家は、ちょっとだけいいことが起こるんだ。懸賞が当たったり、家庭菜園の野菜が豊作になったり。その程度だけど、いい気持ちにはなれる」

『それは、つまり……周りが幸せになったら、要も幸せな気持ちになれると言いたいの？　それ、どうかしら。自分が不幸なのに、人の幸せを喜べる？』

「ふふん。そこが、福の神の腕の見せ所だ。大丈夫。必ず、上手くやってみせるさ」

胸を張って、トキは宣言する。

要が立ち直ったら、もう要と関われなくなる。そしたら、

――要！　お前と一緒に作ったこのコロッケ、すごく美味しいぞ！

――それ……カップ麺と同じ感想じゃないか。もっと……もっと、他にないのか。

――えー？　じゃあ……初めての共同作業で作った、二人の愛の結晶だけあって、ほっぺが落っこちるほど美味……。

――へ、変な言い方するな！

あんなに楽しい夕飯も、食べられなくなる。それでも……！

（……いいんだ！　要がいいなら……俺もいいんだ！）

必死に自分に言い聞かせながら、トキは小槌を振るい、陽気な声で唄い続けた。

＊＊＊

『汐見さあん。いらっしゃいますかあ』

そんな声が玄関先からしたのは、とある昼下がり。トキとキウイのコンポートを作っている最中だった。

要がエプロンを外して玄関に向かうと、小学生くらいの女の子が立っていた。近所に住んでいる家の子だ。

「あのぉ……この前、お菓子ありがとうございました。すごく美味しかったです！　それで……えっと、うちでいっぱい白菜が採れたからって、母さんが」

「あ……。それは……こちらこそ、いつもありがとう」

『要』

白菜を受け取ろうとすると、突然耳元でトキの声がしたものだから、要は肩を震わせた。

『これ。お礼に持たせてやれよ』

姿を消したトキが、要の手に何かを握らせてくる。見るとそれは、先ほど作ったばかりのコンポートが入った瓶だった。

「……あの、どうかしたんですか？」

「え？　ああ、何でも。それより、ついさっき作ってみたんだけど、よかったら」

要が瓶を差し出すと、女の子は「わあ！」と声を上げ、目を輝かせた。

「これなあに？　ジャム？」

「コンポートって言って、キウイを砂糖とレモン汁で煮たものだよ。ヨーグルトやアイスにかけて食べると美味しいよ」

「へえ！　汐見さんって、オシャレな食べ物いっぱい知ってるんですね！」

東京に行った人って、やっぱりすごい！　と、妙な賞賛をし、女の子は瓶を抱え、嬉しそうに帰っていった。その小さな後ろ姿を見送っていると、真横をド派手な朱色が横切った。

「わあ！　でかい白菜だな」

姿を現したトキが、女の子が置いていった大きな白菜を見て目を丸くするので、要は頭を掻きながら、息を吐いた。

最近、近所の人たちがよく、おすそ分けを持ってやってくる。家で育てている野菜がたくさんできたからとか、懸賞が当たってとか理由はまちまちだが、とにかくよく持ってくる。

それに対しトキが、「何かお返ししたほうがいい」と言うので、仕事関係の人から送られてくる見舞いの品などを適当に渡していたら、いつの間にか近所付き合いが定着してしまった。

そして、その結果が……これだ。

おすそ分けしたいと言う気持ちはありがたいが、量も考えず贈られると困る。さっき作ったコンポートだって、トキと二人で食べ切れなかったキウイを片すために作ったものだし。

これだから、近所付き合いなんて嫌なのだ。面倒ったらない！　……なんて、今までの自分だったら思ったろう。だが、今は……あまりそう思っていなかったりする。その原因は、

「これ、どうやって食べようか？　要」

ひどく楽しげに白菜を突っついている、この男。

「お前、そんなに白菜好きだったけ？」

「好きっていうか。要がこれをどんな料理にしてくれるのか楽しみなんだ」

最初は、この男の食費が浮くから。と、思おうとしたけれど。

「ほら、前の大根。三日間連続大根三昧だったのに、全然飽きが来ないし、全部美味くてさ。大根ってこんなに色んな楽しみ方があるのかって感動したよ。だから今度も楽しみだなって」

「……そうかよ。じゃあ、今日はまずミルフィーユ鍋にでもしてみるか」

「！　ミルフィーユってケーキだったよな？　え？　ケーキと白菜って合うのかっ？」

こんなやり取りに始まり、もらった野菜をトキと一緒に料理し、食べて、「美味しいな」と笑うトキを見ると無性に……おすそ分けをしてくれた人たちに対し、感謝の念が湧いてくる。

この男が、こんなに喜ぶものをくれて、ありがとう……なんて。

誰かの笑顔を見て、こんなことを考えるのは初めてだった。それから――。

『ま、待ってくれ！　話せば分かる……ぎゃあ！』

ある日、買い出しから帰ってくると、奥からトキの悲鳴が聞こえてきたことがあった。

『だ、だって！　お前が言ったんじゃないか。管理人だから閲覧者が増える工夫をしろって！　だからやったんだよ。ああいうオチがあったほうが、受けがいいんだって！』

管理人？　閲覧者？　何のことだと首を捻りながら、部屋の中を覗いてみると、全身の毛を逆立てたアリスから逃げ惑うトキの姿が見えた。

何を騒いでいるのかと思ったら……しかし、何をしてアリスをあんなに怒らせたのだろう。不思議に思いながら、リビングのドアを開けると、トキがすぐこちらに気がついた。

「あ！　要、おかえり……わっ。こら、アリス。要に『おかえり』くらいさせて」

トキが必死に宥めるが、アリスは聞く耳を持たない。ますます毛を逆立て、フシャァアア！と鳴き声を上げながら、トキに猫パンチを繰り出し続ける。

ものすごい剣幕だ。ここまで怒ったアリスは見たことがない。

「おい。お前、アリスに何した……っ！」

言いかけ、要ははっとした。こたつの上に置かれたノートパソコンが目に留まったからだ。

ノートパソコンのディスプレイには、白目を剥いて爆睡しているアリスの不細工な寝顔の画像が、でかでかと映し出されている。

スクロールしてさらに確かめてみると、それはどうやらブログのようだった。他にもアリスが珍妙なポーズを取って映っている画像が、

『皆さん、ごきげんよう！　私はアリス。この美貌で世界を獲る女よ！』

などという、これまたひどいコメントとともに掲載されている。

ブログのデザインも米俵と鯛《たい》の画像が乱れ飛ぶ、センスの欠片もないものだし、管理人の名前は「ハッピー・ゴッド」で、ブログタイトルは「アリスお嬢様と愉快な下僕たち」。

……何もかもがひど過ぎる。

「要ぇ、頼む。アリスを止めてくれ。いくら宥めてもきかな……ぎゃっ！」

「何やってんだっ、お前！」

要はアリスと一緒になってトキを追い回した。

「人の猫使って勝手にこんな変なもん作りやがって！　どういうつもりだっ」

「変なって、失礼な！　皆で一生懸命作ったのに！」

「皆って誰だっ？　しかも、この出来で一生懸命って……とにかく！　こんな、何から何まで悪趣味なブログは消せ！　今すぐ……っ」

足に違和感を覚え、要は歩を止めた。さっきまでトキを追い回していたアリスが、要のズボンの裾を咥えて引っ張ってきたからだ。

「アリス？　一体どうした」

「こ、このブログ、アリスに頼まれて作ったもんなんだ！　写真集出したいから、自分のフォトブログを開設して欲しい。そしたら人気が出て、写真集が出版されるからって」

トキの説明は信憑性《しんぴょうせい》の欠片もないものだった。だが、いつも澄ましてばかりいるアリスが、縋《すが》りつくようにこちらを見上げてくる様を見ると——。

「……なあ。アリスは、俺の言葉が分かるのか？」

「ああ。アリスはかしこいからな。ちゃんと分かってるよ」

トキがそう言うので、要は少々躊躇《ためら》いながらもしゃがみ込み、アリスの顔を覗き込んだ。

「……お前、フォトブログやりたいのか？」

尋ねると、アリスは行儀良くお座りし尻尾《しっぽ》をピンッと立てて、ニャァと一声鳴いた。

「『やるからには、トップを目指すわ！』だって」

トキの通訳を聞き、要は少し驚いた。

「お前、実は野心家だったんだな。……まあ、そんなにやりたいならやってみな」

アリスの頭を撫でながら言ってやると、トキは「本当かっ、要」と目を輝かせた。

「ああ。ただし、これじゃ駄目だ。これから、これを直す……」

「よかったな、アリス！　要も手伝ってくれるってさ。これで百人力だな」

トキがアリスを抱き上げ、くるくると回り始める。

手伝うなんて一言も言っていないのだが、と言いたくなったが、結局言えなかった。トキの手からジャンプし、要の腕の中に飛び込んできたアリスが、とても嬉しそうに見えたから。

……と、最初はあまり気乗りせずに始めたことだった。

だが、いざ始めてみると……何だか、妙に楽しい。

写真なんて特に興味はなかったし、文章を考えるのに至っては苦手なのに、トキと一緒に結構ノリノリなアリスの写真を撮って、記事の内容をあれこれ考えて、載せた記事にコメントがつくと喜んではしゃぐトキを見ていると、こちらも気持ちが浮き立ってくる。

こんなふうに、トキとだと、今まで面倒だと思っていたことが、いやに楽しく感じられる。ブログ更新は勿論のこと、家事も、テレビを見るのも、それから……。

「お前、本当に神様っぽくないよな。人間のこともやたらに詳しいし」

「ああ。俺が通ってた学問所じゃ、『現代人間学』って授業があってな。それでたくさん現代人のこと、勉強したんだ。教えてくれた神様たちも、熱心だったしさ」

「へえ。熱血教師って奴か」

「うん。恵比寿様は授業中に何匹鯛が釣れるかって、いつも限界に挑戦してたし、大黒様は正規の授業とは別に、週五回性教育の補講開いてたし」

「……どいつもこいつも、熱心の方向性間違え過ぎだろう」

実りのない無駄なお喋りなんて嫌いなはずなのに、こんなとりとめもない話を延々続けても、苦にならない。それどころか、言葉が後から後から、口を突いて出てくる。

また、逆に会話がなくても、それはそれでよかった。会話もなく、目を合わせていなくても、トキの気配が同じ空間にあるだけで、妙に心が安らいで、ほっとして、気がつくと、

「おはよう。要」

朝、トキに運んでもらったベッドで、トキと一緒に寝ている。

そんな状況が、いまだに信じられない。

これまで、誰かといて心が休まったことなどただの一度もない。

元々人付き合いが苦手な性質だが、志を同じくする友人、こんな自分に好意を寄せてくれた恋人といる時でさえ、何でもない時を過ごしていると、落ち着かない気分になる。

自分はこんなことをしている場合じゃない。こんなことをしていてはいけない。

そう、心のどこかで誰かが激しく騒ぎ立て、要の心をどうしようもなく不安にさせるのだ。

そして、その声が聞こえなくなるのは、絵を描いている時だけ。

自分には絵しかないと思うのも、この強迫観念にも似た感情が大きな理由だったりする。

友情も愛情も、自分の心を満たしてはくれない。安らぎをくれるのは絵だけ。それしかない。だから、絵が描けないと息をするのさえ辛かった。

だが、この男といると、絵が描けなくても苦しくない。

今までほとんど感じたことがない、「楽しい」という感情を覚える。息ができる。

……信じられないことだった。

なぜだろう。今まで、他の誰にもここまで心を許したことはないのに。

辛いことがあり過ぎて、一人では立っていられないほど心が弱っているから？

それとも人を幸せにすることを生業《なりわい》にしている福の神だから？　まあ、自分のような富による幸せを拒絶した人間の場合の対処法を、学問所で学んだのかもしれないが……と、ここまで考えたところで、要ははたと気がついた。

自分に対してのこの態度が仕事の一環なのだとすると、トキはこれまで自分以外の人間に対しても、こういう態度を取ってきたということになる。

「お前を幸せにするのが、俺の仕事だ」と、自分に向けてきたのと同じ、見るだけで心が温かくなるような笑顔を向けながら！　などと、思ったら――。

「珍しいな。要が俺より遅く起きるなんて。昨日の雪かきで疲れた……っ」

要は「あっ」と間の抜けた声を漏らした。自分が何をしたのか分からなかったのだ。

だが、こちらに伸びてきたトキの手を邪険に振り払ったのだと分かった瞬間、思わず払った右手を隠した。自分は、一体何をしているのだ！

「？　要。どうしたんだ、いきなり」

「何でもない。そ、そう言えば、よく考えてみると……福の神って、ホストみたいだよな」

（……おいおいおいおい！）

いきなり何を言い出すのだ、この口はっ。

「……は？　ホスト？」

「ああ。だってそうだろ？　仕事だったら相手が誰だろうと一生懸命楽しませたり、こうして一緒に寝たり、まるでホスト……っ！」

本人の意思を無視して、勝手に動き続けていた口がようやく止まった。トキの柔和な顔から、見る見る感情の色が消えていくのが見えたからだ。

「あ……その、悪いっ」

慌てて上体を起こして、要はトキに詫《わ》びた。トキがここまで冷え冷えとした無表情を浮かべたのは初めてだったから、それほどまでにトキを傷つけたのかと思って怖くなったのだ。

「別に、お前を馬鹿にしたわけじゃない。ホストだって立派な職業だし……大変だと思ったんだ！　俺は、愛嬌《あいきょう》も社交性もないから……仕事だからって、こんなこと絶対できな……っ」

必死に謝罪の言葉を捻り出していた要は、思わず息を呑んだ。

トキが両肩を摑んできたかと思うと、ベッドに押し倒してきたからだ。

「おいっ。いきなり、何……」

「……嫌なのか」

要は息を詰めた。今まで聞いたことのない声が、鼓膜を揺らしたからだ。

誰の声だ？　こんな声は知らない。低いがよく通る、少し掠《かす》れた艶《つや》のある男の声なんて。

自分を見下ろしてくるこの顔もまた、知らない顔だった。顔の形は確かに自分の知るトキのものなのに、普段の人懐こいのほほん顔はどこかに消えて、狂おしいほどにこちらを見つめてくる、凜々しい端整な顔立ちの男がいるばかり。それなのに、

「要」

甘く掠れた囁きとともに近づいてくる、少し濡れた瞳から目が離せない。

「俺が、お前以外の誰かと、こんなことするの……嫌か？」

痛いほど強く肩を摑まれる。誤魔化しや嘘は許さないと言わんばかりに。

その、肩から伝わる掌《てのひら》の感触と、見つめてくる瞳に煽《あお》られて、

「……嫌、だ」

思わず、そう……呻いていた。

「お前が、他の誰かに、こんなことするのも……仕事で、こんなことされるのも……嫌だ」

また、借り物のように口が動いて、本心を口にする。

本心……そう、嫌なのだ。

最初から、お前の元に来たのは仕事だと告げられていたし、自分もそれを分かった上で、トキを受け入れたはずだった。

でも、今は……トキが今までしてくれたこと全部が、単なる仕事の一環で、他の誰とでもこんなことをしてきたのかと思うと、ひどくやるせなくなる。

トキとのこれまでの日々が偽善に満ちた仮初《かりそ》めの産物に思えると同時に、そんなものにいまだかつてないほどの安らぎを覚えていた自分が、どうしようもなく滑稽に思えて、胸が張り裂けそうになる。

なんて、そこまで考えたところで、要は無自覚にトキを睨みつけた。

「お前、仕事熱心過ぎだ。俺に、ここまで思わせて、どうする……っ！」

憎らしくて、ついそんな恨み言を口にしかけた時。要は心臓が止まりそうになった。

トキに、強い力で抱き締められたからだ。

「……要」

耳元で切なげに名を呼ばれ、抱き締めてくる腕にいよいよ力が籠もる。

要は抵抗できない。あまりにも予想外の出来事に、頭がついていかなくて、ただただ呆然とすることしかできなかったのだ。

けれど、熱の籠もった声音と、抱き締めてくる腕の逞しさを感じれば感じるほど、心臓の鼓動がどんどん速くなっていく。

それが痛みを伴うほど激しさを増した時、ついに耐えられなくなって、トキの腕から逃れようとすると、トキが勢いよく身を離した。……かと思うと、

「ありがとう、要！」

トキが再び、顔をぐいっと近づけてきた。その顔にはいつもの無邪気な笑みが浮いている。

「お前が俺のこと、そんな……家族みたいに思ってくれていたなんて、すごく嬉しい！」

「え……か、家族？」

唐突に飛び出したその単語を思わずオウム返しすると、トキは深々と頷いた。

「ああ！　上辺だけでこんなふうに暮らすのが嫌ってことは、そういうことだろ？」

「ま、まあ……言われてみれば、そうだな」

トキが仕事で自分と接するのは嫌だとは思うが、なぜそう思うのかまでは考えていなかった要が、おずおず同意してみせると、トキはますます目を輝かせた。

「実は俺、お前のこと……勝手に友だちとか、家族みたいに思ってたんだ。仕事相手？　を、そういうふうに思うのは、本当はすごくよくないんだけどさ。お前は俺の……初めてとり憑いた人間だから、どうしても幸せにしたいって思って、頑張ってたら、その……へへ」

「あ……ああ。そう、なのか？」

「うん。だから……これからもよろしくな？」

照れ臭そうに笑いながら言うと、トキはベッドから飛び降りた。

「さてと！　そろそろ飯にしようか？」

何があったかなあ？　暢気な声で独り言ちながら、トキは寝室を出て行った。

トキが出て行った襖を、要は呆然と見つめていた。だが、しばらくして……見る見る真っ赤になっていく顔を掌で覆った。

（な……何だったんだっ、今の！）

予想外過ぎることが立て続けに起こり過ぎて、頭が混乱する。

唐突に気づいてしまったトキへの執着心もそうだが、先ほど不意に見せたトキのあの顔！

（あいつ……あんな顔できるんだ）

天真爛漫《てんしんらんまん》で無邪気な子ども、または人懐こい犬のような男だと思っていた。言動も仕草も何もかもが子どもっぽく、屈託がなくて、よく見るとかなり男前な容姿をしているのにもったいない。なんて思ったこともあったが、まさか……。

（しゃきっとすると、あんなに格好良くなるなんて……て！　いやいや！）

違う。今はそんなことどうでもいい。問題なのは、トキの真意だ。

——お前のこと、友だちとか、家族みたいに思ってる。

本当か？　本当に……トキはそう思っているのか？

トキは自分を特別に思ってくれている。それは確かに感じた。でも、何か違和感を覚える。

先ほど一瞬垣間見せた、自分の知らないトキの言動。

とても家族に対してのものとは思えない。あれは、むしろ——。

『要ぇ！』

突然名前を呼ばれて、要はびくりと全身を震わせた。

「要。この牛乳、賞味期限が今日までだ。どうしよう？」

「え……あ、ああ。じゃあ、朝はフレンチトーストにでもしよう。食パンあったよな」

開いた襖から顔だけ出して聞いてくるトキにそう答えて、要はベッドから降りた。

それから、二人で朝食を作って一緒に食べたが、トキはいつもどおりのほほんとしていた。

その後、食器を片付けても、洗濯物を干しても、やっぱりいつもどおりで、今朝の出来事は夢だったのではないかと錯覚してしまいそうになる。

……いや、夢だったと片付けてしまうのがいいのかもしれない。

「要！ ちょっとこれ、飲んでみてくれ」

「なんだ、これ……しょうが湯か？ でも、なんでまた」

「風邪の予防になるって書いてあったから、作ってみたんだ。お前昨日、長い間外で雪かきしたし、今朝は寝坊助の俺より遅く起きたから、ちょっと心配になってさ」

「お前、俺をどれだけやわだと思ってる。あれくらいで風邪なんか引くか。……まあ、美味いから飲むけど」

この穏やかで温かな日々に、なぜ水を差すようなことを考えなければならない。自分は今の暮らしに満足していて、トキもそう思っているはずで……だったら、いいではないか。

いつもと変わらないトキの屈託のない笑みと、内に優しく染み込んでいく温かなしょうが湯の感触が、要にそう思わせる。

けれど、あの時のことが……五感にこびりついて離れない。

鼓膜を撫でる、甘やかな低音の声。苦しくなるほど強く掻き抱いてくる精強な腕。

そして、狂おしげに見つめてくる濡れた瞳。

記憶の中のそれらは、いくら振り払おうとしても離れてくれず、要の五感を激しく揺さぶり、絡みついてくる。しかも、それはトキを見れば見るほどより鮮明になっていく。落ち着かない。心臓が痛い。それなのに、トキは全然いつもどおり。

（くそっ！　馬鹿か、俺は）

トキはちっとも気にしていないのに、自分ばかりあたふたして滑稽なことこの上ない。とにかく、今朝のことを考える前に落ち着こう。まずはそれからだと、深く息を吐いて自分を落ち着けていると、マグカップを洗いに行っていたトキが台所から戻ってきた。

「要、なんか手紙が届いてたぞ」

「手紙？　誰から……ああ、笹倉《ささくら》先生か」

「笹倉先生？」

「大学時代の恩師だ。親身になって絵を教えてくれたいい人……」

言いかけ、要は口をへの字に曲げた。「どうしたんだ」とトキが首を傾げるので、手紙の中身を放って見せる。

「何々？　個展祝賀……パーティーの招待状っ？」

「ああ、しかも三日後。帰省先教えてなかったからなあ」

「三日後っ？　あ……大変だ！　え、燕尾服《えんびふく》用意しないとっ」

「お前、どんな壮大なパーティー想像してるんだ。精々百人くらいの簡素なやつだよ。ただ」

開催場所、東京という文字に要は眉《まゆ》を寄せた。

東京にいた頃の自分が心中をかすめる。

楠本が流したのだろう嘘に踊らされて、自分を「水墨画界の恥さらし」とこき下ろしてきたマスコミや、騒ぐマスコミに恐れ、自分を切った画商たちに憎悪を燃やし、楠本に裏切られたトラウマから、友人たちに疑念しか抱けなくなってしまった醜い自分。

今、東京に行ったら、自分はどうなるだろう。

平静を保てるのか？　醜態を晒《さら》し、誰かを傷つけたりしないか？

行くのが、ひどく億劫《おっくう》に思えた。だが、そんな事情など知るよしもないトキは「行ってこいよ」と当然のように言ってくる。

「風邪気味なのがちょっと心配だけど、世話になった人からのお呼ばれなんだろ？　だったら、行ったほうがいい。お前の元気な姿見せて、安心させてやれよ。ここにまで手紙を寄越してきたのも、お前のこと心配してのことだろうし」

トキの言うとおりだ。自身のパーティーに招待してくれた笹倉に、どんな悪意があると言うのか。ただ純粋に自分のことを心配して、呼んでくれただけだ。

「そう、だな。たくさん心配させてしまったのに、断るなんて失礼だよな」

自分に言い聞かせ、決意を固める。

行こう。いつまでも、全てを投げ出してここに閉じこもっているわけにはいかないのだから。それに――。

「おう。先生、お前の顔見たらきっと喜ぶぞ」

しばらく、トキのそばから離れたかった。トキの笑顔を見ただけで、ドキドキしてしまうこの心臓を鎮めたかったから。


トキから離れれば、浮ついていた気持ちも落ち着く。そう思っていたのだが――。

「お！　汐見が来たぞ」

三日後、笹倉のパーティー会場に訪れた要は、思ってもみなかった人々に出迎えられた。大学時代、笹倉のゼミでともに学んだ友人たちだ。

「……お前ら、なんでここに」

「『なんで？』じゃねえよ。お前の顔見に来たに決まってるだろ」

「そうだよ。事故で大怪我して、マスコミに叩かれた後、音信不通ってなったら、図太い神経のお前のこととはいえ、さすがに心配になるっての」

どうやら、自分のことを心配して、わざわざ集まってくれたらしい。皆、仕事で忙しいだろうに、ありがたいことだ。けれど、

「大体、なんで私たちに連絡一つ寄越さなかったのよ。お見舞いくらい行きたかったのに。あなたっていつもそう。心配してるこっちの気持ちなんかまるで考えないんだから！」

ゼミで紅一点だった深雪《みゆき》にそう責められた時、要はこう思った。

どうして連絡しなかった？　そんなの、会いたくなかったからに決まっている。

事故当時の自分は、怪我のこと、仕事のこと、楠本のこと……あらゆる事象が重くのしかかり、追い詰められて、人とまともに会話できる状態ではなかった。

会えば必ず、ひどい暴言を吐き捨て、相手を深く傷つけたことだろう。

そんなことはしたくなかった。それに、

「別に、この程度のことでわざわざ連絡する必要はないと思ったんだ。お前ら忙しいし」

「はぁぁ、これだよ。今回のどこが『この程度』なんだよ？　まあ、お前らしいけど」

「ああ。絵以外のことは全然興味なし。何があっても顔色一つ変えねえ。けど、だからこそあんなすごい絵が描けるわけだから、お前はそれでいいんだろうな」

自分のことを「鋼の心臓を持つ男」として一目置いている彼らに、幻滅されたくなかった。

東京に越してきてからというもの、要は常に強気な言動をすることを心がけてきた。

小学校の時みたいに苛められ、惨めな思いをしたくなかったから、必死に弱みを隠して、肩肘《かたひじ》を張り続けた。おかげで、誰にも苛められることなく、強い男として周囲から認められることができた。

本当の自分……小さなことで一々クヨクヨして落ち込む悲観主義者とは正反対の認識で、時々苦しくなることもあるが、下に見られて馬鹿にされたり、自分によくしてくれる人たちを心配させることもないから。そこまで考えて、要はふとトキのことを思った。

思えば、自分は初めて会った時から、トキに対して、格好つけられたことも、思いやれたこともほとんどない。当たり散らすか、みっともない醜態を晒してばかりだ。

それなのに、あの男はいつも朗らかに笑って、自分を慈しんでくれる。

（ホント、物好きな奴だよな。でも）

トキのおかげで、こうして人前に出られるほど、自分は持ち直すことができた。トキがいなかったら、自分は今も祖母の家に一人籠って、鬱屈《うっくつ》した毎日を過ごしていただろう。

ただ……いい加減、このままの関係を続けるのはよくないと思っていたりする。

どんな相手だろうと、一方的に寄りかかる関係なんて間違っている。しかし、何をすることで、自分はトキと対等の関係になれるのだろう？

笑顔で送り出してくれたトキを思い浮かべ、そう考えた時だ。

「あ。汐見君、今誰のこと考えたの？　……もしかして彼女？」

深雪がいきなりそんなことを言い出すものだから、要はぎょっとした。

「えっ？　汐見、お前彼女がいるのかっ」

「違うっ。そう言うんじゃ」

「『そう言うんじゃ』？　じゃあ、どう言う女なんだよ」

「だから！　どう言うも何も」

「当ててあげましょうか?」

今一番したくない話を回避しようとする要の言葉を、深雪が遮る。

「その子、天真爛漫で、いつもにこにこ笑ってる色の白い子でしょ?」

ズバリ言い当てられたトキの特徴に、要は思わず息を呑んだ。深雪が「やっぱりね」と勝ち誇ったように笑う。

「どうして分かったかって? 簡単よ。汐見君が付き合う子って、全員そのタイプだから……ていうか、やっぱりいるんじゃない」

「それは……っ」

「お前っ、さては田舎に引っ込んだのは彼女と存分にイチャつくためかっ」

「くそっ! 滅茶苦茶心配させておいて、ふざけるな」

首をホールドされ、もみくちゃにされた。その後も、散々からかわれた挙げ句、彼女とはどこまで行ったのか。結婚するのかなどしつこく質問攻めしてくる。

全く。違うと言っているのに、人の話を聞かない連中だ。あいつは男だぞ! と、内心毒づきながら、少々乱暴に酒を呷《あお》っていると、友人の一人がからかうようにこう言ってきた。

「お前、今度こそ大事にしろよ。じゃなきゃまた、楠本先輩に盗られるぞ」

酒を飲む手が止まる。

「え? またってどういうことだよ」

「なんだ、知らないのか？　こいつが別れた女って、その後皆、先輩と付き合うんだよ。先輩がこいつのことで悩んでる女の話を聞いてやってるうちにってパターンで」

「へえ。でも納得。先輩優しいもんなあ。おまけに顔もいいし、才能もある。あんな完璧超人と、愛想の欠片もない汐見と比べたら……そりゃ、誰だって先輩選ぶ」

「しないっ」

気がつくと、要は声を荒らげていた。

「絶対しない。あいつは俺にべた惚れなんだから、そんなこと……っ」

相手にきつく言いかけ、要ははっと我に返った。呆気に取られたようにこちらを見ている、皆の顔が見えたからだ。

その視線に今更居たたまれなくなって、要は足早にその場を離れた。

背後から「お前こそべた惚れじゃないか」と酔っ払い特有の笑い声が追い打ちをかけてきたが、振り返らず会場を出た。

（……くそっ！）

酔っ払い相手に、自分は何をムキになっているのだ。みっともない。というか。

（あいつは俺にべた惚れって何だよ！）

告白されたわけでもないのに。男なのに。滅茶苦茶だ。

トキのそばを離れれば、気分が落ち着くと思った。それなのに、全然駄目だ。

……トキのことばかり、考えてしまう。

そばにいないと余計に、今何をしているのだろうとか、これまでのこととか、色んなことが脳内を巡り、最後に……あの朝に向けられた、狂おしい瞳を思い出して、胸のあたりに焼き切られるような痛みを覚える。

そして、早く帰ってトキの顔を見たいと思って……ああ。この苦しさは、焦燥は何だ。

(くそっ。あいつらが「恋人」だの何だの言うから。俺はゲイじゃないのに！　……けど)

――こいつが別れた女って、その後皆、先輩と付き合うんだよ。

そうだったのか。全然知らなかった。

楠本のことは絵のこと以外興味がないし、彼女たちのことも……要は基本、自分の元を去っていった相手のことはほとんど顧みない。

自分は創作に関して妥協するつもりは一切ないし、この性格を変えることだってできない。だから、こんな自分が嫌だと言って去っていった相手のことをあれこれ考えたってしょうがないから……と、廊下で一人考えていると、背後から声をかけられた。

振り返ると、そこには深雪がいた。

「ごめんなさい。あの人たちに悪気はないの。ただ、酔ってバッシングのこと忘れてて」

分かってると答えると、深雪は小さく笑った。何がおかしいのだと尋ねると、嬉しいのだと返される。

「バッシングのこと、少しは気にしてたんだと思って。そうじゃないと、先輩が可哀想」

「……どういう意味だ」

「知らないの？　先輩、あなたのこと……ううん、あなたの才能をかなり意識してる。今は自分のほうが上だけど、いつかはあなたに追い越されるんじゃないかってね。それが悔しくて、あなたへの依頼や彼女を横取ってみたり」

意外な言葉に、要は目を見張った。

楠本が要から仕事を横取りしたのは、今回が初めてだと思っていた。それなのに、仕事どころか女まで、学生時代から奪われ続けていたというのか？

絶句する要を、深雪はおかしそうに笑った。

「驚いた？　でもホント。あの人ってそう言う人よ。表面上は穏やかで優しいけど、実は嫉妬深くて、自分が一番じゃなきゃ気がすまない自尊心の塊。だから、あなたのことが大嫌い」

「それ……先輩と付き合って知ったのか？」

「ううん。あなたと付き合ってた時」

さらりと、深雪はそう言った。そして、少し潤んだ目でこちらを見据え、艶めいた声でこう付け足した。

「だからね。私……あなたと別れて、先輩と付き合ったのよ。そしたら、あなた……少しは私のこと見るかなって。でも」

深雪は言葉を切り、ゆっくりと視線を逸らした。

「ごめんなさい。最近割と、あなたのことばかり考えていたから……腹が立ったの」

「……」

「それとね。私、来月結婚するの。あなたと違って、ちゃんと私を見てくれる人と」

「……そう、か。おめでとう」

何とか、それだけ言うことができた。

瞬間、深雪は唇を噛んだ。だがすぐに「ありがとう」と満面の笑みを向けてきて、

「今の彼女、後どれだけ……あなたに耐えられるでしょうね？」

また、先輩に盗られちゃえばいいのに。

そろりと言った。ぞっとするほど、綺麗な笑みで。

立ち尽くす要を、深雪は静かに見つめていた。だが、すぐにいつもの人懐っこい笑みに戻ったかと思うと、要の腕を引き、明るい声でこう言ってきた。

「そろそろ戻りましょ？　皆、あなたに話したことがあるの」

＊＊＊

夜。九十九神《つくもがみ》たちと夕飯の準備をしていたトキは、作業の手を止めて、何度目になるか分

からない溜息《ためいき》を吐《つ》いた。

九十九神たちが手を止めて、トキの元に駆け寄ってくる。

「あ……悪い。俺また、溜息吐いたな。ハハ……そうだな。もうすぐ要《かなめ》が帰ってくるのに、こんな顔で迎えるのはまずいよな。でも」

トキを笑わせようと、一生懸命変な顔やポーズを取ってみせる九十九神たちに、トキは笑おうとしたが、肩を落とし俯《うつむ》いてしまった。

「なんか、胸騒ぎがするんだ。変なことなんか起こらないって、思いたいのにさ」

『嘘吐《うそつ》き』

きっぱりとした否定が飛ぶ。顔を上げると、台所に入ってくるアリスの姿が見えた。

『あなたのそれは、「胸騒ぎ」じゃなくて「過度な心配」だわ。どうせ、例の記事を気にして気に病んでるんでしょ?』

例の記事とは、以前ネットで拾い読んだ、要のゴシップについてのことだ。

現在の要のことを知りたくて、少しでも情報が得られればとネットを覗《のぞ》いてみたら、要が東京で受けた仕打ちについて書かれた記事が出てきたのだ。

せっかく依頼してもらった大きな仕事が事故で駄目になったこと、謂《いわ》れのない嘘で叩《たた》かれ、仕事を失ったこと。

東京で何かあったから、こんな田舎《いなか》に引っ込んだのだろうと思ってはいたが、まさかこんなにも辛《つら》い目に遭っていたなんて。

その時の要の気持ちを思うと、今でも胸が詰まる。けれど――。

『いつまでも、ここに引きこもってるわけにはいかないわ。どんなに辛くてもね』

そうだ。塞《ふさ》ぎ込んでいるだけでは何も変わらないし、生きてもいけない。誰も頼る者がいない天涯孤独の身の上であるなら、なおさらだ。

『あなたはそれが分かっていたから、要に東京へ行くよう勧めたんでしょ？　そして、要はその言葉に後押しされて、一歩前に踏み出した。だったら、信じなさいよ！　じゃなきゃ、あなたの言葉に従って勇気を出した要が可哀想《かわいそう》だわ！』

尻尾《しっぽ》をぶわっと膨らませるアリスに、トキは苦笑した。

「ごめん、アリス。そうだな。俺が勧めておいて信じないなんて、要に失礼だよな。……うん。要は必ず、世話になった人たちにちゃんと挨拶して、帰ってくる！」

自分に言い聞かせるように、トキがそう言った時だ。玄関のほうで音がした。

瞬間、アリスが「要だわ！」と叫んで、弾《はじ》かれたように玄関に向かって駆けていった。そんなアリスに笑いながら、トキも玄関に向かった。

「おかえり、要！　雪は大丈夫だったか？」

満面の笑みを浮かべて、トキは雪を払う要に呼びかけた。

「ああ。ただいま」

トキの呼びかけに要が答える。今まで聞いた中で一番明るい声だ。

「……よかった。これからどうする？　風呂《ふろ》？　飯？　それとも」

「『俺？』とか言ったら、東京の土産《みやげ》はナシだ」

「え！　俺に何か買ってきてくれた……いてっ！　か、要。なんでいきなり殴る……！」

「これで殴って欲しいって言ったろ？　だから買ってきたんだ。どうだ。嬉《うれ》しいか？」

トキを殴ったハリセンをかざして見せながら聞いてくる要に、トキは頭を掻《か》いた。

「確かにハリセンで殴れって言ったことあったけど、その……あ。う、嬉しいです、はい」

「そうか。それはよかった。アリス。お前には服を買ってきたぞ。しかもブランドものだ」

『まあステキ！』

要が鞄から取り出した、赤いフリフリのついた愛らしいニットコートを見て、アリスは感極まったように要に飛びついた。

「よしよし。明日撮影会しような、アリス。おい、飯」

「え？　あ……はい」

ぞんざいなリクエストを受けて、その後すぐ、二人で夕飯を食べた。

トキが用意しておいた夕飯の鍋を、要はたくさん食べてくれた。

「先生、俺の元気な姿を見て喜んでたよ。あと、大学時代の友だちが会場にいて」

話もしてくれた。パーティー会場で会った、恩師や友人たちの話。アリスの服を買いに行った店の話。たくさんたくさん……普段とは比べ物にならないくらい饒舌《じょうぜつ》に。

そんな要の話を、トキは熱心に聞き、丁寧に相槌《あいづち》を打っていたが、

「……要。もう遅いから、そろそろ休んだらどうだ？　片付けは俺がやっておくから」

延々と話し続ける要の肩にそっと手を置いて、トキは優しく促した。

要が我に返ったように二、三度目を瞬かせる。

「え？　……そう、だな。じゃあ、後は頼む」

呆《ほう》けたように言って、要は台所を出て行った。その後ろ姿をトキとアリスが見送る。

『ふふ。あんなにはしゃいでる要は初めて。友だちと会って、いい気分転換になったみたい』

「……行かせなきゃよかった」

『え？　何か言った？』

「いや？　それより、アリスももう寝ろよ。要のことを心配して、昨日寝てないだろ？」

『！　そ、そんなことないわ。私はあなたと違って、要のこと信じてたから、ぐっすり寝たもの。でも……お肌に悪いから、もう寝るわ』

あなたも早く寝ることね。大きな欠伸《あくび》をして、アリスは寝床に走っていった。

それを見届けた後、トキは包丁に声をかけた。

「要に何かあったら呼んでくれ」

そう言って、包丁に要の後を追わせた後、トキは茶碗たちと片付けを始めた。だが、数分

もしないうちに、包丁が慌てて戻ってきた。

「……分かった。じゃあ、残りをやっておいてくれるか？」

トキが頼むと、九十九神たちはこくこくと頷《うなず》いて、早く行くよう促してきた。それに頷いてみせると、トキは天井をすり抜け、寝室に向かった。

パジャマにも着替えず、ベッドに突《つ》っ伏《ぷ》した状態で要は魘《うな》されていた。ナイトテーブルの上には、睡眠薬の殻が見える。そんな要に布団《ふとん》をかけて、トキは要を強く抱き締めた。

「大丈夫だ、要。お前を傷つける奴《やつ》はもういない。……大丈夫だから」

全身を震わせながら、必死にしがみついてくる要を、力の限り抱き締める。

体の震えがひどい。全然止まらない。ここまでひどいのは初めてだ。

その体を根気よく擦《さす》り続けながら、トキはたまらなくなった。

やはり、行かせるべきではなかったのだ。

最初に比べれば、だいぶましにはなったが、要はまだ不安定な状態だった。

程度は軽くなったが毎夜魘されていたし、大好きな絵だっていまだに描くことができない。

それなのに、自分は行かせてしまった。

世話になった相手からの招待だから。いつまでも塞ぎ込んでいるわけにはいかないから。

確かに、その気持ちもあった。だが、本当は……心のどこかでこう思っていた。

要のそばにいたくない。要を遠ざけたいと。

――お前が、他の誰かにこんなことするのも……仕事で、こんなことされるのも……嫌だ。

掠《かす》れた声でそう言い、縋《すが》ってきた時の要は、どうしようもなく可愛《かわい》かった。

十五年前と同じくらい……いや、それ以上にトキの心を掻き毟《むし》り、身を熱くさせた。

こんなこと、他の誰にもしないし、ましてや仕事でもない。お前だけだ。お前だから、俺はここまでできるし、何だってやる。それくらい好きだ。大好きだ。

そう訴えて、口づけられたら、どれほど幸せだったろう。

だが、それはできない。自分は、人間とは結ばれてはならない福の神で、人間にとっては重荷でしかない恋情しか抱けない付喪神《つくもがみ》で、何より要自身がそんな関係を望んでいない。

辛い目に遭って独りぼっちの要は、今相当弱っている。誰でもいいからそばにいて欲しいと思うほど。だから、こんな会ったばかりの男にここまで懐いて、離れがたいと思うのだ。

気持ちを受け入れてくれなければ出て行く。そう言えば、要はこの気持ちを受け入れてくれるかもしれない。

けれど、そんなものは愛情でも何でもない。弱みに付け込んだ脅迫だ。

今の要は一人で立っていられないから、偶々《たまたま》そばにいる自分に寄りかかっているだけ。

それだけだ。勘違いしてはいけない。

そう……分かっているはずなのに、要に甘えられると心が疼《うず》く。夜、しがみついてくる要を見ると、別の意味で抱き締めたくなる。

要が自分に慣れて、無防備に懐いてくるたび、愛《いと》おしさがどんどん膨れ上がっていく。

そして、あの朝。トキが自分以外の誰かとこんなことをするのは嫌だと言われた瞬間、それまで押し込めていた感情が、外に溢《あふ》れ出てしまった。

あの時は何とか踏みとどまれたが、それでも怖くて……しばらく要から離れて冷静になりたくて、だから……恩師からの招待の話を聞いて、行けと言ってしまった。立ち直ろうとするのはいいことだが、東京行きはまだ早いのでは？　という疑念から目を背けて。

東京から戻った要の、暗い瞳の色を見た瞬間、それは間違いだったと悟った。

ようやく落ち着きかけていたのに、こんなにボロボロになって帰ってくるなんて。

（ごめん、要。俺の……俺のせいだっ）

自分の心が揺れなければ、要は東京に行かなかった。いたずらに傷つくこともなかった。

東京で何があったのか分からないが、新しくついたこの疵《きず》が癒《い》えるには、またどれだけの時間を要するのか。そう思うと、ひどくやるせなかった。


結局、要は明け方近くまで魘されていた。

目を覚ました時の瞳も、やはり昨夜同様暗い影に覆われていた。それなのに、昨夜のように空元気を出して、必死に平静を装おうとする。そんなものだから、

「要。俺、今日は雪かきしようと思う。明日からまたたくさん降るらしいからな」

「そうか？　じゃあ俺も」

「お前はいいよ。東京帰りで疲れてるだろう？　今日はゆっくりしてろよ」

そんな言い訳をして、要のそばを離れることにした。

自分がそばにいると、要に変な気を遣わせるばかりのようだから。

しかし、外に出ようとすると、要に呼び止められた。避けているのがバレたのか。内心ハラハラしながら振り返ると、要が大きめの紙袋を突き出してきた。

「うん？　なんだ、これ……っ！」

トキは両の目を見開いた。袋の中に、毛糸の帽子、マフラー、手袋が入っていたからだ。

「東京で買ってきた。ブランドものじゃないが……いいだろ？　雪かき用なんだから」

「東京でって……土産は、ハリセン」

「土産はな。けど、これは必要だと思って買ったから土産じゃない。……ほら」

早くつけろと、要は袋からマフラーを取り出し、首に巻いてくれた。

「神様は寒くても平気って言われてもな。見てるこっちは寒いんだよ」

「……要」

「なんだ。気に入らないのか？」

ぎろりと睨《にら》まれる。だが、眼鏡《めがね》のフレームから覗く目元が少し赤くなっているのが見えたものだから、トキは思わず目を逸らして、誤魔化すように笑った。

「馬鹿。そんなわけないだろ。特にこの帽子。亀頭頭巾《ずきん》よりよっぽどカッコイイ！」

「……前から思ってたが、その名前どうにかならないのか」

呆《あき》れながらも、要は帽子も亀頭頭巾と被《かぶ》せ直してくれた。トキは笑顔で礼を言って外に出たが、屋根の上まで来ると座り込み、真っ赤になった顔を掌《てのひら》で覆った。

あんなに夜魔されるくらい辛い目に遭ったくせに、なんでこんな気を遣おうとする？

いじらしくて……可愛過ぎて困る。

(思わず、ぎゅってしたくな……ああ！　くそっ)

一日頭を冷やせば、気持ちが落ち着くと思った。なのに、要が気落ちしているにも関わらず、要のいじらしさに悶《もだ》えてしまうなんて……！　前より悪化しているではないか。

おまけに、買ってもらったマフラーの温《ぬく》もりを感じるたび、トキのためにマフラーを選んでいる要の姿を想像し、頭がクラクラしてしまって……まずい。これは非常にまずい！

とりあえず、いつものようにこの気持ちをノートに吐き出して、少しでも発散しておこう。

いつの間にか、すっかり用途が変わってしまったノートを懐から取り出し、トキは思いの丈をノートに書き殴った。

『要が帽子とマフラーと手袋をくれた。とても落ち込んでいるだろうに、俺のために。きっと、世界中の疫病神と死神が束になっても敵《かな》わないような、辛気臭い顔をしながらも真剣に選んでくれたに違いない！　ああ要。なんて可愛いんだ。好き好き大好き超愛してる！』

凍えるような寒空の下、雪かきそっちのけで、迸《ほとばし》る要への思いを無心に書き連ねていたその時。遠くのほうから何か音が聞こえてきた。

顔を上げると、雪道を器用に走ってくる、郵便配達員の赤バイクが見えた。

バイクはここまで真《ま》っ直《す》ぐ走ってくると、汐見《しおみ》家の庭に入ってきた。

そこから死角に入って見えなくなってしまったが、おそらく玄関の横にあるポストに郵便物を入れたのだろう。それらしい音がした後、バイクはまた走り出し、庭を出て行った。

よくある日常の光景。気にも留めなかったが、少しして……今届いた郵便物が何なのか気になってきた。数日前、自分が何の気なしに渡した手紙で、要があんなことになってしまったから。

最初はその危惧を軽く流した。そう何度も、悪い知らせが来てたまるかと。

だが、いくら振り払っても気にかかる。

結局、トキはノートを懐にしまって、ポストに向かうことにした。

手紙の中身を読むわけにはいかないがせめて、宛先を見た時の要の反応くらいは確認しておきたいと思ったのだ。屋根から地面に降りる。そこで、トキははっとした。

ポストのそばに、要の姿が見える。その光景は異様だった。

「くそっ……くそ、くそっ！」

要が目を血走らせ、何かを執拗《しつよう》に踏みつけている。

「どこまで……どこまで、俺を……っ！」

地面を踏みにじっていた要の足が止まる。こちらの存在に気づいたからだ。

要は震える唇《くちびる》を動かし、何か言おうとした。しかし、結局唇を噛《か》みしめると、踵《きびす》を返し、逃げるように家の中に入っていってしまった。

トキはその光景を呆然《ぼうぜん》と見つめていたが、しばらくして一歩足を前に踏み出した。

要がいた場所に近づくと、バラバラになった紙の残骸がいくつか散らばっていた。

『いくら電話やメールをしても、取り合ってくれないから、こうして手紙を』

『公福寺《こうふくじ》の仕事、お前から奪うみたいな形になって』

『バッシングのことも、俺が全力で何とかするつもりだ』

『お前は俺の可愛い後輩だ。とても心配している。どうか一度連絡を』

かろうじて読めたのは、その文言だけだったが、封筒に書かれた「楠本《くすもと》」という文字で、おおよその見当はついた。

楠本……要の大学時代の先輩で、公福寺の仕事を要の代わりに引き受けた売れっ子画家だ。

（この人がテレビにも出るような有名人だから、要はマスコミに叩かれたんだよな。でも）

それは楠本の意図したことではないし、公福寺の件も要が事故に遭ったから、やむなくのことで、楠本に非はない。それなのに、ここまで罪悪に思っているのは、多分要が頑《かたく》なに楠本を拒絶しているからだろう。

楠本をよく思えない要の気持ちは、分からなくはない。けれど、このまま楠本に冷たい態度を取り続けるのはよくない。楠本はおろか、要自身をも傷つける行為だ。

要は聡明で心優しい男だから、この行為が間違っていると分かっているだろうし、先輩を詰《なじ》る自分の行いを恥じて、苦しんでいるに違いない。

トキは手紙の残骸を拾い集め、要の元に向かった。

要は寝室のベッドに腰を下ろして、頭を抱え項垂《うなだ》れていた。顔は見えないが、「話しかけるな」「一人にしてくれ」という無言の叫びがひしひしと伝わってきた。

その空気に一瞬躊躇《ためら》ったが、トキは努めて明るく声をかけた。

「手紙、机に置いておくからな」

「読んだのか」

「所々。『お前は俺の可愛い後輩』とか、『とても心配してる』とか。何があったのか知らないけど、こういう人からの手紙は破くのはよくないぞ。お前のこと、心配してるのに」

慎重に言葉を選びながら、トキは言った。

「……心配？　心配だ？　……くく。ははは」

突然、要が肩を揺らし、乾いた声で嗤《わら》い出した。

「確かに書いてあったな。全然、思ってもいないことをだらだらとっ！」

「か、要……？」

「……憧れ、だったんだ」

声を荒らげた後、要は掠れた声で呟《つぶや》いた。その声はひどく悲しげだ。

「楠本さんは、俺の唯一の憧れだったよ。一筆一筆に無駄がなくて、魂が籠もっていて……こんな絵が描けたらって、何度も真似《まね》して描いた。それに、いい人だった。協調性のない俺を何かと気に懸けてくれて……画家としても、人としても尊敬してた。だからっ！　楠本さんならいいって思った。公福寺の襖絵《ふすまえ》……本当は俺が描きたくてしかたなかったけど、楠本さんが代わりなら諦められるって。それなのに、あの人は……っ」

——本当に運がよかったですね。汐見が事故に遭ってくれて。

「……っ！」

「あの人は、前から公福寺の仕事を狙っていたんだ。だから、俺が事故に遭ったことを利用して、俺から仕事を横取った。その上、マスコミを利用して俺を叩く算段までしてた。俺が聞いてるとも知らずにっ」

トキは愕然《がくぜん》とした。公福寺の仕事が楠本に回ってきたのも、要がマスコミに叩かれたのも、楠本のあずかり知らぬことだと思っていたからだ。

「ショックだったよ。目の前が真っ暗になって、その場からしばらく動けなかった。さっさと離れてれば、もっと知らなくていいこと……知らずにすんだのにさ」

「……知らなくて、いいこと？」

まだ何かあるというのか。恐る恐るトキが尋ねると、要は肩を震わせた。

「スマホで話し終えた後。楠本さん、スマホをポケットにしまったんだ。その拍子に、手袋がポケットから零れ落ちたんだ。珍しい柄の入った、黒革の手袋だ。俺はそれを、以前に一度見たことがあった。俺が車に轢《ひ》かれた、あの事故の日にっ」

トキは目を大きく見開いた。要は顔を上げ、「そうだよ」と歪《ゆが》んだ笑みを浮かべる。

「あの人が、突き飛ばしたんだ。車が行き交う道路に、俺を……死ぬかもしれないのにっ。……それなのにさ。あの人、重傷の俺を見て、こう言うんだよ。『可哀想に。なんでお前がこんなことに』って、心底心配そうな顔してさ」

「……要」

「それだけじゃない。この前行ったパーティーも……あいつのためだったんだ。俺が割と元気だって分かった途端『お前のことを楠本が気に病んでるから、励ましてやってくれ』『楠本は図太いお前と違って、繊細で優しいから』って、皆笑顔で……おかしいだろう？　ほんの少し前、『お前が心配だった』って言った口で……滅茶苦茶だ。吐き気がする」

「……」

「汚い。何もかも、この世界には汚いモノしかないっ。だから……絵なんか描いたって意味がない。この世には、綺麗《きれい》なモノなんか何もないんだから……っ」

譫言《うわごと》のようにまくし立てていた要が、はっとしたように息を詰めた。

トキが、これ以上ないほどに表情を引きつらせて、要を睨んだからだ。

「……本気か？　本気で……お前は、そんなくだらないことを言ってるのか」

怒りで震える声で尋ねた言葉に、要が目を見開く。何を言われたのか分からないと言った表情だ。そんな要を、トキはますます睨みつける。

「この世には汚いものしかない？　……違うだろう？　お前はただ、自分の非を認めたくないだけだ。そんなクズみたいな男の本性に気づけなかったばかりか、こんな状況に陥っても、楠本が優先される人間関係しか築けなかった、自分の愚鈍さと薄情さ……それを認めたくないから、全部周りのせいにしてるだけだ」

「……っ！」

「そんなに、そのつまらない自尊心が大事か。それを守るためなら、この世界は汚い。絵なんか描いても意味ないって放り出せるくらいっ」

怒りのままに、怒鳴り散らす。

トキは、いまだかつてないほどの怒りに震えていた。

――トキちゃん。ぼく、立派な絵描きさんになりたい！

子どもの頃、何度も話してくれた要の夢。

叶《かな》えてやりたいと思った。その夢が叶って喜ぶ要の姿が見たかった。

だから、自分は我慢した。要が立派な画家になりたいという夢を叶えるために、要と離れ離れになることも、存在を忘れられてしまうことも……全部、我慢してきた。

それなのに、こんな理由で絵を描くことを否定してしまうなんて……！

どうしても許せなかった。やるせなかった。

「お前にとって、絵がそんなにも軽いものなら……絵描きなんか辞めちまえ。そんな奴が、いい絵を描けるわけがない……っ」

「黙れっ！」

あまりにも無遠慮なトキの言葉に、要が怒りに満ちた表情でトキの胸倉を摑《つか》んできた。

「何が分かる。お前なんかにっ！　分かるわけない。俺の気持ちが、お前なんかに……っ！」

お前なんかに分からない。その言葉を聞いた瞬間、

「……『お前なんかに』？」

トキの中で、何かが切れた。

「なら……お前は俺のこと分かってるのか？　俺がこれまでどう生きて、何を思ってここまで来たか……お前は、分かってるって言うのかっ？　……知らないくせに。何も……っ」

覚えていないくせに。そう言いかけて、トキはようやく我に返った。

胸倉を摑み返されて、呆然とこちらを見つめてくる要の顔が見える。

何を言っているのか、まるで分からないと言う顔。当然だ。要は覚えていないのだ。

トキと過ごした五年間も、トキが十五年かけて「また会いに来る」という約束を守ったことも……何もかも。

たまらなくなって、トキは要から手を離すと、よろよろとした足取りでその場を離れた。

後には、一人立ち尽くす要だけが残された。


(……俺、何やってんだろ)

深夜。リビングで一人、要からもらったばかりのマフラーに額を当て、トキは唇を噛んだ。

いくら腹が立ったとはいえ、あの言い方はない。

確かに、自分は要の絵描きになる夢のために、たくさん我慢してきたが、それはあくまで、自分が勝手にやってきたことだ。

強要しているわけでも……ましてや、覚えてもいない要を責めるのはお門違いというものだ。それなのに、こちらの自分勝手な怒りをぶつけて……最低だ。

要はどれだけ傷ついているだろう。思い出すだけでも辛くなるような事実を、一生懸命打ち明けた相手に、あんな意味不明な突き放され方をされて、どれだけ——。

(……もう、駄目かな)

ちらりと、そんな言葉が脳裏《のうり》にちらつく。

自分の気持ちを抑えられないのなら、自分はもう要のそばにいるべきではない。

要にとって、この感情は……ただの迷惑な妄執でしかないのだから。

今更ながら、自分でも戸惑うくらい肥大していく要への思いに、溜息が漏れた。

『何してるのよ』

すぐそばで声がかかる。顔を上げると、顔を覗き込んでくるアリスと目が合った。

『せっかくの、要からのプレゼント。もう汚すつもり？』

「……似合ってるよ。そのコート」

そっと顎《あご》を撫《な》でながら言ってやると、アリスは「勿論《もちろん》よ」と、着ているコートを見せびらかすように、くるりと一回転してみせた。

『要が私のために選んでくれたんですもの。……あなたも、似合ってるわよ？　要が選んだから……馬子《まご》にも衣裳ってやつね。感謝してる？』

「ああ。俺なんかに、こんなもったいないこと……ぎゃっ！」

突如、頬に猫パンチを喰《く》らって、トキは声を上げた。

『嘘吐き！　もし感謝してるなら、今夜も要がぐっすり眠れるよう、要のところへ行ってるはずよ。それなのに、こんなところで油を売って。恩を仇《あだ》で返すつもり？』

「……アリス。俺は……ふぎっ！」

『あなたの都合なんかどうでもいいの。あなたが寝付かせないと、要は眠れないんだから！』

次々に猫パンチを繰り出しながら急《せ》かすアリスに気圧《けお》され、トキはたまらず立ち上がった。

「分かった分かった！　行く。行くから、もう勘弁して……ぎゃっ」

『御託はいいから、早く行く！』

飛び上がりざまに、後ろ足で尻《しり》を蹴《け》り上げられ、トキは慌ててリビングを出て行った。

その後ろ姿を見届けて、アリスは鼻を鳴らした。

『ふん！　これだから、馬鹿な男って嫌いなのよ』

アリスにどやされて寝室の前まで来たところで、トキはまた足を止めた。

要を傷つけた自分が、この部屋に入る資格なんてあるのだろうか。

だが、アリスの言うとおり、自分が要を寝かしつけなければ、要は悪夢に魘されることになる。そうなるくらいなら……。息を吸い込み、襖を通り抜けてトキは寝室に入った。

カーテンの隙間《すきま》から漏れる月明かりのみに照らされる部屋は、薄暗く沈んでいた。

ベッドに体を丸めて寝ている要の姿が見える。顔は見えないが、今夜も助けを求めるようにシーツの上を彷徨《さまよ》っている右手が見えたから、トキはいつものようにその手を握って、体を抱き込もうとした。

「……こんな夜でも、来てくれるんだな」

鼓膜を震わせたその声に、全身が硬直した。

「あんなに怒って、出て行ったのに……俺を寝かしつけるために、今夜も」

「あ……なんで、そのこと……いつ、から……」

声をかけられた体勢のまま、掠れた声で尋ねると、要は横たわったまま俯いた。

「今日の明け方。目を覚ましたら、お前が……してたから。予感は、あったんだ。あの事故の夜から全然眠れなかったのに、お前が来てから朝まで眠れるようになって、東京に行った一昨日《おととい》の夜は全然眠れなかったから、お前が……何かしてるんじゃないかって」

そう言って、要が自分の手を握るトキの手を見たので、トキは慌てて要の手を離そうとした。要に不快に思われたと思ったのだ。だが、要はその手を強く握り締めてきた。

「悪い。あんなこと言って」

「……要？」

「確かに、俺はお前のことほとんど何も知らない。けど……お前が、どれだけ俺を大事にしてくれているかは知ってる。それなのに……俺は、お前に八つ当たりしたんだ」

要の声が、かすかに震え始める。

「お前の言うとおりだよ。俺は、認めたくなかったんだ。綺麗なものはこの世にたくさん溢れてるのに、よりにもよって……あんな汚いことをする人間の絵を、ずっと綺麗だと思っていたなんて、認めたら……俺の『綺麗だ』って思う感覚が、おかしいことになるって。……

突き飛ばされたことを訴えなかったのも、怖かったんだ。また嘘吐きって言われるんじゃないか……俺はそれだけ、誰にも信用されてないと、突きつけられるんじゃないかって」

握り締めてくる手も、悲しいほどに震え始める。

「この前、昔の……彼女に会った。笑顔が似合う、明るい人だ。そんな彼女が、笑顔で言うんだよ。『楠本は、当てつけであなたから仕事や女を横取りするほど、あなたが嫌いだった。だから、あなたと別れて楠本と付き合った』って」

「……っ」

「本当は、そんなことをする女じゃない。優しい人なんだ。それなのに、俺が……っ」

トキは要を抱き締めた。もういいと言うように。

だが、要は喋《しゃべ》るのをやめない。まるで苦しい胸の内を全部吐き出すように、声を振り絞る。

「俺は……そこまで彼女を追い詰めたことも、楠本にそこまで恨まれてたことも……何も、気づきもしなかった。……壊れてるんだ。人として……。だから、誰とも心を繋《つな》げないし、いい絵だって……描けるわけが……っ！」

「そんなことないっ」

要の両肩を摑んで、トキは悲しみで歪んだ要の顔を覗き込んだ。

「いいか、要。この世には、綺麗なだけ、汚いだけのモノなんてない。『綺麗』と『汚い』、両方持ってるんだ。一つのことが駄目だからって、全部駄目なわけじゃない」

要の肩を握り、潤んだ瞳を見つめながら、必死に言い聞かせる。

「楠本って人もそうだ。確かに、お前にしたことは最低だけど、その人が描いた絵も汚いってわけじゃない。プロの画家になれるくらい努力して描いた結晶を、綺麗だって思うのは当然のことだ」

とうとう溢れ出てしまった要の涙を拭ってやりながら、一生懸命明るい声を振り絞る。

「付き合ってた彼女さんもそう。女は複雑なんだぞ。アリスを見てみろ。閻魔大王《えんまだいおう》に見えたり、女神に見えたり、コロコロ変わる。それでも、すごく魅力的だ。そうだろ?」

「あ……ああ……」

「勿論、お前もそうだ。お前にだって駄目なとこはたくさんある。でも、いいところだってたくさんある。俺が知ってるだけでも……うーん。全部挙げてくと、一週間以上かかるな。とりあえず二百個くらい……っ」

トキは言葉を切った。話の途中で、要が勢いよく抱きついてきたからだ。

「……絵、は?」

「うん?」

「お前が思う、俺の……いいところの中に……絵は、入ってるか?」

トキの肩口に顔を押しつけて、恐る恐ると言ったように聞いてくる。トキは小さく微笑《ほほえ》みながら、「当たり前だろう」と抱き締め返した。

「お前の絵は、綺麗だ。技術的なこともそうだけど……感じるんだ。どんなに辛くても顔を上げて、目標だけを見据えて、頑張り抜くんだって強さを。それが、すごく綺麗で」

大好きだ。要の耳に唇を寄せ、囁《ささや》いた。色んな思いを、その一言に込めて。

要の体がびくりと震えるとともに、息を呑《の》む気配がした。

しかしすぐ、要が声を殺して泣き始める。そんな要を抱く手にトキはますます力を込める。

「……大丈夫。大丈夫だ、要。大丈夫」

何度も繰り返しながら、頭を撫で続ける。それが、遠い昔の自分たちと重なる。

要が言いにくい悩みでも話してくれて、この胸で泣いてくれる。

まるで、あの時と同じ……けれど、そんなものはただの幻想だ。

なにせ、自分は今……要を抱きたくてしかたない。

言葉や抱擁だけじゃ足りない。服も邪魔だ。肌を合わせ、四肢《しし》を絡め、要の中に入って、お前が好きで好きでしかたないというこの気持ちをぶつけて……ああ。

初めて、要で自慰をしたのは……今から十年前。

——おい、トキ。お前の愛しの君に、女が出来たようだぞ？

——相手は一つ上の先輩でな。放課後の美術室で、百閉で……なかなか大胆なことだ。

大黒たちからそんな話を聞かされた、夜のことだった。

あの時、女に騎乗位で攻められる要を想像しながら、己を高める自分があまりにも無様で、

泣きながら違《い》って……悟ったものだ。もう二度と、あの頃には戻れないと。だから、

（いつか……お前とちゃんと、心を交わせる相手が……できると、いいな）

内で荒れ狂う、浅ましい欲望を必死に抑えながら、なけなしの理性でそう願った。


その夜、トキは夢を見た。

——ト、トキちゃん。あの……ぼくのおヨメさんになって！

幼い頃、真っ赤な顔をして飛びついてきた要から、突然そんなことを言われた時の夢だ。

いきなりどうしたのだと尋ねると、要は無邪気にはしゃぎながら、こう言った。

——あのね！　今、テレビで言ってたの。好きな人をおヨメさんにしたら、ずっとずっと一緒にいられるって。だから、トキちゃん。ぼくのおヨメさんになって！

その言葉に、トキの顔は真っ赤になったが、すぐに俯いて、口をむにむにさせた。

——……要、知ってるか？　俺をお嫁さんにしたらさ。もう他の人、お嫁さんにしちゃいけないんだぞ？

——うん！　知ってるよ。

——ずっと……俺を一番の特別にしなきゃいけないんだぞ？　ずっと一緒に暮らして、俺のことずっと、一番好きでいなきゃいけない。それは……。

——うん、知ってる！　だからしたいの。ぼく、絶対。トキちゃんのことずっと一番好きだから、トキちゃんにも一番好きでいてもらいたいし、トキちゃんとずっと一緒にいたいの！

何の淀《よど》みもなく、天使の笑顔でそんなことを言う。トキは胸がいっぱいになって、要をぎゅっと抱き締めた。

本当は可愛い要のほうがお嫁さんに向いている気がするが、大好きな要と結婚できるのなら、もう何でもいい！

「なるなる！　要のお嫁さんになる！」と言いながら、要を抱き締めくるくる回った。

要も心の底から嬉しそうな笑みを浮かべながら、さらにぎゅっとしがみついてきた。

幸せいっぱいの思い出。でも、今は——。


「起きたのか？」

愛らしい笑い声と笑顔で満ち満ちていた脳内に、突如ぶっきらぼうな男の声が響いた。

寝惚《ねほ》けた目で瞬きしていると、今度は辛気臭い仏頂面が視界上にぐいっと入り込んできたものだから、トキは完全に覚醒した。

「あ……ああ。おはよう」

「そうか。朝飯作ったんだ」

早く着替えてこいよ。端的にそれだけ言って、要が部屋を出て行く。その後ろ姿を見送りながら、トキは時の流れの無情を感じるとともに、口をへの字に曲げた。

（……くそっ。罪作りな小悪魔ちゃんめ！）

要があの時、お嫁さんだの何だの言い出さなければ、要に対してのこの気持ちは「友情」や「家族愛」という認識でいられただろうに。

子どもというのは残酷なモノだ。とはいえ、トキはほっとしていた。昨日まで要の瞳を覆っていた、暗い影がなくなっていたからだ。

事態が好転したわけではないけれど、悩みを吐き出したことで少しでも気持ちが楽になったのなら、それはそれでよかった。

と、内心気持ちをホクホクさせながら狩衣《かりぎぬ》に着替えて、台所に下りたのだが……。

（……えーっと。……あれ？）

要が作ってくれた味噌汁を啜《すす》りながら、トキは嫌な汗が背中を伝うのを感じた。

向かいの席に座った要が、先ほどから執拗に、普段の五倍くらい不機嫌そうな仏頂面で、こちらをジロジロ睨んでくるからだ。

（お、俺……何かしたっけ？）

確かに昨日、ついカッとなって怒鳴ってしまったが、それは許してくれたし……まさか！

どさくさに紛れて抱き締めてしまったことを、今更ながらに怒っているとか？

ありえるかもしれない。要はゲイではないから、冷静になって考えたら、嫌悪感が出てきたとか……と、あれこれ考えながら箸《はし》を置き、「ごちそうさま」と手を合わせていると、

「話がある」

要が待ちかねたように、声をかけてきた。

「はっきりさせよう。お前、俺のこと家族のように思ってるとか言ってたが、ホントは……恋愛対象として、俺のこと好きだろ？」

あっさりと、何の淀みもなく言われたその言葉。

一瞬、何を言われたのか分からず、トキはぽかんとした。だが、要がおもむろに取り出したあるものに息が止まりそうになった。

「寝室に落ちてた。多分、昨日もみ合った時に落ちたんだろう。中身を見るなんてマナー違反だが……いいよな？　お前だって、手紙の中身読んだんだから」

淡々と言いながら、「要観察日記第二十五巻」と書かれた大学ノートをテーブルに放る。

全身から、汗が一気に噴き出してきた。

このノートはまだ書き始めたばかりなので、十五年前のことなどはまだ書いていない。だが、要への気持ちについては赤裸々に書き綴《つづ》りまくっている。

（誤魔化すか？　……いや）

駄目だ。これを読まれた状態で誤魔化せるわけがないし、白を切れば切るほど状況を悪化

させるだけだ。だったら、本当のことを言ってしまったほうがいい。

そうなると、今のように要と暮らせなくなってしまうが……いや。

（……そうなったほうが、いいのかもしれないな）

要への気持ちは、もう抑えがたいものになってきている。なのに、これまでどおり無防備に懐かれたら、自分は間違いを起こしかねない。

だったら、ここで……はっきりと拒絶されたほうがいい。

「……ああ。好きだ」

カラカラに乾いた口を必死に動かして、トキは言った。

自分を見つめてくる要の目が、剣呑《けんのん》に細まる。

ああ。これから自分は、拒絶の言葉を吐き捨てられるのだ。そう思い、身を固くした刹那。

「そうか。じゃあ付き合おう」

あっけらかんとした口調で、そう言われた。

「え？　あ……あの……悪い。今、その……なんて……」

「付き合おう。恋愛的な意味で」

もう一度、きっぱりと言われる。真っ直ぐに、視線を向けられて。

「……要。あの……それ、どういう意味で言ってるのか、分かって」

「勿論。分かって……」

「……いや！」

要の言葉を遮り、トキは首を振った。

「分かってない。だって俺とお前は神と人間で……そもそも、お前ゲイじゃないだろ？」

――要とやらは女と付き合《お》うた。それはつまりどういうことか、分かるな？　トキ。

――男には興味ねえんだよ。お前からの好意なんか、気持ち悪いだけだ。

（そうだ。俺の気持ちは受け入れてもらえない。大黒様と恵比寿《えびす》様がそう言ってた！）

過去、何度も言い聞かせられた言葉を反芻《はんすう》させながら尋ねると、要は静かに頷いた。

「ああ。男と付き合ったことなんてないし、好きになったこともない。だから、お前に対してのこの感情が、恋愛感情だと断言はできない。けど、お前と付き合う」

「けどって……滅茶苦茶だ！　好きかどうかも分かっていないのに、なんで……ああ」

ふと、トキの頭の中である考えが閃《ひらめ》いた。

「餌《えさ》か？　そう言えば、俺がここを出て行かないと思って……だから、無理して」

「！　違うっ。俺は……っ」

「ハハ……。馬鹿だなあ、要。俺は、お前がいらないって言うまでそばにいるよ？　そんな餌くれなくたって……俺は、幸せだ。今のままで十分……っ」

「嘘吐けっ！」

譫言のようにまくし立てるトキの肩を鷲掴《わしづか》み、要が声を荒らげる。

「お前昨日言ったじゃないか。『俺のこと、何も知らないくせに』って、すごく辛そうに……あんなお前を見たくない。だから付き合う！　それがどれだけ大変でも……俺だけお前に寄りかかって、お前だけ我慢して辛い思いをする。そんなのは嫌だから……っ」

要の手を振りほどき、トキは後ずさる。

「いらない。そんな同情……俺はいらないっ。そんなものもらったって、何の意味も……っ」

後ずさるトキの肩を、要がもう一度、強く摑んでくる。

「同情でこんなこと言えるかっ。俺は、お前だから言ってる。確かに、今はお前への感情をはっきりと断言できないけど、それはただ……じ、自覚できてないだけだろうから」

「……自覚？」と、首を捻《ひね》りかけて、トキは目を丸くした。

要の顔が、耳まで真っ赤に染まっていたからだ。

「きゃ、客観的に考えてみろよ！　お前といると楽しくて、落ち着いて、一緒に寝ても触れても嫌じゃなくて、離れているとお前のことばかり考えて、おまけに……っ」

早口にまくし立てながら、要はテーブルに置かれたノートを乱暴に摑む。

「こんなっ、ストーカーじみた変態なノート読んでも、ドン引きするどころか……お前がずっと、俺をこんなふうに思っていればいいだなんて、思ったりして……これのどこが、恋愛感情がないだなんて言える！」

勢いよくノートをテーブルに叩きつける。だが、すぐにまた首を振って、顔を手で覆った。

「……悪い。ここまで状況証拠が揃《そろ》ってるのに、自覚できなくて。それに……本当は、自分の中ではっきりさせてから、こういう話をするべきだってことも分かってる。けど、そうやって悩んでる間も、お前は傷つく。それは嫌なんだ。俺は、お前が辛そうにしてるとたまらなくなる。笑って欲しい。大事にしたいって思う。それだけは、確かなんだよ。だから」

「……馬鹿、だなあ」

必死に言葉を吐き出す要からそっぽを向いて、トキは掠れた声で笑った。

「俺の都合なんか……気にしなくて、いいのに。俺は……お前が、いいならそれで……っ！」

「嘘吐け」

頬を摑まれ、強引に顔を向けさせられる。

「そんな顔で言ったって、説得力ないんだよ」

親指の腹で頬を撫でられる。濡れた感触を覚えて、ようやく……自分が泣いていたことに、トキは気づいた。みっともないと思ったが、すぐ……しかたないだろうとも思った。

十五年間ずっと、言われ続けてきたのだ。要はもうお前のことを好きになったりしないと。何度も何度も……そのたびに傷ついて、絶望して、ようやく悟って……それでも、要から「付き合おう」だなんて言われたら、平静を保てるわけがない。

理性は、要の言葉を信じていなかった。

ゲイでもない要が自分を好きだと言うはずがない。要は今、精神が弱っていて、冷静な判

第二十五巻

断ができなくなっているだけ。これは愛じゃない。受け入れるべきではないと。

それでも、感情が理性以上に叫ぶのだ。

要の目を見ろ。あの頃と同じ目だ。自分を好きだと言った、お嫁さんになって欲しいと言ってくれた、あの頃……もう二度と手に入らないと思っていた、愛おしい眼差《まなざ》し。

「なあ、どうする？　……言えよ。付き合うって」

狂おしいほどに見つめられて、そんなふうに言われたら、答えなんて決まっている。

「……うん！　付き合う……っ！」

込み上げてくる幸福感に身を震わせながらも、力強く頷いた……その時だった。

突如腹のあたりに、今まで感じたことのないような鋭い痛みが走り、息が詰まった。

……これは、まさか！

「そ、そうか。分かった……あ」

赤い顔で視線を彷徨わせていた要が、トキの顔を見た途端。トキの口を掌で塞いできた。

「ま、待てよ。まだ、そういう……キスとかは無理だ！」

どうやら、突然真顔になったトキにキスされると思ったらしい。

「あ……いや、無理っていうのは、『今は』って意味で……男と女だってそうだろ？　だから、『まずはお友だちから』っていうか……そういう、期間が欲しい。男と付き合うのは、初めてだから、その……ああっ、くそ！」

自分で言ってて恥ずかしくなったのか、要は盛大な舌打ちをしてそっぽを向いた。

「とりあえず、そういうことだから、その……か、片付けは、俺がやっとくから！」

食器のいくつかを手に取り、慌てたように台所の奥へ引っ込んでいく。その姿は、追いかけていって抱き締めたくなるくらい可愛かったが、トキも慌ててその場を離れた。

神棚に戻り、狩衣を脱いで……愕然とした。

腹の部分にわずかだが、一本のヒビが走っていたからだ。

――福の神は、人間に対し、己が幸福のための行動を取ってはならぬ。

福の神の掟《おきて》を諳《そら》んじる大黒の声が、脳裏に木霊《こだま》する。

もしこの掟を破った場合、戒めとして体に一つヒビが入る。それ自体は特に大したことはないが、掟を破り続ければ、体にヒビが入り続ける。

最後には、魂もろとも跡形もなく消滅して、この世の全てのものから存在を忘れ去られる。

――それほどの罰が科せられるほど、付喪神の恋情は人間にとって害悪ということじゃ。

相手の幸福を願うなら努々《ゆめゆめ》、思いを成就させたいなどと思うでないぞ。

罰が、当たったのだ。

要が欲しくて、要と付き合うことを決めたから、戒めとして体にヒビが入った。

そこまで考えて、トキは思わず唇を嚙み、床を拳で殴りつけた。

罰？　戒め？　……何が悪い。要と幸せになりたいと思うことの、一体何が悪い！

種族が違うから。寿命が違うから。同性だから。思いの深さが違い過ぎるから。

たくさんの理由を積み上げられ、諭されて、納得した……つもりだった。自分自身では要を幸せにはできない。それどころか、不幸にするだけだ。だったら諦めるしかないと。

だが、要から付き合おうと言われた今、納得できるはずもなかった。

要が幸せになるなら、自分は何も望まない。そんなの、ただの強がりだ。

本当は、要に誰よりも愛されたかった。自分だけのモノにしたかった。

大黒たちに諭され、しかたなく諦めてはいたけれど、心の奥底ではずっとずっと願い続けてきた。その渇望が今、叶ったのだ。だから……だから、自分は——。

＊＊＊

——ねえ、一つ教えて。あなたって忘れられない人がいるの？

深雪《みゆき》にそんな質問をされたのは、付き合い始めて一年ほど経った頃のことだった。

いないと答えると、深雪は小さく笑って言った。じゃあ別れましょうと。

——私ね、あなたにはそういう人がいると思っていたの。だってそうでしょう？　あなた全然私のこと見てくれないんだもの。何をしてても、私を通して誰かを見てるような、懐かしんでるような……誰かの身代わりにされてるみたいだった。

要は戸惑うことしかできなかった。

身に覚えがない。深雪を誰かの代わりだなんて思ったことはないし、そもそもいくら記憶を辿《たど》っても、忘れられない人なんて心当たりがない。

――そう。じゃあ、あなたって人を愛せない人なのよ。

弁明すると、冷ややかに吐き捨てられた。

――そういう人がいるのなら、これから頑張って振り向かせようって努力する気になるけど、私の先に誰も見ていないんだったら……あなたは自分の世界でしか生きられないのよ。

今までも、付き合ってきた女たちから散々、「あなたは冷たい」「大事にしてくれない」と詰られてきたが、深雪の言葉は今までにないほどの説得力を持って、要の中で響いた。

深雪は高校の時からそばに居続けてくれた一番の理解者だったし、何より……訳の分からない言いがかりで、自分の元を去ろうとしている恋人を目の前にして、まるで引き留める気になれない自分がいたから。

そんな薄情な自分に我ながら呆れて、なるほど、これでは確かに、誰も愛せないと言われてもしかたがない。そう思った。

だからそれ以降、恋人は一切作らず生きてきた。それなのに、自分はまた、性懲《しょうこ》りもなく恋人を作った。相手は、会ってまだ一ケ月にも満たない同性。しかも、人でさえない。

ナンセンスにも程がある。人間の女でさえ満足に愛せなかったのに、何を考えている。

呆れ返った理性が叱責《しっせき》してくる。それでも、言わずにはいられなかった。

トキを離したくなかった。これからも、そばに居て欲しかった。

でも、ただそばに居てもらうだけでは嫌で……どうも自分は、トキが悲しむ姿を見るのがすごく嫌らしい。いつも笑っているせいか、気落ちしている姿を見るとたまらなくなる。

何をしてでも、悲しみを取り除いて、もう一度笑わせてやりたいと思うくらい。

だから、トキに付き合おうと言った。そしてその時も、理性が「やめておけ」「お前が誰かを大事にするなんて無理だ」と声高に主張していた。だが、それも……、

——……うん！　付き合う。

そう言って頷いた時の、トキの嬉しそうな笑顔を見た瞬間。

（……か、可愛い！）

そんな思考とともに、全部どうでもよくなった。というか、吹き飛んだ。

トキの笑顔なんて、数え切れないほど見てきたが、あの時見せた笑顔は今までのそれとは比べ物にはならないくらい、要の心を打ち震わせた。

きっと、これがトキの本当の笑顔なのだ。心の底から喜びを嚙みしめて、それが自然に溢れ出たような、幸せに満ちた顔。

今までの自分だったら、トキはこれまで心の底から笑ったことがなかった。ずっと無理をして、自分と一緒にいたのだとネガティブに捉え、引いてしまっていただろう。

だが今回は違った。今まで辛い思いをさせたのなら、これから目一杯甘やかして、いつでも心の底から笑えるようにすればいい。一回でもそういう笑顔にさせることができたのだから、またできるはずだ！　なんて、いまだかつてないほどのやる気が噴き出してきた。

その思いに突き動かされて、今トキを喜ばせるには何をしたらいいか、あれこれ考えているのだけれど、これがなかなか難しい。

トキに任せていた家事を手伝うと言っても、怪我《けが》に障《さわ》るからと断られるし、好きな食べ物などを聞いても、要の作る物は全部好きだと答えるばかりだ。自分の服を貸してやり、街に連れていってやることも考えたが、外はあいにくの猛吹雪《もうふぶき》。

うんうん唸《うな》っていたら、「俺、何か悪いことしたか」とトキを怯《おび》えさせてしまって……全く、考え込んだり恥ずかしくなると人相が悪くなるこの悪癖、どうにかならないものだろうか。

結局、半日考えても答えが出なかった。だから、本人に直接尋ねることにした。

「おい。お前、俺に何かして欲しいことないか」

「……は？　何かって」

「『付き合い始めた恋人』にして欲しいことって意味でだ」

端的に説明すると、トキは瞬時に顔を赤くさせて、後ろにひっくり返った。

「こ、ここ恋人とか……。要、今度から、言う時は十五分前くらいに予告してくれ！」

「……嫌だよ、面倒臭い。ていうか、この程度で狼狽《うろた》えるな。いくつだ、お前。……ほら。

早く俺にして欲しいこと言えったら」

内心むず痒《がゆ》さを覚えながらも、両手で顔を押さえて、畳の上を転がるトキにせっつくと、トキは動きを止めて、指の間からこちらを見上げてきた。

「……要。恋人ができた時は、いつもこんなふうに相手に聞いてたのか？」

「ああ？　まさか。するわけないだろ。こんなデリカシーの欠片《かけら》もないこと。けどお前、ムードとかそういうの気にしなさそうだから、直接聞いたほうがいいと思ったんだ。そのほうが、早く確実に、お前が喜ぶことしてやれる……なんだ、その手」

「ちょっとだけ……ぎゅってしていいか？」

両手を広げ、「よし」を待つ犬のようにそわそわした顔で、トキがそんなことを言ってくるものだから、要は少したじろいだ。

「いきなり何でだよ。……まあ、いいけど……っ」

明後日《あさって》の方向を見ながらボソボソ答えていると、押し倒さんばかりの勢いで抱きつかれた。

「要、俺今すごく嬉しいぞ！」

「……まだ、何もしてやってないだろ」

内心ドキドキしながらも素っ気なく答えると、トキは身を離して、にへらと笑った。

「俺のこと『恋人』って言って、して欲しいこと聞いてくれたじゃないか。それに、朝からずっと、何したら俺が喜ぶか考えてくれて……あ、当たった？　へへ、要は真剣に考えてる時は不機嫌顔になるんだな」

いいこと知った。ホクホク顔で言うトキに、要は思い切り顔を顰《しか》めた。

「そんな……どうでもいいことはいいから、さっさとして欲しいこと言えよ！」

「うん？　要、考え込む時だけじゃなくて、恥ずかしくても不機嫌顔になるのか。はは、可愛い……あ、ごめんごめん。冗談だって。それで、えっと……お前にして欲しいこと、なあ」

拳《こぶし》を震わせる要を宥《なだ》めた後、トキはしばし視線を彷徨わせてから、「ちょっと、図々《ずうずう》しいけど」と、おずおずこちらを見遣《みや》ってきた。

「……な、何だ。とりあえず言ってみろ」

図々しいって、どこまで……。内心ハラハラしながら聞いてみると、

「……髪の毛。風呂上がりの、お前の髪の毛拭きたい」

そんなことを言ってくるので、要は思わず「は？」と間の抜けた声を漏らした。

「髪って……別に、いいけど……っ」

「ありがとう！」

目をキラキラと輝かせながら、トキは思わずと言ったように、要の手を摑んできた。

「ずっと気になってたんだ。毎回ちゃんと乾かせてないから、風邪引かないかなって」

これで今夜から安心だと、ぽんぽん右手を叩いてくる。それにまた言い様のないむず痒さを覚えながら、要は眉《まゆ》を寄せた。

「布団には入り込んでくるくせに、変なとこで遠慮深い奴だな。……他には？」

「え！　まだいいのか？　太っ腹だなあ、要は。えーっと、じゃあなあ」

それから、要はトキからして欲しいことを聞きまくった。けれど――。

「ほら、要。あーん。美味《うま》いか？」

トキの要求は、どれもこれも恋人がするには些細《ささい》な要求ばかりだった。

要にご飯を「あーん」して食べさせてみたいとか、背中が寒そうだから、こたつに入っている時は要を後ろから抱っこしたいとか。

そして、片っ端からその願いを叶えてやった結果。トキに背後から抱き締められるような体勢で一緒にこたつに入り、トキが剝《む》いてくれたみかんを食べさせてもらう……まさに、「猫っ可愛がりとはこのことね」と、遠巻きから見ているアリスが呆れるような、この状況。

……なぜだ。なぜ、自分が今まで以上に、トキに一方的に甘やかされているのだ！

「……なんか違う」

「うん？　何が……わっ」

トキの腕の中から抜け出し、要はトキに姿勢を正して対峙《たいじ》した。

「俺は、お前に『して欲しいことはないか』って聞いたはずだ。それなのに、なんで俺ばっかりお前に甘やかされてるんだ！」

「そうかな？『俺が髪を拭くのを許して欲しい』『俺が「あーん」した飯を食って欲しい』

……ほら！　お前はちゃんと、俺の我《わ》が儘《まま》に応えて甘やかしてるぞ」

「何っ？　そ、そう言われると……いや！　違う違う。それは詭弁《きべん》だ！」

「……要。俺にこういうことされるの、嫌だったか？」

しゅんと眉を下げて、肩を落とす。そんなトキに、要は慌てて首を振った。

「馬鹿！　誰がそんなこと言った。い、嫌じゃないに決まってるだろ。ただ……俺がお前に何かしたいんだ。だから、遠慮せず言えよ。お前のことだ。どうせ色々妄想してたんだろ」

「……」

何の気なしに言ったことだった。だが、
突然、トキが黙った。それどころか、それまで浮かべていた明朗な笑顔もすぅっと消えて、完全な無表情になった。

いつも生き生きとしている瞳も、ガラス玉のように無機質になってしまって……。

常ならぬトキの風情に、要が目を見開いていると、

「……へへ、バレたか」

不意に、いつもの人懐っこい笑みが、トキの顔に戻った。

「悪い、要。俺今まで、すっごい妄想してきたから、付き合い始めの恋人に言える我が儘なんて、もう思いつけないや」

声音もいつもどおり。能天気なことこの上ない。

「……お、お前……っ」

言いかけ、要は息を呑んだ。愛嬌《あいきょう》のある笑顔が、またすぅっと形を変えたからだ。

今度は、年相応の……大人の男の顔に。

「だから……要はまだ、そんなこと考えなくていいよ」

ゆっくりと顔を寄せられ、耳元で囁かれる。普段の無邪気な声音からは想像もできない、艶《つや》めいた低い声で……まるで、鼓膜を愛撫《あいぶ》するように――。

体がびくりと、怯えるように震えてしまった。

トキは無邪気な子どもではなく、大人の男であると改めて感じたから。

体が金縛りにあったように動かなくなる。トキがいつもと違い過ぎて……胸のあたりが痛いくらいにざわつき過ぎて、何をどうしたらいいか考えられなくなる。

その時。突然息が詰まり、肩が跳ねた。一瞬何が起こったのか分からなかったが、

「……ぷっ。ははは」

ようやく焦点の合った目が、要の鼻を摘《つま》み、愉快そうに笑っているトキの顔を捉えたものだから、要は眦《まなじり》をつり上げた。

「お、お前って奴は……あ！　待てっ」

「わあ！　要が怒ったあ」

子どものようにはしゃぎつつ、トキが狩衣の袖《そで》をひらひらさせながら逃げていく。

その所作がまた無性に腹立たしくて、懸命に追いかけていたら……、

「はぁ。鬼ごっこしてたら腹減ったな。要、飯にしよう。何食いたい？」

いつの間にか話をうやむやにされて、それっきり。

そういうことが何度も続いた。そして、そんなふうに過ごすうち……いい加減悟る。

薄々気づいてはいたが、トキは単純そうに見えて、実は恐ろしく複雑な男だった。

嘘を考える知恵など持ち合わせていないと言わんばかりの能天気顔で、平気で嘘を吐く。

突然大人《おとな》の男の顔を見せたり、道化を演じたりして、相手を煙《けむ》に巻く。

その場の空気を一瞬にしてほのぼのとしたものに変えてしまう言動も、人の心にするりと入り込んでくる人懐こさも、天性の才能もあるのだろうが、その大部分は卓越した観察眼と状況判断能力によるもので……何の悩みもない能天気な子どもだなんて、とんでもなかった。

トキは自分が思っている以上にずっと大人で、自分の知らない顔をたくさん持っている。

いとも簡単にあしらわれ、煙に巻かれるたび、それを痛感した。

けれど、それとは正反対に、思ってもみなかったところがひどく未熟だったりする。

その最たるところが、自分の気持ちを基準に物事が考えられないところだ。

要が嬉しいなら自分も嬉しい。要が悲しいなら自分も悲しい。と、終始こんな調子だし、そもそも……トキは異常なほど自分自身に関心がない。

趣味もなければ、自分の食べ物の好き嫌いさえ把握していない。

自分の思いを書き殴ったという観察日記さえ、「要が好きだ好きだ」と暑苦しいくらい書かれてはいたが、それ以外……要と切り離した自分の心情や願望は何も書かれていなかった。まるで、「要が好きだ」という感情以外は、どうでもいいと言わんばかりの徹底さで。だから、要にしてやりたいことはいくらでも思いつけるのに、要にしてもらいたいことは何一つ思いつけないし、要に飯を食わせるためならばと、平気で一週間絶食してしまう。なぜ、そこまで自分を顧みないのか。それとなく疑問をぶつけてみても、トキは「そんなことない」と笑うばかりだ。

「俺ほど我が儘な奴はいないよ。人間のお前とこうして付き合ってるんだから。分別のある福の神は絶対こんなことしない……ハハ。そう考えると、お前ってかなり運が悪いよな。俺みたいなのにとり憑《つ》かれて」

冗談めかしたように言ったが、その言葉に嘘は見えなかった。

本気で、自分を我が儘で身勝手だと思っている。要への我が儘一つ、思いつけないくせに……心の底から、笑えていないくせに。

……そう、トキは心の底から今の状況を喜んではいない。

「付き合おう」という要の言葉に頷いた時に見せたきり、あの笑顔を浮かべたことはただの一度もなかったから。

意識的にしろ、無意識にしろ、トキはまだ心を開いてくれているわけではない。

もどかしい。付き合い始めたばかりで心を全部さらけ出せだなんて、子どもの我が儘だと分かってはいるが、それでも……時折、屈託のない笑顔の合間に垣間見せる、色のない無表情を見ると、胸の内がざわざわして落ち着かなくなる。

お前が心の底から笑えない原因はなんだ？　何を隠している？

問い質《ただ》したくてしかたない。知りたい。だが、ぐっと堪《こら》える。

質問されたくらいで、大人は本心を喋らない。言いたくないことなら、なおさらだ。

現に、自分がそうだった。だからこそ、トキは要が自分から話したくなるまで、辛抱強く待ってくれた。要からの信頼を勝ち取る努力を重ねながら。

だったら、今度は自分の番だ。そう思い至ってからというもの、要はできる限り努力した。

トキに優しくできるよう心掛けることは勿論、トキが自分にしてくれたことをお返しでやってやったり……。

（唐揚げの時の顔がこれ。グラタンの時がこれ。……だったら、グラタンのほうが好きかな？）

トキの微妙な表情の変化を逐一観察しては、後でこっそり絵に描いて、それらの似顔絵を見比べ、トキ本人も知らないトキの好きなモノを探す。

絵を描いて……そう、描けるようになったのだ。

筆を持つと、手が震え、頭の中が真っ白になっていたのに、トキに「お前の絵が好きだ」と言われて以来、スラスラ描ける。しかも何だか妙に楽しくて、気がつくと作業部屋に籠もり、何時間も描き耽《ふけ》ってしまう。そんな要を、トキはものすごく喜んでくれた。

「でも、なんで絵、一枚も見せてくれないんだ？　作業部屋も絶対覗くなって言うし」

（……部屋がお前だらけだからだよ！）

とにかく、まずは行動でトキが大事であることを示し続けた。そして、次に——。

「おかえり、要。買い出し大変だった……うん？　何だ、それ」

「これ、着てみろ」

要が買ってきたハイネックのセーターとジーンズを押しつけると、トキは目を丸くした。

「服なんかどうして……！　もう。要のエッチ！」

「……は？」

「俺の裸が見たいんだろ。男が恋人に服を贈るのは脱がせるためって、大黒様が……ふぎっ」

「くだらない御託はいいから、とっとと着替えてこい」

トキの鼻を摘み上げて命令すると、トキは悲鳴を上げつつ頷いて、脱衣所に走っていった。

ご丁寧に、ドアを閉める際、「覗くなよ？」と念を押して。

全く。どれだけ自意識過剰なのだ。こうなると、着物しか着たことがないなら、手伝ってやろうかという気も失せて、アリスの可愛い寝顔を写真に撮りながら待った。

だが、洋服に着替え終えたトキを見て、要ははっとした。

すらりと伸びた長身に、長く形のいい手足。そこらのモデルよりもずっとスタイルがいい。

体のラインが分からない着物を着ていても、トキのスタイルがいいことは何となく分かってはいたが、まさかここまでよかったなんて！

「ま、まあ……いいんじゃないか？」

内心驚きながらも素っ気なく感想を言ってやると、トキは得意げに胸を張った。

「そりゃ、お前が一生懸命選んで買ってくれた服だからな。ありがとう。丈もぴったりで……はは、最近寝る時やたらくっついてきたのはこのためか。でも、なんでいきなり服なんて」

「それは……あの着物を脱げば、気分が変わると思って」

「……気分？」

「お前は……福の神として、俺のそばにいるんじゃないって気分にだ」

ぎこちなく言うと、トキが大きく目を見開いた。そんなトキの手を握り、要は続ける。

「見ろよ。こうなれば俺もお前も同じだ。人間と福の神じゃなくて、ただの……こ、恋人だ。それで……恋人ってのは、相手から我が儘を言ってもらえると嬉しいもので……だって、そうだろ？　それだけ、自分に心を許して、認めてくれてるってことになるんだから」

「……要」

「俺は、もう大丈夫だ。お前のおかげで。……そう、信じさせてくれ。俺は、お前の我が儘を聞けるくらい立ち直ったんだって。お前がそう認めてくれたら、俺は信じられるから」

自分の貧困なボキャブラリーを駆使して、必死で伝える。

行動で示すことも大事だが、その意図が正確に伝わらないと意味がないから。そんな要の様子を、トキは呆気《あっけ》に取られたように見つめてきた。だが、すぐ……どこか苦しげに顔を歪めて、顔を逸らしてしまった。

「……お前は……いや」

何か言いかけて、トキは唇を噛みしめた。

長い睫毛《まつげ》を伏せ、そのまま押し黙る。要も何も言わず、静かに次の言葉を待った。

「……笑って、くれるか？」

しばらくして、いつもの笑顔が剥《は》がれ落ちた、少し心細そうな表情でトキは言った。

「俺は、ここに来てから一度も、お前が笑った顔を見たことがない。だから……はは」

言葉の途中で、トキが自嘲的な笑みを浮かべて、首を振る。

「悪い。おかしくもないのに笑えなんて、意地悪だな。忘れて」

「……ま、待てっ」

思ってもみなかった言葉に困惑していた要は、慌ててトキの言葉を遮った。

「そ、それくらい、大したことない！　笑うだけだろ？　えっと」

笑顔の形を頭の中で思い浮かべてみる。唇の両端をつり上げ、眦を下げて——。

思い描いたように、表情筋を動かそうとした。だが、今まで意識して動かしてみたことがないそれは、思うように動いてくれない。無理に動かそうとすると、頬が引きつったように

痙攣《けいれん》し始める始末だ。それでも何とか口角を持ち上げようと悪戦苦闘していると、

「……ぷっ！　ははは」

トキが思わずと言ったように噴き出すではないか。

「わ、悪い、要。でも……お、お前……なんて……なんて顔……ははは！」

立ってられないとばかりにその場に蹲《うずくま》り、腹を抱えて笑う。

その盛大な笑いっぷりに、最初は呆けていた要も眦をつり上げ、憤慨した。

人が一生懸命リクエストに応えてやろうとしているのに、なんて失礼な奴だ！

腹立たしくてしかたない。そんなものだから……。

「ははは……っ！」

トキが驚いたように息を詰める。要がおもむろに、トキの頬に口づけてやったからだ。

「何だ？　その間抜け面」

呆然とこちらを見つめてくるトキの鼻を摘みながら、ふんと鼻を鳴らしてみせる。

「声も出ないのか？　お前にはまだ早かった……っ！」

要は目を見開いた。トキの鼻を摘む右手を掴まれたかと思うと、唇に噛みつかれたからだ。

「お、前……何、し……んんっ」

熱い舌を口内にねじ込まれる。舌に感じた生々しいざらついた感触に、思わず体が逃げを打ったが許されず、強い力で体を抱き竦《すく》められ、そのまま畳に押し倒されてしまった。

「う、んん……！　ゃ、……ふ、ぁっ」

両手で顔を鷲摑まれ、口を大きく開かされて、無遠慮に貪られる。

口内を丹念に舐《な》め回し、要のいいところが分かると、そこばかり執拗に舌で愛撫してくる。

突然の快楽に面食らっていると、今度は舌を捕らえられ、痺《しび》れるくらいに絡まれ吸われる。

呼吸さえも許さないと言わんばかりの濃厚なキスに、要が苦しげに喉《のど》を鳴らした、その時。

「……っ！」

口の中で息を吞む気配がしたかと思うと、慌てるように舌が出て行った。

「あ……悪い。まだ、『お友だち』期間だったのに、その……要があんまり可愛くて、つい」

「……何人目だ」

「け、けど、要も悪いんだぞ。急にあんな小悪魔みたいな……は？　何人目？　……っ！」

「くそ！　なんでそんなにキスが上手《うま》いんだっ、お前！」

トキの胸倉を摑み、乱暴に体勢を入れ替えながら、要は激高した。

「そんなにって……！　要。俺のキス、気持ちよかったのか？　よかった！　下手《へた》くそとか
言われたら、男として傷つく」

「よくない！　下手くそのほうがずっとよかった！」

嚙みつくように怒鳴ると、トキは「ええっ？」と目を剝いた。

「なんで下手なほうがいいんだよ。痛いより気持ちいいほうが全然いいはず」

「煩い！　好きになったのは俺だけとか言っといて、あんな手慣れたキスしやがって。トキのくせに！　言え！　今まで何人とこういうことしてきた」

摑んだ胸倉を揺さぶりながら、怒りに任せてまくし立てる。そんな要をトキはぽかんと眺めていたが、しばらくすると声を上げて笑い出した。

「なんだ、何がおかしい」

「何でもない。それで……ああ、今まで何人とキスしてきたかだっけ？　う～ん、そうだな」

顎に手を当てて、トキが考え込む。しかも、それがやたらと長い。

「お、おい……なんで、黙ってる」

「うん？　一生懸命考えてる」

要はびくりと震える。そんなに考え込まなきゃならないほど付き合ったことがあるのか？と、息を詰めていると、

「どう答えたら、一番可愛い要が見られるかなあって」

軽く言われた言葉にきょとんとした。だが、すぐに……じわじわと熱くなっていく顔を押さえ、要はトキに背を向けた。

「……さっきのこと、全部忘れてくれ」

自分は何を言っているのだろう。まずは男のトキにキスされても、まるで嫌悪感を覚えなかったことを考えるべきだろうに、それすらすっ飛ばして、トキがこれまで付き合ってきた

恋人たちに妬《や》くなんて……幼い頃に将来を誓い合った仲でもあるまいに、どうかしている。自分なら絶対ドン引きしている。ダサい。みっともない。なのに、何がいいんだか、トキはニコニコと笑ってくれた。

「ありがとう、要。俺すごく嬉しいぞ」

「お前の喜ぶツボはおかしい。さっきの、どこが嬉しいんだ」

「全部。キスしてくれて、ヤキモチ妬いてくれて……初めて、名前を呼んでくれた」

「！　初めてって……そうだったか？」

トキが嬉しそうに頷く。その顔を見て、要は思わず息を止めた。要の心を鷲掴みにしたあの笑顔と同じものだったからだ。

心臓が痛いくらいに鼓動を打つ。全身の血液も激しくのたうって、息をするのも苦しい。けれど、それは決して不快なものではなかった。むしろ……。

「……トキ」

もっとトキの笑顔が見たくて、今度は自分からトキに口づけて、トキの名を呼んだ。

それからも、要は一生懸命トキを大事にし、甘やかし続けた。

すると、トキは少しずつだが我が儘を言ってくれるようになった。要が好きなあの笑顔も、今まで見せることがなかった表情も、見せてくれるようになった。

それがすごく嬉しくて、幸せで……トキにどんどん嵌っていく自分を止められなかった。

でも、トキに惹かれれば惹かれるほど、些細なことで心が揺れるようになった。

触れる時も触れられる時も強張っているトキの体。一度きりしかしてこなかったキス。

「あれ、桜の木でさ。春になると、すごく綺麗な花が咲くんだぞ」

「そうか。お前がそう言うんなら、綺麗なんだろうなあ」

未来の話をしても、まるで……その時、自分はそこにいないような返ししかしてこない、どこか遠くを見ている瞳。それらに言い様もなく胸がざわついて、苦しくなって、

「……好きだよ、要。大好きだ」

こちらからの返事を一切求めない独白のような睦言《むつごと》に、切なさばかりが募っていった。

＊＊＊

昨夜の曇り空が嘘のように晴れ渡った、とある冬の朝。トキは庭先で、街へと向かう要の車を笑顔で見送った。

車が視界から消えるまで手を振った後、足早に家に戻る。

朝から気持ちが浮き立っている。ついに、要の左腕のギプスが取れるからだ。

(今日は、何作ろうかなあ)

豪勢な夕飯を作りたいところだが、要から、ようやく両腕が使えるようになるのだから、

今夜は自分一人で作ると言われてしまったし……そうだ、ケーキにしよう！

立派な、二段重ねがいい。ギプスが取れるお祝いと、絵が描けるようになったお祝いもかねて。要は「量を考えろ！」と怒るだろうが、最後は照れ臭そうに笑ってくれるだろう。

笑う……そう、ここ最近。要は笑うようになった。

今まではクスリとさえしなかったのに、トキが「要の笑った顔が見たい」と言ってからは、一生懸命笑うようになって……その気持ちだけでも十分嬉しかったが、最初は思わず噴き出してしまうほどぎこちなかった笑顔が、だんだんと自然に浮かべられるようになってきたことが、何よりも嬉しい。

やっぱり、要は笑顔がいい。要が笑顔だと自分も嬉しくなる。幸せだ。

たとえ、自分自身がどんな状況だろうと。そう思いながら台所に入ろうとした時、足に何か違和感を覚えた。見ると、九十九神たちがトキの足にしがみついて、首を振っている。

そうだった。ケーキを作る前にやっておくことがあった。

危ない危ない。痛みがないから、つい忘れるところだった。

「思い出させてくれて、ありがとう……うん？　用意もしてくれてるのか？」

もう一度「ありがとう」と礼を言って、脱衣所に向かう。

本当は、アリスに見られる心配のない神棚の中でしたかったが、あいにく……二日くらい前から、体を縮めることもできなくなってしまったからしかたない。

脱衣所の戸を閉めてから、そっと服を脱ぐ。

ヒビ割れだらけの上半身が露《あらわ》になる。ひどいところでは、細かな破片がボロボロと崩れ落ちている有り様だが、不思議と痛みはない。ヒビが入り始めた頃は痛くてしかたなかったが、ある時期から全く痛くなくなって……多分、痛覚が壊れてしまったのだろう。

なので、当人は割と平気なのだが、他人から見ると大事《おおごと》のようで、九十九神たちは声にならない悲鳴を上げながら、慌てて持っていた薬を小さな手で塗りたくってくる。

その様子を見ながら、トキが静かに笑った。

「すごいよな。三日前は、こんなにひどくなかったのに」

これではもう、一週間と持たないだろう。そう思うと残念だが、トキにはこのヒビ全てが愛おしくてならない。このヒビは、要が自分を甘やかしてくれた証《あかし》なのだから。

(こんなに要に愛されて……俺は幸せだなあ)

うっとりと、ボロボロにヒビ割れた体を見つめた、その時。視界の端にあるものを捉え、トキは目を見張った。

洗濯かごの中からひょっこり顔を出したアリスと、目が合ったからだ。

『……な、によ。その体』

アリスが掠れた声で尋ねてくる。それに、トキはにこりと笑ってみせる。

「いやあ。実は俺、ものすごい乾燥肌で」

『ふざけないで！』

悲鳴に近い声を上げつつ、かごから飛び出したアリスは、一目散に駆けてきた。

『答えなさいよ。どうしてこんな……！　まさかこれが天罰……いや、そんなことないわよね？　だって天罰は、人間相手に自分本位な行動を取ったら下るもので、あなたは違うじゃない。あなたが甘えるようになってくれたって、要すごく喜んでる。なのに……なのに！』

「はは、そうだな。でも……それはきっと、今だけなんだよ、アリス」

抑揚のない声で、トキはアリスの言葉を遮った。

「お前も言ってたじゃないか。俺じゃ要を幸せにできないし、一緒に生きることもできないって。このヒビもきっとそう言ってるんだよ。『幸せにできないのに恋人になるな』って」

『それは！　確かにそうだけど、でも、あなたなんで悠長にそんな……待って』

アリスははっと息を呑んだ。

『あなた……これから、どうする気なのよ。もしかして、このまま』

「ああ。要のそばにいるよ？　最期《さいご》まで」

トキがさらりと答えると、アリスはぞわりと全身の毛を逆立てた。

『最期までって……それはつまり、要の前でバラバラに崩れ落ちるってこと？』

「あーできればそうしたくないけど、もしそうなったら……要ビックリするだろうなあ」

『な、何言ってるのよっ？』

アリスは両の前足でトキの膝《ひざ》を摑み、激しく振った。

『ふざけないでよ！　要の気持ちを何だと思ってるのっ？　恋人が目の前でそんなふうに死んだら、どれだけ傷つくか』

確かに、そんな経験をしたらトラウマものだ。思い出すだけで、嫌な気持ちになるだろう。けれど——。

「大丈夫だ、アリス。要は、傷ついたりしないよ。なにせ、全部忘れてしまうんだから」

『え……全部って……』

「俺に関わること、全部だよ」

トキは底抜けに朗らかな声で言いながら、にっこり笑った。

「俺と過ごしたこの数ヶ月も、俺の存在も……全部全部、俺が死んだら忘れる。十五年前と同じように、跡形もなく。だから大丈夫だ。要は傷つかない。勿論、アリスお前もだ。お前だって俺のこと忘れる。何も問題ない。俺がいなかった今までに戻るだけ……っ」

『馬鹿じゃないのっ！』

差し伸ばしたトキの手を引っ掻き、アリスは尻尾をぼわっと膨らませた。

『忘れるからいいって何よ！　いいわけないじゃないっ。死んじゃうのに！』

「……アリス」

激昂《げっこう》するアリスを宥めるように、トキは穏やかな声で語りかける。

「俺今、すごく幸せなんだよ。要にこんなに大事にされてさ。だから……もう無理だ。要から離れることも、要が俺以外の誰かと幸せになる姿を見るのも……。だから、このまま」

『あなたたちも止めなさいよ！　友だちが死のうとしてるのよっ？』

トキと話しても埒《らち》が明かないと思ったのか、アリスは九十九神たちに向き直り詰め寄った。アリスの糾弾に九十九神たちは泣きながら顔を俯けたが、不意に……しゃもじが顔を上げ、アリスの前に躍り出ると、トキを庇《かば》うように両手を広げ、アリスの前に立ちはだかった。

『何よ、邪魔するなって言うの？　どうしてよ！　あなたおかしい……何？　「トキの気持ちを分かってやってくれ」？　……分かりたくないわよっ、こんなの』

ものすごい剣幕でアリスが怒鳴り散らす。いつものしゃもじなら、それに震え上がって、すぐさまトキの後ろに隠れただろう。

だが、今回は引かない。全身を震わせながらも一生懸命アリスを睨みつける。すると、それまで黙って見ていた茶碗たちも駆け出し、しゃもじと一緒になってアリスに訴えた。

トキはこれまで、要との約束を守るために、要を好きだという感情以外、全部殺して生きてきた。ここに来てからも、ひたすら要のことだけを思って尽くしてきた。

トキはもう十分やった。十分我慢した。だからもう、トキの思いのまま、好きにさせてやってくれ。分かってやってくれ。と、最後には土下座までして懇願した。けれど、

『やめて！』

悲痛な声で叫ぶと、アリスは大きな目でトキをキッと睨んだ。

『私が馬鹿だった。あなたたちがこんな、身勝手でひどい人たちだって知ってたら……絶対、要とのこと許さなかったのに！』

最低！　大嫌い！　最後にそう叫んで、アリスは部屋を出て行った。

その後ろ姿を、トキたちは呆然と見つめていたが、しばらくして……九十九神たちが、声にならない声を上げて泣きじゃくった。

――……最低ナノ？　トキヤ僕タチハ最低ナノ？

――トキハ全部、我慢シナキャイケナイノ？　ホンノ少シノ間ダケデモイイカラ、要ト恋人デイタイッテ思ッテモ駄目ナノ？

――ドウセ、全部忘レルクセニ……ホンノ一瞬、嫌ナ思イサセルダケデモ駄目ナノ？

――トキノ……ツクモ神ノ心ハ、ソンナニモ価値ガナイモノナノッ？

つぶらな目から滝のように涙を流しながら、トキにしがみついてくる。そんな彼らに静かに微笑みながら、トキは掠れた声で言った。

「しょうがないよ。あいつらにとって、俺たちは……ただの道具だもの」

必要だから使う。便利だから使う。それだけだ。

道具の都合や心なんか、知ったことじゃない。

そう、学問所でしつこいくらい教えられてきた。そして、だからこそ……そんな人間に肩入れするのは、愚行でしかないことも。

「全部分かってたことじゃないか。だから泣くなよ……うん？　俺が可哀想？　何言ってる。俺は幸せだ。要に恋人として使ってもらえたし、捨てられる前に終わることができるんだから。ただ……お前たちの分も頑張って、要を幸せにするって約束、破ることになるけど」

ごめんな。頭を下げると、九十九神たちは一生懸命首を振った。

「……ありがとう。じゃ！　この話は終わり。これからケーキを作るから手伝ってくれ」

要の怪我が治ったお祝いしなきゃ。ボロボロの体を要にもらった服で再び隠しながら、トキは九十九神たちを急き立てた。

要が帰ってきたのは、時計の針が午前十一時を回った頃のことだった。

まさかそんなに早く帰ってくるとは思っていなかったトキは、慌てて玄関に走った。

「おかえり。は、早かった……あれ？」

作りかけのケーキが置いてある台所へ行かせないためには、どうしたらいいだろうと思考を巡らせていたトキは、要の顔を見るなり目を見張った。要の頬がいやに赤かったからだ。

「ああ。今日は病院が空《す》いててな。すぐ外してもらえた……っ」

「これは……大変だっ！」

「！　お、おいっ？」

要の頰を触り、いつもより熱いことを確認したトキは要に摑みかかると、そのまま横抱きに抱え上げ、寝室に向かって走った。

寝室に辿り着くと、ベッドの上に要を放り、着ているコートに手をかけた。

「ほら、要。早く脱げ！」

「ゃ……やめろっ！　いきなり、こんな……お、お前には情緒ってもんがないのかっ？」

「ああ？　いるか、そんなもん！　こんな要が目の前にいるのにっ」

要の顔が、いよいよ赤くなる。

「あ……そ、そりゃ……お前が、我慢、してたのは、知ってるけど……こ、こんなの」

弱々しい声で呟きながら、要はそっぽを向いた。トキは口をへの字に曲げる。

「ああもう！　とにかくコート脱いで寝ろ。じゃないと、風邪《かぜ》がひどくなるぞ」

「……は？　風邪、だ？」

それまでか細かった要の声が、一気に急落した。

「そうだよ！　こんなに顔が赤くて、熱もあって。これは立派な風邪……ふがっ」

「紛らわしいことするなっ。馬鹿っ！」

眦をつり上げた要に、思い切り鼻を摘み上げられて、トキは悲鳴を上げた。

「紛らわしいって……じゃあ、何のことだと思ったんだ？」

「！　それは……どうでもいいだろ、別に！　それと、体が熱いのは風邪じゃない。さっき風呂に入ってきたから、それで熱いんだろ」

風呂？　トキが首を捻ると、要はギプスが取れた左手をぽんっと叩いた。

「左手。ギプスが邪魔で長いこと洗えなかったから、すごく痒くてな。家まで我慢できなくて、近くにあった銭湯に駆け込んだんだ」

「ああ、なるほど。それで……へへ。よかった。要が風邪引いたんじゃやなくて……っ！」

トキは思わず口を閉じた。視界の端にある光景が映ったからだ。

「？　どうした。いきなり黙り込んで……っ！」

固まってしまったトキが見つめる視線の先に目を落とした要も目を剝いた。自分の股間《こかん》が盛り上がっていたのだから無理もない。

「こ、これは……違う！」

耳まで真っ赤にしながら、要が慌てて自分の下肢《かし》を隠す。

「俺は別に……き、期待なんかしてない！　確かに、お前が俺に手を出さないのは、怪我のこと気にして我慢してるんだろうなとか、ギプスが取れたら、そういうことになるんだろうなとか、思ってたけど、それはあくまで予想であって」

「お前……もしかして、わざわざ風呂に入って帰ってきたのって」

「！　ば、馬鹿っ。誰がそんな……いや」

要がかけている眼鏡が飛びそうなほど、ぶんぶん首を振る。それから大きく息を吸ったかと思うと、勢いよくこちらに向き直った。

「は、はっきりさせよう。お前が……その、今まで俺に手を出さなかったのは、怪我のこと気にしてたからか？」

トキは言葉に窮した。確かに、要の怪我が気にならなかったわけじゃない。だが、手を出さない本当の理由は、要に悪いと思ったからだ。

いくら忘れるとは言っても、もうすぐ消える自分が要を汚していいわけがない……なんて、要に言えるわけもなく、どう答えたものか考えあぐねていると、要が再び口を開いた。

「それとも……俺が自覚していないって言ったからか？　客観的に見たら、お前のこと好きだけど、主観だと分からないって言ったから……でも、そうだよな。こんな状態でお前とした ら、全部お前のせいにしてるみたいで卑怯《ひきょう》だ」

「そんな……卑怯だなんて」

「……好きだ」

突然言われたその言葉に息を呑む。

要は依然、こちらを見据えている。その顔は今まで見たことがないほどに緊張していて……今にも死んでしまいそうなほどに必死だった。

そんな、極度の緊張に揺れる瞳と目が合った瞬間、トキは血液が沸騰する錯覚を覚えた。

「好きだ、お前のこと。だから、したい。お前と、形でも繋がった恋人になりた……んんっ」

それ以上は聞いていられず、トキは要の震える唇に噛みついた。

罪悪感も何も、もうどうでもいい。要が欲しい。誰にも汚されたことがないこの体を犯し抜いて、自分だけのものにしてしまいたい。

そんな妄執にとり憑かれたトキは、要の唇を貪りながら、乱暴に要の体をベッドに押し倒した。だが、その瞬間。

「……っ！」

突如全身に走った激痛に、息が詰まる。

思わず要にキスしてしまった前回も通常の数倍痛かったが、まさかこんなに痛いだなんて。引き裂かれるような痛みに、全身が硬直する。呼吸もままならず、少しでも気を抜いたら失神してしまいそうだ。それでも、トキは要に手を伸ばそうとした。

一度だけでいい。要と身も心も恋人として繋がりたい。そうすることで消えてしまっても構わない。だから、どうか……どうか！

しかし、いくら心でそう思っても、体は全然思いどおりに動いてくれない。それがどうしようもなく悔しくて、トキが唇を嚙みしめていると、

「……駄目、なのか？」

掠れた声が耳に届く。

「男は……やっぱり」

はっと目だけ動かすと、顔面蒼白《そうはく》になった要と目が合ったものだから、トキはギクリとした。要はそれを肯定と受け取ったのか、居たたまれないと言うように目を逸らした。

「まあ……薄々、感じてはいたんだ。一度キスしたきり、何もしてこないから……生理的に、無理だったんじゃないかって。それなのに……悪かったな。こんな、嫌なことさせて」

今にも泣き出しそうな顔に懸命に笑顔を作って見せる要にトキは心が潰れそうになった。

まずい！　誤解された。

「ちが……違うんだっ、要。そう、じゃない。これは、その」

「もういい！　……ほら、ココ。全然勃《た》ってないじゃないか。それどころか、こんなに縮まって！　それなのに、何が違うって言う……いってっ！」

悔しそうに涙を堪えながらまくし立てていた要が声を上げた。トキが今ある限りの力を振り絞って、要に頭突きを食らわせたからだ。

「何するんだ！　図星指されたからって逆ギレしてんじゃ」

「……ね、熱」

「……は？」

「要。じ、実は俺……熱が、あって」

要の額に自分のそれを押しつけ、必死に訴える。

消滅寸前の体は、通常よりずっと体温が高くなると聞いたことがあったから、風邪を引いているということにすれば、誤魔化せるはずだと。

要は最初、意味が分からないという顔をしていたが、すぐ我に返ったように目を見開くと、慌ててトキの頭を両手で掴み、自分の額をトキの額に擦《こす》りつけた。

「す、すごい熱じゃないか！」

要がそう叫んだのを聞き、何とか誤魔化せたと安堵《あんど》した……瞬間。体がぐらりと揺れた。

それまで保っていた緊張の糸が切れてしまったらしい。もしかして、このまま？

（それは……ちょっと、微妙……過ぎ……る……）

最後にぼんやりと考えて、トキはそのまま意識を手放した。


次に目を開いた時、見覚えのある天井が視界に映った。

（あ……まだ、終わってなかった、か）

寝室の天井を見上げ思っていると、「起きたのか？」と声がかかる。

声がしたほうに顔を向けようとすると、額から何かがずり落ちた。濡れたタオルだ。

「気分はどうだ」

落ちたタオルを拾い、トキの頬に当てながら、要が尋ねてくる。

心配そうな顔をしているが、そこまで深刻なものではない。どうやら、体のヒビは見られずにすんだらしい。そのことに安堵しながら笑ってみせると、要は片眉をつり上げた。

「……何か、言いたいことはあるか」

一応、言い訳は聞いてやると言わんばかりの口調だ。トキはしゅんと眉を下げる。

「ああ。……悪い。根性なしな一物《いちもつ》で」

要は「は？」と間の抜けた声を上げたが、すぐがっくりと肩を落とした。

「はぁ……。開口一番で言うことがそれかよ」

「何言ってる。大事なことだ。お前がものすごく勇気出して誘ってくれたのに、応えられなかったんだから。……ごめんな？」

「……べ、別に。そんなこと、ない」

要が逃げるようにそっぽを向いた。その横顔には、不安の色が見える。まだ、トキが自分を抱けないのではないかと疑っているらしい。そんな要に、トキは手を伸ばした。

「要。足を出せ」

「……は？　足？　足が一体どうした……っ」

首を傾《かし》げる要が上げた左足を、トキはおもむろに摑んだ。そして、つま先部分のソックスを口で咥《くわ》えてみせる。

「！　お前っ、何やってるんだ。そ、んなこと……っ！」

突然のトキの行動に、要は驚きの声を上げ、トキの手を振り払おうとしたが、トキと目が合うと、息を詰めて動きを止めた。

食い入るように、けれどどこか心細そうに見つめてくる要の目を見つめたまま、トキはゆっくりと顎を引き、要の足からソックスを脱がせた。

露になった要の足に唇を落とす。瞬間、ピシリと体にヒビが入る感触を覚えたが、それでも口を開き、親指を口に含んでみせる。要の口から、かすかに声が漏れた。

「分かるか？　俺は……お前の体なら、これくらい平気でできる」

「っ……ト、トキ」

「残念だったよ」

あのまま抱けなくて。要の瞳を真っ直ぐと見上げたまま囁いて、含んだ親指を甘く噛んだ。そのまま、肌《はだ》をねっとりと舐め上げ、わざと音を立てて吸ってやると、要の体がびくりと震え、もどかしげに捩れた。

「わ、分かったっ。分かったから……それ以上は、やめてくれっ」

お前がそんななのに、変な気分になる。潤んだ目で小さく懇願される。その目に、トキは両の目を細めながら足を離した。

要がすぐさま足を引っ込める。視線も慌てて逸らす。

しばらくの間、要は真っ赤な顔で固まったまま、視線を忙《せわ》しなく泳がせていた。

だが、おもむろに、布団に手をかけてきたかと思うと、布団の中に入ってきた。

「お、おい、要。やめろよ。風邪が移る」

「神様の風邪って、人間に移るもんなのか？」

「え？　……うーん。それは、どうなんだろな」

「試してみよう。今回かかったら、次からはやらない」

トキに添い寝しながら言って、要はそっとトキの手を握ってきた。

「……嫌じゃ、ないんだな？　男の俺と、こうするの」

耳を澄まさなければ聞こえないような声で、小さく念を押してくる。そのいじらしさに、心が疼くのを感じながら、トキは要の指に自分の指を絡め、笑ってみせた。

すると、要は拙《つたな》いが、嬉しそうな笑みを浮かべ、自分からも指を絡めてきた。

ひどく穏やかで幸せな感じ。そう思った時、ふと逝くならこのままがいいなと思った。

要とこうして手を繋いだまままともに眠り、そのまま……。ああ。なんて素敵な最期だろう。

そんなことをぼんやり考えていると、要がトキの名を呼んできた。

「……俺も、ごめんな？　お前が、自分のこと大事にできない奴だって知ってたのに、お前がこんなになるまで気づけなかった」

「そんな……要は悪くないよ。不養生してたのは俺だし、それに……要は優しいよ。俺をすごく大事にしてくれてる」

戯れるように指を絡ませながら言うと、要は小さく笑った。

「優しい……大事に……はは。そんなこと、言われるのは初めてだ」

トキは思わず「え？」と声を漏らした。要の言葉があまりに意外だったからだ。そう言うと、要は「ありがとう」と呟きながら、トキの手に目を向け、甘えるように指を握ってきた。

「でも、本当だよ。俺は人に優しくできた試しがないんだ。どんなに優しくしようとしても、気がついたら相手は白けた顔になってる。……まあ、俺自身が一緒にいるのさえ苦痛だって思ってるんだから、無理ないんだけどな」

「苦痛って、そんな……偶々、そいつと合わなかっただけじゃ」

「いや、全員だ。友だちも恋人も皆、一緒にいると落ち着かなくなる。こんなことしてる場合じゃない。こんなことしてちゃいけないって。楽しくなればなるほど思ってしまうんだ」

トキは内心面食らった。アリスから「要はよりよい創作のために、人付き合いを避けている」と聞いてはいたが、それは少し、自分を追い詰め過ぎではないか？　とはいえ……。

「それは、それだけ絵が好きってことだろ？　何してても絵のことで頭がいっぱいで、いつだって綺麗なものを追究してるから」

トキが宥めるように言うと、要は首を振った。

「違う。そんなこと、思ったことない」

「……え」

「俺が絵を描くのは、絵を描く時だけ、そういう焦燥に駆られなくてすむから、それだけだ」

淡々と言い捨てられたその言葉に、トキは目を見張った。

「……それ、だけ？　そんな、だって……っ」

にわかには信じられなかった。なにせ、要は小さい頃から絵が大好きで、「立派な絵描きになりたい」と常々言っていた。だから、自分は要の夢を叶えてやろうと、今まで……！

あんなに絵が好きだったじゃないか。それなのにどうしてっ？

問い質したい気持ちを必死に嚙み殺していると、要が静かに話を続ける。

「確かに、絵は好きな……はずなんだ。昔は、描くのが楽しくてしかたなかったし、もっと上手くなって綺麗な絵を描きたいって……だから、たくさん絵の勉強ができる東京に行った……はずなのに、何でか東京に行ってから、いくら描いてもつまらないんだ」

東京に、行ってから……？

「なんて言うのかな。描き上げても全然達成感がないんだよ。いい絵を描けば皆褒《ほ》めてくれたけど、何か足りないっていうか、寂しいっていうか、上手く言えないんだけど……ここに住んでた時は、そんなこと感じたことなかったんだけどな」

――……トキちゃん、トキちゃん。

――……むにゃ？　要。どうしたんだ、こんな夜遅くに。

――あの……絵が上手く描けたから、トキちゃんに見て欲しいなって。……ごめんね、起こして。でも、ホントに上手く描けたから、トキちゃんにすぐ見て欲しくて。

自信作を描くと、寝ているトキを起こしてでも見せに来てきた要の姿が頭を過る。「要、すごい！　上手に描けてる」と褒めてやるたびに浮かべたバラ色の笑顔も。

――ぼく、立派な絵描きさんになりたい！

要がよく言っていたその言葉……いや、それだけだったか？　要はただ、絵描きになりたいと言っていたか？　……違う。その後、必ず……。

――絵描きさんになったら、トキちゃんが喜んでくれる絵、いっぱい描けるから。

そう言って、小さな手できゅっとこの手を握り締めてきた。……今のように。

「つまらないならやめればいいだけの話なんだけどな。でも、もうやめようって思うたびに、『立派な画家になるって言ったろう』『お前はそれを嘘にするのか』って、頭の中で誰かが叫ぶんだ。で、その声を聞くと、どうしてもやめられなくなって……別に、誰かと約束したわけでもないのにさ」

――トキちゃん、ぼく絶対、立派な絵描きさんになるよ。約束する！

――ああ！　絶対だぞ。約束だからな、要。

「少し前に、俺は人間として壊れてるって言ったな。あれ……今回の楠本のことで思ったんじゃなくて、ずっと前から思っていたんだ」

大事な何かが欠落した欠陥品のような心は、いつも冷え冷えと荒《すさ》んでいて、誰といても何をしてもまるで満たされない。だがそのくせ、どうしようもなく寂しくて、苦しくて、何のために描いているのかも分からない絵に、ひたすら縋りつく。

「そんな自分が、すごく嫌いだった。虚しくて、辛かった。でも」

沈んだ表情を浮かべていた要が、嬉しそうに笑った。

「お前とだと、一緒にいても苦しくないんだ。楽しい嬉しいって感じるし、お前を大事にしたいって心から思えて……なんて言うか、普通の人間になっていく気がする。それに……お前に、俺の絵が好きだって言ってもらえた時、描き続けて本当によかったって思えた。絵を描く時だけ、心が落ち着くのは何か意味があるはずだって、ずっと思っていたから」

今の要が描いた絵の情景が頭に浮かぶ。独りぼっちでぽつんと佇《たたず》む被写体。だが、皆顔を上げ、ひたすらに何かに焦がれ、待ち続けていた。それは……それらは皆、要の。

「……それで、な。最近、思うんだ。俺は、お前をずっと、待っていたんじゃないかって」

――トキちゃん。……ぼく、待ってるよ。

「多分俺は、お前じゃないと駄目だったんだ。お前とじゃなきゃ楽しくないし、ほっとできないし……喜ばせたいって一生懸命になれない。俺が優しいのはお前だからだよ」

「……かな、め」

カラカラに乾いた口で、ようやくそれだけ言葉にできたトキの手を、要が握り締める。

「俺のところに、来てくれてありがとう」

大好きだ。そう言ってはにかむようにして微笑んだ。その顔が、

——ずっと、待ってる。トキちゃん好き。ずっとずっと、大好き。

十五年前の要のそれと綺麗に重なって、トキは眩暈《めまい》がした。


『た、倒れたんですってね』

ぎこちなく言いながら、アリスが寝室に入ってきたのは、要が「粥《かゆ》を作ってくる」と言って部屋を出た十分後のことだった。

『ふ、ふん！　何よ。要の恋人を満喫してから死にたいとか言っといて、こんなにすぐ倒れるなんて。もっと根性見せたら……あ』

アリスが怯えるように体をぶるりと震わせた。トキがそっぽを向いたまま、アリスを無視したからだ。トキに初めて取られたその態度がショックだったのか、アリスは忙しなく大きな尻尾をパタパタさせたが、おもむろに息を吸うと、トキのそばに近づいてきた。

『あ、あの……さっきは、ごめんなさい。あれじゃ、私たちの都合のために、あなたは全部我慢しろって言ってるようなものよね。……でも、違うの。そんなこと思ってないし、要に愛されたまま死にたいってあなたの気持ちも分かる。でも、腹が立ったの。あなたが……要のこと、全然信じてないみたいで』

「……」

『確かに、要はあなたのことを忘れた。恋人だって作った。それでも、あなたへの気持ちは本物よ？　あなたに心を開いて欲しくて、一生懸命頑張ってる。だから、忘れてしまうからって、要の気持ちをないがしろにするのは……っ！　え……どうしたのっ？』

アリスが慌ててベッドに飛び乗ってくる。ベッドに横たわるトキが、ぼんやりとした顔ではらはらと涙を流していたからだ。

『なんで泣いてるのよ。要は、あんなに嬉しそうな顔してたのに』

「……『嘘吐き』」

『……え』

ぽつりと呟いたトキの言葉に、アリスが首を傾げる。そんなアリスを見ないまま、トキはゆっくりと目を閉じた。

「この十五年間、ずっと……そう思ってた。忘れたのは要の意思じゃないって、分かってたけど……俺はこんなに苦しい思いしてるのに、要は俺のこと簡単に忘れて、恋人まで作って楽しくやってるっ」

――……嘘吐きだ。『ずっと好き』だの『トキちゃんだけ』だの……全部全部、嘘だったんだ！　信じた俺が馬鹿だった！

「憎んでたんだ。どうやったって、要を好きなことをやめられない心のどこかで、ずっと」

だから、要を騙《だま》して、こうして消えていくことに、罪悪感の欠片も抱かなかった。

どうせ、要は自分のことなど簡単に忘れて、また新しい恋人を作るんだから……要の自分への気持ちなんて、所詮その程度のものなんだから、これくらいいいじゃないかと。

けれど……それは、大きな間違いだった。

「要は、嘘なんか吐いてなかった」

本気で好きになれるのはトキだけ。トキに喜んでもらえる絵が描けるように、絵の勉強を続けながら、トキのことをずっと待ってる。その言葉に、嘘なんて一つもなかった。

だが、本当だったからこそ、この十五年間は要にとってとても辛いものになってしまった。

トキの記憶を失ったことで、どうして絵を描かなければならないのか分からない。

誰も好きになることができない理由も、誰かと楽しい時を過ごすと罪悪感を覚えてしまう理由も、人を拒絶するくせに寂しくてしかたない理由も……何もかもが分からない。

そんな自分を、要は心の壊れた欠陥品だからだと思い込んで、自分を責めて、それでも……何のために描いているのかも分からない絵を、無理矢理描き続けて――。

どれだけ辛かったろう。苦しかったろう。それなのに自分は、そんな要を信じることができなかった。それればかりか要を憎んで、再び傷つけようとしている。

自分がバラバラに崩れ落ち、消滅した後。要はどうなるのだろう。

記憶を失えば、要はまた深く傷つく。そして、何が原因かも分からないまま、心に大きな穴を空けて生きていく。今度は決して埋まることがない穴を抱えて。

それが原因で、今度こそ要が壊れてしまったら……！

「なんで……なんで、こうなった……？」

自分は、努力してきたつもりだった。

要の幸せのために……確かに、自分と同じくらい思ってくれないことを恨めしく思ってはいたが、それ以上に愛おしいと思っていたし、大事にしたい。幸せにしたいと願っていた。

だからこそ、自分の気持ちが報われることはないが、要をそばで見守ることができる福の神になるために、長い間血を吐くような思いで努力して……いや、幸せにするも何も……要を十五年間苦しめたのは他でもない、自分という存在。

結局、自分がしたことは、要を十五年間苦しめた挙げ句、更なる不幸に叩き落しただけ。

その現実を突きつけられた瞬間、

「は……はは……あははは……」

もう、嗤うしかなかった。

「何が、要の幸せだ。何が……何が……はははは」

『……あ、あなた』

「喰われていれば、よかった。俺なんか……あの桐の箱の中で、虫に喰われて、そのまま死んでれば、要は不幸にならなかった」

『馬鹿っ！』

それまで黙って聞いていたアリスが声を荒らげ、トキの肩にすり寄ってきた。

『何よ何よ！　さっきから聞いてれば、後ろ向きなことばっかり！　いつも能天気なことしか言わないくせに……ああいうことは、こういう時にこそ言うものよっ』

「……アリ、ス」

『ていうか、何全部終わったみたいなこと言ってるの？　まだ終わってないわ。だって……だって、あなたまだ生きてるもの！』

「生きてるって……でも」

『もう打つ手はないって？　そう。だったら、要に相談しなさい』

「……っ」

『それで、要と二人で答えを出せばいいわ』

トキは思わず、アリスを見た。

「な、に言ってる……。そんな……だって、要に話しても」

『ええ、要には何の力もないわ。それに、このことを知ったらショックを受けて傷つく。でも、それでいいの。だって、要はあなたの恋人だもの』

「……こい、びと？」

『そう。恋人ってね、相手に寄りかかってもらえたら、嬉しいものなのよ？』

その言葉に、トキはふと、要にいつか言われた言葉を思い出した。

——恋人ってのは、相手から我が儘を言ってもらえると嬉しいもので……だって、そうだろ？　それだけ、自分に心を許して、認めてくれてるってことになるんだから。

あの時、嬉しかったが、込められた深い思いまでは考え至れなかった。

けれど、今は……。

『もう一度思い出して。要の言葉。今のあなたなら、要の本当の気持ちが分かるはずよ』

アリスに優しく促され、トキは改めて、要に言われた言葉を一つ一つ反芻させていった。

＊＊＊

(……なんだ、これ)

粥に入れる玉子を取ろうと冷蔵庫を開き、要は首を捻った。冷蔵庫の中に、いつもトキが使っている茶碗、汁椀《わん》、しゃもじ、包丁が入っていたからだ。

なぜこんなものを入れたのだろうと訝《いぶか》しみながら、それらをどけてみる。

(ケーキのスポンジ？　あいつ……倒れるほど具合が悪いのに、こんなものを)

呆れながら、型に入ったままのスポンジを手に取ったが、要はすぐ笑ってしまった。帰ってきた要に知られたくなくて、慌ててスポンジを隠すトキの姿を想像したからだ。

包丁やしゃもじまで、うっかり入れてしまうくらいだ。相当慌てていたのだろう。

（そんなに俺を驚かせたかったのか？　全く）

馬鹿な奴だと思ったが、すぐ……要は赤くなった顔を掌で撫でた。先ほどのトキとのやり取りを思い出したからだ。

先ほど、要は改めて、自分のありのままの気持ちをトキに話して聞かせた。あのままだと何だか、セックスしたくて告白したような感じがしたからだ。確かに、形的な意味でも恋人になりたいが、体以上に心がトキを求めていることを、しっかり伝えたかったのだ。

すると、トキが突然、今にも泣き出しそうなくらい顔を歪めたかと思うと、息が詰まるほどきつく抱き締めてきた。

――ごめん……お前の気持ち、信じなくて……本当に、ごめん……っ。

不明瞭な声で何度も謝ってきたものだから、要は全身が震えた。

（信じてくれた……トキがやっと、俺の気持ち……信じてくれた！）

ずっと、やるせなく思っていた。

どうせ、今だけだ。お前が俺を好きだと思うのは……心が弱ってる、今だけ。

付き合うと言っておきながら、トキが幼稚な恋人の真似事ばかりを繰り返して距離を置き続けるのは、そう思う心の表れだと思っていたから。

――ごめん……今更……こんな、今更……っ。

全くだ！　俺をここまで落としたのはお前なのに、自覚するのが遅過ぎる。どれだけヤキモキしたと思ってるんだ！　と、文句を言いたいこと頻《しき》りだったが、許してやった。

——馬鹿。何が「今更」だ。まだ、始まったばかりだろ？　俺たち。

笑って頭を軽く叩いてやると、トキはとうとう泣き出してしまった。

（ったく。本当に世話のかかる奴だ。せっかく、この話もしたかったのに）

要は、買ってきた水墨画の画材を手に取った。

画材……そう、いよいよ本格的に描きたくなったのだ。しかも、今まで一度だって買ったことがない、絵の具まで買い込んで。

有彩画は、要にとって描きたくても描けない代物だった。

要は色に対して、「美」を見いだしたことがない。

視覚は確かに色を識別しているはずなのに、まるで古ぼけた活動写真のような、くすんだ無彩色にしか見えず、何の魅力も感じなかったから。

けれど、今は色を感じることができる。

トキが、要の大好きなあの笑顔を浮かべた時に紅潮させた、頬の色を綺麗だと思ったあの瞬間から、世界が徐々に色づいていって……今では、朽ちた枯れ葉一つの色味さえ愛おしく思えるとともに、この手で描いてみたいという衝動が沸々と湧いてきたのだ。

「描きたい」という純粋な衝動に身を任せて、描きたい絵を描く。描いたら一番に見せたい相手がいる。ああ、なんて甘美な昂揚だろう。

（また、大泣きさせてやろう）

トキが感動のあまり泣き出すくらい、いい絵を描くぞ！　そんな気概の下、絵の具の瓶を手に取っていると、部屋にインターホンの音が響いた。

誰だろう？　ご近所さんだろうか。取り留めもなく考えながら玄関に向かい、戸を開けたのだが、相手を見た瞬間。要は息を呑んだ。

目の前に、人好きのする笑みを顔に貼りつけた楠本が立っていたからだ。

「やあ、汐見。急に押しかけて悪いな。でも、お前から何の音沙汰《おとさた》もないから心配で、その……入ってもいいか？」

「……いえ」

要は硬い声で答えながら、小さく首を振った。

「申し訳ありませんが、外で話しても？　ちょっと今、人を上げられない状態で」

そばにかけてあったコートを手に取りながら告げる。この男の本性を知っている今、とても家に上げる気になれない。

要の言葉に、楠本は反発を示さなかった。

「そうか……。すまないな。急に押しかけた挙げ句、こんな寒いところに引っ張り出して」

非常に恐縮し、こちらを労《いたわ》るような素振りまで見せる。昔なら、その態度を好ましく思っただろうが、今はただただ薄ら寒い。

こんなところまで、何をしに来たのだろう。正直、もう二度と関わり合いたくない。要を事故に見せかけて殺そうとしたことや、マスコミをけしかけて要を叩いたことについての証拠は、もう全部もみ消されているだろうから、今更騒いでも意味がないし、不用意に刺激して、寝てる子を起こすようなこともしたくない。

さっさと帰って欲しい。くだらない先輩後輩ごっこに付き合うのは面倒だし、何より……具合の悪いトキの看病をしたいのに。と、トキが寝ている寝室にちらりと目を向けた時だ。

楠本が肩を揺らして笑い出した。

「もしかして、俺を家に上げられないのは、もうすぐ彼女が来るからか？」

突然そんなことを言い出すものだから、要は顔を強張らせた。

「どうして知ってるかって？　分かるよ。妙にそわそわしてるお前を見れば……って言うのは冗談で、深雪たちから聞いたんだ。お前に彼女ができたって」

――知らないのか？　こいつが別れた女って、その後皆、先輩と付き合うんだよ。

先日聞いた友人たちの言葉が、警笛のように頭の中で鳴り響く。

「しかも、今回はかなり本気なんだって？　皆驚いていたよ。あのお前が、『あいつは俺にべた惚《ぼ》れなんだぞ』って力説したってさ……うん。確かに驚きだよ。お前、どんなにいい女を彼女にしても、一度だって惚気《のろけ》たことなんてなかったのにな」

からかうように笑うその様に、悪意はまるで見えなかったが……。

──先輩、あなたの才能をかなり意識してる。いつかはあなたに追い越されるんじゃないかってね。それが悔しくて、あなたへの依頼や彼女を横取ってみたり。

「……なんだ？　その顔」

深雪たちの言葉に気を取られていた要は、びくりとした。一瞬、にこやかに微笑んでいた楠本の顔が、狡猾《こうかつ》に歪んだからだ。まるで、最上の獲物を見つけた獣のように。

「もしかして、俺に彼女を盗られるんじゃないかって警戒してるのか？　あいつらの言葉信じて？　馬鹿だなあ。そんな冗談を真に受けるなんて」

冗談めかして笑う楠本。それに、要も「確かにな」と内心独り言ちる。

トキを楠本に盗られる？　馬鹿な。トキは男だぞ？　しかも、要以外には姿を見せない福の神だ。そんなトキを、同性愛者でもない楠本がどうやって……と、頭では思ったが、「本当に？」と感情が不安げな悲鳴を上げる。

楠本はいざとなれば、要を殺そうとするような男だし、今までの彼女たちも……一番の理解者だと思っていた深雪でさえも、楠本に盗られたのだぞ？

──……また、先輩に盗られちゃえばいいのに。

かつて自分を愛してくれた女が浮かべた冷笑が頭に浮かんだ瞬間、要は顔を上げた。

「先輩。こんなふうにプライベートで会うのは、今日で最後にしてください」

単刀直入に切り出すと、楠本がぎょっと目を見開いた。

「い、いきなりどうしたんだ。まさか、あいつらの冗談を本気にして」

「それを差し引いてもです。知ってるんですよ？　先輩が、裏で俺に何をしてきたか」

要を殺そうとしたことまで言ってしまうと、楠本を不必要に追い詰める気がしたので、あえて具体的なことは言わずに指摘した。楠本の顔が、目に見えて引きつった。

「俺が、裏で何してきたか……だって？　一体何のこと」

「白を切るんですか？　……まあ、別にどうでもいいですけどね。証拠は全部もみ消してあるんでしょうし、俺が何を言っても先輩はやめないんでしょうから。けど」

要は楠本をキッと睨みつける。

「こういう茶番には、もう付き合いません。面倒だし、時間の無駄だ」

きっぱりと言い切る。本音は、今回のようにたびたび押しかけられて、トキと接触されてはたまらないからだが、そんな……あえて弱みを晒《さら》すようなこと、言えるわけがない。

「言いたいことはそれだけです。じゃあ、俺はこれで」

あなたの絵は憧れだったのに、残念です。胸中で独り言ち、要は踵を返そうとした。

その時、突如左の頬に、眼鏡が吹き飛ぶほどの衝撃を受け、要は地面に倒れ込んだ。

何が起こったのか分からず、要が呆然とジクジク痛む左頬に手をやっていると、

「……面倒ぉお？　無駄ぁあっ？」

頭の上から、荒々しい声が降りてくる。顔を上げてみると、眼鏡のない暈《ぼ》けた視界でも分かるくらい、醜く顔を歪めた楠本と目が合った。

「なんでそうなるんだよお、汐見。俺は、お前から女を盗って仕事を盗って東京から追いやって……道路に突き飛ばして殺そうとした男だぞ？　それなのに、なんでその男と話すのが面倒って思うっ？　俺は、お前を潰すために、好きでもない女を必死に口説いて、裏工作巡らせて……お前を突き飛ばした時の感触が気持ち悪過ぎて、絵も描けなくなって……いっそ『これ』で、右手を切り落とそうかって思うぐらい、毎日苦しんでるってのに……っ」

焦点の合っていない目で、熱に浮かされたようにブツブツとまくし立てながら、楠本が懐から何かを取り出した。切れ味のよさそうなナイフだ。

「やっぱり、才能か？　俺より才能があるからか？　才能のない俺が何やろうが、才能溢れるお前を潰せるわけがないって高を括《くく》ってるのか？　……ふざけやがって。お前のそういうところが、虫唾《むしず》が走るんだよ。俺よりちょっと……ほんのちょっと才能があるからって、いつもいつも、人のこと馬鹿にしやがってっ！」

ナイフが勢いよく振り上げられる。その光景に、要は息を詰めた。

＊＊＊

顔を濡らしていた涙を拭った後、トキは要に買ってもらった服を脱ぎ、狩衣に着替え始めた。なぜ服を着替えるのかと、アリスが首を傾げるので、トキは苦笑してみせた。

「要にこの服をもらった時、嬉しかったけど、こうも思ったんだ。首元まできっちり隠せるこの服なら、体のヒビを隠せていいなって。でも……そういうの、もうやめようと思う」

『そ、それって』

「うん。要に話そうと思う。それで……これからどうするか、二人で話し合って決めるよ」

狩衣に着替え終え、持ち主と同じくヒビ割れだらけになった打ち出の小槌を懐にしまうと、トキは綺麗に折りたたまれた紙切れを手に取った。十五年前、要からもらった似顔絵だ。

「思い出したんだ。この絵をくれた時、要は『絵描きになる』『待ってる』って約束の他にもう一つ、約束したんだ。『強い人になる』って」

――……ぼく、今までトキちゃんに励ましてもらってばっかりだったけど、今度会う時は……トキちゃんみたいに、トキちゃんを励ませる強い人になる。

「信じてみる。要は……俺が寄りかかっても大丈夫なくらい、強い男だって」

似顔絵を見つめながら言うと、アリスが足に身をすり寄せてきた。目を遣ると、大きな目をうるうるさせて、こちらを見上げている。

トキはたまらずアリスを抱き上げて、そっと抱き締めた。嫌がられるかと思ったが、アリスは自分からトキにしがみついてきた。

『要を……信じてくれて、ありがとう』

「……はは。アリスは、本当に……いい女だな」

アリスの小さな頭を撫でながら、噛みしめるようにトキが呟いた時だ。突然、腕の中のアリスが「きゃっ！」と声を上げた。いきなりどうしたのだとアリスを見ると、「要がっ……要が！」と要領を得ない叫び声を上げながら窓の外を見ている。

そちらに目を向け、トキは目を見張った。雪がちらつく庭先で、誰かにナイフを突きつけられる要の姿が見えたからだ。

慌ててアリスを放し、窓ガラスをすり抜けて外に飛び出そうとした。

思い切り窓ガラスに鼻をぶつけて、トキは面食らった。自分にはもう、壁をすり抜ける力も残っていないらしい。

「くそっ！」と舌打ちして、寝室を飛び出す。だが、ヒビ割れだらけの体は言うことを聞かず、思うように走れない。

なぜだ。なぜこんなことになってる？

ついさっきまで、要はこの腕の中で嬉しそうに微笑み、甘えるように抱きついてきたのに……あれは誰だ。なぜ要を襲う？

何もかも、意味が分からなかった。だが、今はとにかく、要を助けないと！

激痛が走るぽんこつな体を引きずり、玄関の戸を開くと、もみ合う二人の男の姿が見えた。

「やめろっ！　こんなことして、何にな……ぃっ！」

「煩い！　お前さえいなくなれば、俺はお前の才能に怯えなくてすむ。もう汚いこともしなくてよくて……絵も描ける。皆から『お前が一番だ』って褒めてもらえる。だから……っ」

いなくなれ。お前なんか消えてしまえ！　と、男が滅茶苦茶にナイフを振り回す。その光景に青ざめながら、トキは地面を蹴った。

依然体は言うことを聞いてくれないし、積もった雪が邪魔をしてなかなか前に進めない。それでも、必死に体を動かす。

（お願いだお願いだ。要が助かるなら、俺はどうなってもいいから……要だけはっ）

心の中で懇願する。そして、ナイフの切っ先が、要めがけて突き出されるのを見た瞬間、このままでは間に合わないと思ったトキは、とっさに懐に手を入れて、しまっていた打ち出の小槌を摑んで突き出した。その刹那。

「……がはっ！」

胸に刃物を突き立てられたような衝撃とともに、顔に引き裂かれるような痛みが走った。

――よいか、トキ。福の神が使う打ち出の小槌は持ち主の魂で作られた……いわば、福の神の分身じゃ。努々、疎略に扱うでないぞ。

大黒の言葉が心中をかすめるとともに、ナイフが深々と突き刺さり、真っ二つに割れて、雪の上に落ちていく小槌の光景が、スローモーションのようにゆっくりと見えた。

震える声が耳に届く。見ると、ナイフを突き出した状態で固まっている男の姿があった。

「……あ、あああ」

この顔……どこかで見たような気がするが……誰だったっけ？

思い出せない。だが、そんなこと……今はいい。今は、ただ……。

「や……やめて、くれ……」

覚束《おぼつか》ない足取りで、トキは男に歩み寄る。

「お願い、だ……要を……要を傷つけ、ない…で……」

「わぁああっ！　化け物っ」

恐怖で引きつった顔で悲鳴を上げ、男が逃げていく。

化け物？　一体誰のことを言っているのだろう？　分からない。けれど、よかった。

あの男は帰ってくれた。要が傷つけられることはもうない。

そう思ったら、一気に体の力が抜けて、トキはそのまま雪の上に崩れ落ちた。

＊＊＊

楠本が逃げ去った後、要は呆然とその場に座り込んだ。

何が起こったのか分からなかった。

激昂する楠本を止めることができず、あわや大事な右腕を刺されると思った瞬間。トキが飛び込んできて、いつも大事にしている小槌で助けてくれた。そこまでは分かる。けれど。小槌が二つに割れると、トキの右頬に大きなヒビが入った。しかも、よく見てみると、狩衣から覗く首にも無数のヒビが入っており、どんどん亀裂が広がっていく。

これは何だ。トキの体に、何が起こっているというのだ。

訳が分からなくて、動くことができない。だが不意に、手に何かが当たりはっと我に返る。古びた、小汚い紙切れだ。風に吹かれて、ここまで飛んできたらしい。

なんでこんなところに？　何の気なしに手に取ってみる。

似顔絵だ。色とりどりの絵の具で色鮮やかに、一人の少年が描かれている。少し照れ臭そうな、はにかんだ笑顔。白い顔にほんのりと色づいた頬の……。

——……この色ね、トキ色って言うんだよ。

「……っ！」

突然、頭の中で誰かの声が響く。

——すごく綺麗だなって思って、ぼく本を読んで調べたんだ。この色の名前が知りたくて……そしたら、見つけたんだ！　このほっぺの色はトキ色だって。

——へえ！　要は勉強家だな。すごい！

自分の頬を擦りながら、にこにこ笑う少年の姿も過る。こんな少年知らない……いや。

――そ、それで……思ったんだけど、君の名前、トキちゃんにしちゃ駄目かな?

――……トキ?

――うん。いつまでも「君」って呼ぶのも嫌だし……ぼく、このほっぺの色、すごく好きなんだ。綺麗だし、見てるだけであったかい気持ちになれて、君にぴったり!

――そ、そうか? へへ……そんなに褒められると、俺にはもったいない気がするけど、いいぞ! 俺、今日から「トキ」になる!

……そうだ。自分には昔、不思議な友だちがいた。

蔵の中に住んでいて自分の前にしか姿を現さない、着物姿の少年。

優しくて、温かくて、いつもころころ笑っている。

大好きな母を亡くして以来、世界が寒々しい荒野にしか見えなくなっていたのに、その子のそばだけが、春の日向《ひなた》に包まれたように全てが色づいて、温かくて、心地よかった。

絵を描き始めたのだって、その子が「お前の絵が好きだ」と言って、描いたらとても喜んでくれたからだ。その子が微笑うと、自分はもっともっと幸せな気持ちになれる。

大好きだった。その子が自分の全部だと、思うくらいに。

それなのに、離れ離れになった。立派な絵描きになるためには、その子と別れて東京へ行き、たくさん絵の勉強をしなければなれないからと。

その子のためだけに絵を描いていた自分にとっては、本末転倒な話だった。その子がいないなら、いくら絵が上手くなったって意味がない。

でも、その子は行けと言う。お前には才能がある。それを潰してはいけないと言って。

――大丈夫だよ。俺、たくさん勉強して、座敷童《ざしきわらし》様になって、すぐお前のこと追いかける。絶対行くから……待っててくれな？

その子がそう言うから、行くことにした。そして、片時も自分のことを忘れて欲しくなくて、この似顔絵を描いた。自分はいつでもこんなふうに君を思っていると……「ぼくのトキちゃん」と、わざわざ文字でまで書いて……！

そこまで思い出して、要はゆっくりと顔を上げ、目の前に突っ伏す男を見た。

「と……『トキちゃん』？」

要が呟いた瞬間、虚ろだったトキの目が驚愕したように見開かれた。

「あ……かな、め。お前……思い、出したのか……？」

要は何も言えなかった。どう答えればいいのか分からなかったのだ。だが、トキは全てを理解したようで、雪よりも白くなった顔を悲しそうに歪めた。

「ご、めん……」

ひどく、弱々しい声だった。

「こんな、ことに……なって……ほん、とに……ごめ……」

「ば……馬鹿っ！」

あまりにも悲痛な声に我に返った要は、転がらんばかりの勢いでトキに駆け寄った。

「なんでお前が謝るっ？　こうなったのは俺が……違うっ。今、そんなことどうでもいい！

……どうすればいい？　どうすれば、お前のそのヒビ、治してやれる？」

「……要。これは、もう」

「何かあるはずだっ！」

恐ろしいことを言い出そうとするトキの声を遮り、要は叫んだ。

「何でもする……お前が助かるなら、俺は何でもする！　何でも言ってくれ」

頼むっ。トキの顔を覗き込み、必死に促す。トキは何も言わない。要から目を逸らし、俯くばかりだ。それがたまらなくて、要がもう一度口を開こうとすると、

「にゃあ！」

背後から声がした。振り返ると、玄関から駆けてくるアリスが見えたのだが、よく見ると……後ろから小さな何かが駆けてくる。何だろうと目を凝《こ》らし、要ははっとした。

それは、トキがよく使っている茶碗、汁椀、しゃもじ、包丁だった。しかも、皆それぞれ、目と口、小さな両手両足が生えている。ここで、また記憶がフラッシュバックした。

——要、こいつらもお前のこと大好きだって言ってるぞ。

そうだ……あの日用品は全部、うちの蔵にあったものだ。トキの友だちだと言うから、トキと一緒に埃《ほこり》を払い、一つ一つ丁寧に磨いてやったのだ。

——要、お前が大事にしてくれたから、後一年で、こいつらも俺と同じ付喪神になれるよ。そしたら、皆でいっぱい遊ぼうな！

でも、確か蔵はその後一年もしないうちに、祖母が中身もろとも処分してしまって……！

「お前、たち……お前たちは……っ」

トキの変わり果てた姿を見て、滝のような涙を流して泣きじゃくる道具たちに動揺していると、誰かに袖を引っ張られた。アリスだ。要の袖を咥え、ぐいぐいと引っ張ってくる。

「何だよ、一体……！　もしかして、トキを助ける方法、知ってるのかっ？」

要が尋ねると、アリスは肯定するように一声鳴いた。そして、泣いている茶碗たちを「しっかりしろ！」と言わんばかりに前足で殴りつけ、走り出した。

茶碗たちもそれに続き、走り出す。しかも、小さな手で頻りに手招きしてきて……どうやら、どこかに案内したいらしい。そう直感した要は、トキの体を慎重に抱き起こした。

「トキ。今からお前を背負っていくが、摑まれるか……っ」

言いかけ、要は息を呑んだ。抱き起こしたトキの体が、ぞっとするほど軽かったからだ。

なぜ、こんなに軽いのか。狼狽《ろうばい》のあまり固まってしまう。だが、ふと視界に映ったある光景に、息が止まりそうになった。

冬の風に吹かれてボロボロと崩れ始める、トキのつま先が見えたからだ。

「あ……あ、ああっ」

言葉にならない声を上げながらトキを背負うと、要はアリスたちを追って歩き出した。

「しっかり摑まってろ。……待ってろな？　すぐ、助けてやるからっ」

できるだけトキの体を揺らさないよう、焦る気持ちを堪えながら、ゆっくりと歩を進める。

「大丈夫か？　体、痛くないか？」

「……か、なめ。……ごめ、ん」

要の言葉を無視して、トキが譫言のように呟く。

「知らなかったんだ。俺を、忘れたことで、お前が……あんなに、辛い思いしてた、なんて」

「そ、それは……」

「……辛かったろう？　訳も分からず、人に優しくできなくて……描きたくもない絵を描き続けて……俺の、せいで、十五年間も……無駄に苦しんだ……」

「そんなことないっ」

要は必死に首を振った。

「無駄なもんか。だって……お前、来てくれたじゃないか。十五年なんて、ちょっと時間かかり過ぎだけど、それでもちゃんと……約束を守ってくれた。だから、無駄じゃないっ」

本当は、言いたいことは山ほどあった。

辛かった。寂しかった。こんな思いをするくらいなら、絵なんか捨てて、あの家でずっとトキと一緒に暮らしていたかった。

詰りたくてしかたなかった。けれど、責められないのは、ひとえに――。

「お前だって辛かったはずだ。十五年もかけて、約束どおり俺のところに辿り着いたのに、俺は……お前のこと何も覚えてなくて、あんなひどい態度取って……か、彼女作ってたことまで話しちまってて。俺だったら、お前にそんなことされたら、絶対耐えられない」

そう……トキだって辛かった。自分とは違う苦しみを十五年間味わい、トキのことを忘れていた自分からの辛い言動に耐え続けて、昔と変わらぬ愛情を注いでくれた。

そして、こんな体になるまで自分を守ってくれて……そんなトキを、どうして責められる？

今も止めどなく溢れてくる、トキとの楽しかった思い出に胸を詰まらせながらそう思った。

「……あいこだ。お互い、相手にひどいことして、辛かった。だから……これから、二人で思い出を作ろう。この十五年が霞《かす》んじまうくらい、楽しい思い出をたくさん」

「……思い、出？」

「そうだ。さっきも言ったろ？　俺たちはこれからだって。だから……なあ、何したい？　俺は、お前と色んなところへ行きたいな。お前が戻ってきたらそうしたいってずっと思ってたから」

できる限り明るい声音で話しかけ続けていた要は、ふと足を止めた。

アリスたちが道端に建てられた古ぼけた鳥居をくぐり、上へと続く道を雪を掻き分け、登っていくのが見えたからだ。

この先は確か、小さな神社があったはず。そこまで考えて、要はようやくアリスたちが何をしようとしているのか理解した。

彼らはこの神社にいるのだろう神様に、トキを助けてもらおうとしているのだ。

要は唇を噛みしめると、トキを背負い直し、雪道に一歩足を踏み出した。


歩きづらい雪の坂道を息も絶え絶えに登り切ると、朽ち果てた神社が要を出迎えた。

ところどころ戸板が剝がれ、柱も腐り、今にも雪で崩れ落ちてしまいそうだ。

要の心に不安が広がる。こんな神社に、神様なんているのか？　もしいたとしても、トキを助けられるほどの力があるのか？　……だが、他に方法はない。

要は疲れ果てた体を引きずり、アリスたちと一緒に神社の前まで行くと、ぶら下がっている紐《ひも》を揺さぶり、鈴を力強く鳴らした。

神社の鈴は神様を呼び出すために鳴らすのだと、亡き祖母から聞いたことがあったからだ。

「お願いですっ。トキを助けてください！　どうか、どうかっ」

端から見たら、要の行動はひどく滑稽なものに見えるだろう。大の男が、神社の鈴を打ち鳴らしながら、みっともなく声を張り上げて……。けれど、みっともなかろうが何だろうが構うモノか。トキを助けられるなら、それで！

その一心で、喉が潰れそうなほど大声を張り上げ、鈴を打ち鳴らし続ける。

『ちっ。……うっせぇな』

どこからか、舌打ち混じりの男の声が聞こえてきた。

はっとして、顔を上げかけた瞬間、要は「わっ」と声を上げた。突如、神杜の中からすさまじい突風が吹き荒れ、要たちを弾き飛ばしたからだ。

要の体は数メートル吹き飛び、地面に投げ出された。痛みはあまりない。どうやら、雪がクッションになって衝撃を吸収してくれたらしい。けれど……。

「……トキッ！」

少し離れたところに倒れているトキを見て、要は悲鳴を上げた。袴《はかま》から覗いているはずの、トキの右足が見えなかったからだ。先ほど投げ出された衝撃で砕けてしまったのか。

トキの名を叫びながら、転がるようにトキの元に駆け寄る。

「まこと、姦《かしま》しい人間じゃ。煩うてかなわん」

また、声がした。先ほどとは別の男の声だと顔を上げ、要は目を見張った。

宙に浮いた二人の若い男が、こちらを見下ろしている。一人は青い狩衣をだらしなく着崩した、咥え煙管《キセル》の男。もう一人は、アルマーニのスーツに赤い頭巾を被って、米俵二俵の上に胡坐《あぐら》をかいた、えらく珍妙な……まさか！

「だ、大黒様と、恵比寿様ですか？」

要が恐る恐る尋ねると、狩衣の男が鼻から「ふんっ」と煙を噴き出した。

「トキから聞いてんのか？　そ。俺が恵比寿で、こっちが大黒だ。で、何の話……ああ。『この「ガラクタ」を直してくれ』だっけ？」

恵比寿のその言葉に、要は思わず「え？」と声を漏らした。

「い、今……なんて……」

「ああ？　ガラクタって言ったんだよ。不格好にヒビ割れて、動かなくなって……何の役にも立たねぇガラクタそのものだ」

「そして、我らはガラクタを構うほど暇ではない。ゆえに、喚《わめ》くのはやめろ。耳障りぞ」

吐き捨てられるように言われたその言葉に、要はカッと頭に血が上った。

「な、なに、言ってんだ。あんたたち」

「かな、め……やめろ。お二人に、そんな、口の利き方」

「何でこいつをそんなふうに言うんだっ？」

弱々しいトキの制止を振り切り、要は声を荒らげた。

「あんたたち、こいつの恩師なんだろ？　トキがよく言ってた。二人にはよくしてもらった。可愛がってもらったって。それなのに、なんでそんな言い方……っ」

「だからだ」

ぴしゃりと、恵比寿が容赦なく要の言葉を遮る。

「だからだよ、人間。可愛がってやったからこそ、俺たちはそいつに腹を立ててるんだ。育ててやった恩も忘れて、こんなみっともない罪人になりやがって」

「え……？　トキが、なん……だって……？」

「福の神には掟がある。人間相手に、自分本位な言動をしてはならぬという掟がな。そして、その掟を破ると、罰として体に一つヒビが入る。それ自体は特に大したことはないが、掟を破り続ければ、体にヒビが入り続け、最後には……」

「つまりな。遅かれ早かれ、トキは罪人として死ぬ運命だったんだ。禁忌を犯して、お前と恋人になった瞬間からな。だから、そいつを助けるわけにはいかないんだよ。罪人であるそいつを許したら、他の福の神に示しがつかないからな」

要は絶句した。

福の神と人間が親密になるのはよくないことだと、トキから何度か聞いたことはあった。だが、まさかこんなにも重い罰が科せられるだなんて、知るわけもなくて……。

――俺にいっぱい甘えてくれ。俺たち……こ、恋人同士なんだから！

自分がここ最近、トキに頻繁に言っていた台詞《せりふ》が去来する。

今まで辛く当たってしまった分、目一杯甘やかして、大事にしてやらなければと思っていた。だから、いっこうに甘えてこようとしないトキに、甘えるよう促してきたが……まさか、その行為がトキを傷つけ、死に追いやっていただなんて！

あまりのショックに、声も出なかった。そんな要を、トキが掠れた声で呼ぶ。

「か、なめ……気に、しないでくれ。お前は、悪くない。全部、俺が……っ」

「どうしてだっ」

要は思わずトキの肩を摑んで、トキを詰問した。

「どうして、福の神なんかになった？　人間と幸せになっちゃいけないんじゃ、俺と幸せになれないし……一緒にいても辛いだけじゃないかっ。それなのに、何でよりにもよって」

「約束のためだってさ」

答えようとしないトキの代わりに、恵比寿がさらりと答える。

「何だっけ？『必ず戻って、お前を幸せにする』……だったか。それを叶えるためには、福の神になるしかなかったんだよ。なにせ、トキは名呪《なしゅ》のかかった付喪神だからな」

「……な、なしゅ？」

「元々、付喪神は人間の真心が物に蓄積して生まれる精霊ゆえ、人間愛に溢れておる。だが、名呪……つまり、人間に名をつけられるほど親密になると、その人間に異常なほど執着を示すようになる。これがまた、性質《たち》が悪い」

「元が道具だからな。道具根性が染みついてるっつうか、とにかく相手に尽くして甘やかしまくるんだよ。それで大体の人間が駄目になる。それか、『お前の愛情は重過ぎる』って拒否られたショックで祟《たた》り神になるか……とにかく碌《ろく》なことにならねぇ」

尽くすことしか知らない情が深過ぎる付喪神と、欲に弱く薄情な人間。この両者は相容《あいい》れない。互いを不幸にするだけだ。

そう結論を出した大黒たちは、付喪神に人間への恋を諦めさせるために呪いや掟を作った。

人間がどんな形であれ、一度でも付喪神を手放したら、付喪神のことを忘れてしまう呪い。

名呪をかけられた付喪神は、本来の力の数十分の一しか出せなくなってしまう呪い。

そして、人間の元に戻れる方法である福の神になると、人間との幸せを求めたら消滅するという厳しい掟。

これらのおかげで、大半の付喪神たちが人間への恋を諦めたが、トキは違った。

要との約束を守るため、頑なに福の神を目指し続けた。

「まこと、滑稽であったぞ？　通って当たり前の、座敷童や福の神試験に十五年連続落第するわ、年端もいかぬ童たちから『ラクダイ』とあだ名されて馬鹿にされるわ。全くもって、いい笑いものであったわ」

「……大黒、様っ」

それまで黙っていたトキが、たまらずと言ったように声を上げた。

「やめて、ください。そんなこと、要に言う必要」

「馬鹿とも言われてたろ？　いくら『相手はもうお前を忘れて女を作った。男からの恋情なんか気味悪がられるだけだ』って言い聞かせても、『それでもいい。自分は要との約束を守る』

の一点張りで……ったく。だから、人間に『重い』って嫌われるんだよ」

「恵比寿、様もっ……なんで、そんなこと……それは、俺が勝手にやったことで……要は、関係ない。要は、何も悪く……っ」

要を傷つけないよう、必死に二人を止めようとするトキを、要はたまらず抱き締めた。

「……いいんだ、トキ。俺には、知る義務がある」

「要……？」

「ごめんな……。ホントに、ごめん……っ」

相手の心には敏感過ぎるほど聡《さと》いのに、自分自身のことはまるで関心がなかったトキ。趣味もなく、食べ物の好き嫌いさえ知らなくて、はっきりしている自分の感情は「要が好き」。それだけしかない。

なぜ、ここまで自分に無関心なのか。ずっと分からなかったが、今ようやく分かった。

そうしないと、耐えられなかったのだ。

呪いとはいえ、要に忘れられた悲しみや怒り。どんなに努力しても、常に劣等生という結果しか残せない無力感。皆に「ラクダイ」と馬鹿にされる屈辱感。

そして、要に愛され、幸せになりたいという願望。

そういう当たり前の感情全てに目を背け、切り捨ててしまったのだ。「要の元に戻り、要を幸せにする」という要との約束を果たす。ただただ、それだけのために。

それが、どれほど辛いことだったか。要には想像もできない。

無自覚とはいえ、トキをそこまで追い込んでしまった罪悪感で、心が押し潰されそうだった。その時、ふと頰に何かが触れた。トキの掌だ。

「……泣くな、要。……大丈夫、だ」

合わさったトキの視線に、要は目を見開いた。悲しげだが、力強い瞳だ。命の灯《ともしび》が消えかけているとは到底思えない、揺るぎない意思を湛《たた》えた——。

「大丈夫だ。俺が、今から……大丈夫に、するから……っ」

まるで自分に言い聞かせるように言って、トキは要から身を離した。

そして、左足が崩れるのも構わず居住まいを正すと、恭しく二人に平伏した。

「十五年もの、長い間……格別なご配慮を、いただきましたのに、このようなことになって……面目《めんぼく》次第も、ございません。罰も、謹《つつし》んでお受けいたします。……ですがっ」

ここで、ピシリとかすかな音が耳に響く。何の音かと目を凝らし、要は息を吞んだ。トキが着ている狩衣にまで、トキの体に走るヒビと同じものが走り始めていたからだ。

「一つだけ、お願いがございます。俺が消滅して、もう一度要が、俺の記憶を失くす時……要の心に疵《きず》がつかぬように、してやってはくれませんか？」

「……え」

「どういうことじゃ？　トキ」

意味が分からず、間の抜けた声を漏らす要に代わり、大黒が尋ねると、トキはますます頭を下げて、声を振り絞る。

「この者は、前に俺の記憶を失くした時、どういうわけか……心に深い疵を負い、以来十五年間、ずっと苦しんで参りました」

「ほう？　そのようなことになっておったのか」

「はい。ですから、今回もきっと、同じことが起こります。なので、どうか……っ」

懸命に、頭を下げる。そんなトキを見て、要はようやく、なぜトキが死ぬと分かっていて、要と恋人になったのか合点《がてん》がいった。

トキは、自分が死んだら要に忘れられることを知っていた。だから、要と恋人になって、要がトキの記憶をなくしたことで、心が傷ついたことを知ると取り乱して……要が自分の恋人になったことを喜びながらも、どこか冷ややかな目で要を見ていた。

どうせ、お前はまた、簡単に俺のことを忘れる。お前の愛情なんてその程度のものだと。

そんな、トキの愛憎入り混じる感情を今更思い知り、要は呆然とすることしかできない。

「呪いに不備があったのであろう。ならば、それは我らの失態。責任をもってとりなそうぞ」

大黒のその言葉に、トキは顔を上げ、心底安堵した表情を浮かべた。瞬間、トキの狩衣に、幾重にも大きな亀裂が走る。そこでようやく我に返った要は、慌ててトキを抱き留めた。

「トキ……トキッ！　大丈夫か……」

「……やった、ぞ。要」

ひどくか細い声で、トキが嬉しそうに笑う。

「これで、お前……前のように、苦しまなくて……すむ」

「……ト、トキ」

「ごめん、な？　こんなに、傷つけて……幸せにするって、約束も守れなくて。でも、これで……お前は、自由だ。これからは、俺から解放されて、自由に……幸せになってくれ」

要の手を握りしめて、絞り出されたその言葉に、要は胸が張り裂けそうになった。

（馬鹿……馬鹿だっ、お前！）

要からの愛情を信じられず憎んでいたくせに、ようやく信じることができた途端……自分のことは何もかも忘れて、解放されてくれだなんて！

（自分のこと、性質の悪い悪霊みたいに言いやがって。どうして、お前はそうなんだっ）

悪態は尽きない。だが、それ以上に愛おしくてしかたない。

大事にしたい。自分がもらった幸せのほんの少しでいいから、返してやりたい。

けれど、その願いはもう叶わない。

トキはもう死ぬ。自分のせいで要が不幸になったと、自分自身を呪いながら。

（……嫌だ。そんなの、絶対嫌だっ）

何ができる？　今の自分が、トキにしてやれること。何か……何かあるはずだ！

トキだって、こんな今際《いまわ》の際《きわ》まで、自分のために必死になってくれたのに。そこまで考えたところで、要ははっとした。

(今際の、際まで……？　……あ。……そうだ)

あるじゃないか。今の自分にできる唯一のこと。そう思い至った要は、スッと顔を上げた。

「トキを助けられないのなら、せめて……俺の中から、トキの記憶を消さないでくれ」

はっきりと言った。瞬間、その場にいた全員が目を見開いた。

「……別に構わねえが、いいのか？　せっかく」

「ああ。いいんだ。感謝する」

「だ……だめ、だ！　かな……っ」

最後の力を振り絞るように、ヒビ割れだらけの手で要の袖を掴もうとして、トキは口をつぐんだ。持ち上げた瞬間、右手がボロボロと崩れ落ちてしまったからだ。

「あ……ほ、ほら見ろよ。俺はもう、何の役にも立てない。それどころか、お前を……苦しめるだけの記憶になっちまう。だから、忘れてくれ。そのほうが、俺は幸せ……っ」

「嘘吐け」

首を振るトキのヒビ割れた頬に、要はそっと手を添えた。

「そんな顔で言ったって、説得力ないんだよ。ホントは、忘れられたくないくせに」

そう言って、親に捨てられた子どものような表情を浮かべる顔を撫でてやると、トキの顔がくしゃりと歪んだ。

「あ、あ……か、なめ。……でも、俺は……」

「死ぬって？　じゃあ、俺の心の中で生きろ。それでずっと、俺と一緒にいればいい。……大丈夫だ。俺は、お前がずっと好きだよ？　だから、役に立たなくても、何をしてくれなくても……死んでたっていい」

震える唇で囁いた、その言葉の半分は嘘だった。

本当はよくない。もっともっと……他愛のない話をして、抱き合って、二人で色んなことをして、トキの笑顔をたくさん見たい。

だが、たとえそれができなくなっても、自分はやっぱりトキが好きだし、いい加減……トキを休ませてやりたかった。

考えてみれば、トキはずっと言っていたのだ。要のそばにいるだけで自分は幸せだと。けれど、自分が……、

——遊べない、お喋りもできないトキちゃんなんて嫌だ。

そんな我が儘を言ってしまったから、今の今まで、こんなになるまで「要に必要とされるモノ」になろうと頑張って、死んだら忘れて欲しいだなんて悲しいことを思うのだ。

トキは、要がトキのことを忘れようが、辛く当たってこようが……その時のありのままの要を受け入れ、愛してくれたというのに。

だったら、自分も受け入れよう。今の、ありのままのトキを。

「疲れたろう？　俺の中で、ゆっくり休め。……大好きだよ」

これからはずっと一緒だ。トキの額に自分の額を押しつけて、瞳の奥に囁いた。

トキの瞳が大きく揺れる。けれど不意に、涙で濡れた顔でにへらっと笑った。

「ご、め……俺、ばっか……しあ、わ…せ……」

嘘だと、すぐに分かった。浮かべた表情が、あの笑顔ではなかったから。

そうして、その嘘は……最後まで言葉にならなかった。

話の途中で、トキは目を閉じ、項垂れてしまった。そして、次の瞬間。トキの頭や服が真っ白になったかと思うと、雪で作った人形のようにボロボロと崩れ始めた。

「あ…ああ、あああ……っ」

要は、崩れていくトキの欠片を必死で掻き集めようとした。だが、トキの残骸は見る見る……塵《ちり》のように細かく砕けていき、風に吹かれて跡形もなく消えて……いや。

わずかだが、掌に何か感触を覚える。要が慌てて目を向けると、掌には……一本の筆が握られていた。柄に桜の細工が施された、観賞用の柳葉筆《りゅうようひつ》だ。

（……ああ。そう、だった）

これが、トキの本来の姿だ。漆の黒に映える桜の細工がとても綺麗だったのに、今は……柄は真ん中でへし折れ、細工もズタズタに引き裂かれた、見るも無惨な有り様だ。

掌の中の、小さなそれを見ていると、たまらなくなって、要は筆の残骸を抱き締めた。

「……トキ……トキッ」

何度も名前を呼んだ。傷だらけの柄を何度も撫でた。

だが、トキは何も言ってくれない。抱き締めるどころか、手だって握り返してくれないし、朗らかに笑いかけてもくれない。

その事実を改めて思い知り、心が抉《えぐ》られるほどに痛んだ。

この十五年間味わってきた痛みなど、簡単に忘れてしまうほどに鮮烈で……今すぐにでも、呼吸するのをやめたくなるような、耐えがたい喪失感。おかしくなりそうだ。

「まこと、物好きな人間よのう」

そんな要を見て、大黒が冷ややかに嗤う。

「さような棒切れ相手に、そのように嘆いて……馬鹿らしいとは思わぬのか?」

ひどく馬鹿にした言い草に、アリスが「にゃあにゃあ!」と抗議の声を上げたが、大黒はどこ吹く風とばかりに鼻を鳴らして受け流すと、改めて要に向き直った。

「どうだ、人間。今ならまだ、あやつの記憶を消してやらぬでもないぞ」

「……」

「その棒切れを見て、己の選択がいかに愚かであったか分かったであろう? さような棒切れのために、一生涯操立てするなど愚の骨頂……」

「……煩い」

「……何？」

剣呑な声が降りてくる。それを受け、要は涙に濡れた顔を上げ、大黒を睨みつけた。

「見てただろう。俺は、トキをここで生かし続けるって約束したんだ。どんな姿でも一緒にいようって。だから……俺の息の根が止まるまで、トキを思い続ける。それだけだ」

自分の胸を鷲摑み、要は血を吐くような声で言い切った。

誰も何も言わない。

だが、突然あたりに笑い声が響いた。それまで黙って聞いていた恵比寿だ。

「大黒、観念しろ。お前の負けだ」

「……うん？　何を申す。わしはまだ」

「負けです！」

どこからか子どもの声がした。一体どこから？　あたりを見回し、要はぎょっとした。神社を囲む木々の影から、わらわらと異形の者たちが飛び出してきたからだ。

一つ目小僧。ろくろ首。二本足で立つ獣。獣の耳や尻尾が生えた少年。

先ほどの茶碗たちのように、手足の生えた道具たちの姿も見えた。見覚えがある。茶碗たちと同じく、祖母の蔵にあった道具たちだ。

それらが、要と驚いて要に身を寄せるアリスを取り囲み、全員で大黒を睨みつける。

「要さんは、ラクダイさんの言うとおりの人間でした！　『ラクダイさんが嘘吐き』に賭けた、大黒様の負けでございます！」

「これ以上、試すのは意地悪です！　鬼です！」

「そうじゃ！　そうじゃ！　大黒様の鬼！　変態！　覗き魔！」

「ええええい！　煩い！」

　ぎゃんぎゃん騒ぎ立てる妖怪たちに、大黒が煩わしげに声を荒らげた。

「授業を放り出してきた挙げ句、このわしに歯向かうとはよい度胸じゃ。よし！　罰として皆、わしの転生の法を手伝え。あれは、わしでも骨が折れるゆえな」

　大黒は米俵の上で立ち上がり、懐に手を入れた。そして……どうやってしまっていたのか、三メートルはありそうな巨大な木槌を取り出すと、何やら呪文のようなものを歌うように唱えながら、それを扇のように優雅に揺らし始めた。

　妖怪たちも、それぞれ道具を取り出す。打ち出の小槌、大鎌、破れ団扇《うちわ》などまちまちであったが、歌うように呪文を唱えながら、それらを振り回す。

　小槌や大鎌が光を帯び、いつしか光の欠片が飛び散り始めた。それは蛍のようにきらめき、たゆたって、要が握りしめている柳葉筆に集まっていって……。

＊＊＊

薄れゆく意識の中で、トキが見た最後の光景は、涙でくしゃくしゃになった顔で一生懸命微笑《わら》う要の姿だった。

この顔は、泣くほど辛いことがあって可哀想と思いながらも、実は密かに気に入っていた。強がるいじらしさが可愛いし……自分は本当に、要に大事にされているのだなと、ひしひし感じられるから。

だから、そんな顔で「死んでいてもいいから一緒にいよう」と言われた時、これ以上の幸せはないと思った。この十五年間渇望し続けてきた要からの愛にくるまれて、要のそばに居続けられる。なんて素敵なことだろう。

けれど、そう思いながらも……心はひどくやるせなかった。

要にこんなに愛されても、自分はもう、要に応える術《すべ》を持たない。

涙も拭いてやれないし、抱き締めることも、笑いかけることさえできなくて……まあ、本来の自分から考えれば、それが当たり前なのだけれど……。

(……あ。そう言えば)

要と出会う前も、自分はこんなジレンマを抱えていたっけ。

観賞用として大事にされながらも、本来の用途で使われ、綺麗な絵を描きたいと何度も夢想して……思えば、あの頃から分不相応なことばかり願っていた。

よくないことだ。でも、やっぱり……自分は、もっと要と――。

『……トキ』

こんなふうに、要に呼ばれたら……。

「……かな、め。……っ！」

こちらも呼び返して応えたい。そう思ったところで、トキははっとした。

声が出る。涙を流しながら呆然とこちらを見つめる、要の顔を見ることができて、

「ト、トキ……っ」

掌で、温かい涙を拭ってやれる。

「……な、んで」

この手はさっき、ボロボロに崩れ落ちたはずだ。体も……跡形もなく崩れ去ったはずなのに、どうして……ヒビもない、元通りの体になっているのだ。

いつの間にか着せられている白い着物をめくりながら、自分の体をあちこち触っていると、

「上手くいったな」と言う得意げな声。顔を上げると、ふんぞり返る大黒の姿が見えた。

「大黒様……これは、一体……っ」

「よかったね！　ラクダイさん！」

誰かに抱きつかれる。見ると、学友の猫又が耳をパタパタさせながら抱きついている。

「猫又？　なんでお前が……って！　お前ら、なんでここにいるっ？」

自分たちを取り囲む、学問所の学友たちを見回しながら尋ねると、皆が口々に答える。
「んとね！　大黒様と恵比寿様の賭けが気になって、皆で授業サボって見に来たの」
「……か、賭け？」
「うん！　要さんは、ラクダイさんの言うとおりの人かって賭け」
「それでね、大黒様はラクダイさんが嘘吐きってほうに賭けたの。それであんな意地悪して
ひどいよね。と、皆が非難がましく大黒を見るので、大黒は眉間《みけん》に皺《しわ》を寄せた。
「勘違いするでない。わしが『嘘吐き』に賭けたのは、恵比寿が先に『正直者』に賭けたゆ
えじゃ。両方『正直者』に賭けては賭けにならぬゆえ」
「はっ！　何今更いい人気取ろうとしてんだよ。トキが死んだ後も、その人間が約束守るか、
三十年くらい様子見ようとか、鬼畜なこと言ってた分際で」
「おいっ、ここでさようなこと……ええい！　恵比寿、ぬしだけには言われとうない。『人
間への転生の法使うのメンドイから、どっちがやるか賭けようぜ』と言い出したは、ぬしぞ！」
トキは口をあんぐり開けた。どうやら、大黒が自分を人間に転生させてくれたようだが
……何だろう、この微妙に喜べない感じ。
賭けの勝敗をつけるために、トキを一回見殺しにして死なせたり、その後生き返す法を使
うのがメンドイとか言ったり！
「もう！　人の命を何だと思ってるんですか……っ」

抗議しかけて、トキは口を閉じた。突然、要に抱きつかれたからだ。

「……いい。何でもいい。お前が戻ってくれたなら、それで」

噛みしめるように独り言《ご》ちて、額を甘えるように擦りつけてくる。

その仕草が、あまりに可愛かったものだから、思わず……、

「……んんっ？」

顔を鷲掴んで、要の唇に噛みついた。

要は驚いたように、二、三度瞬きしたが、すぐに両の目を細めると、自分からもトキを引き寄せ、キスに応えてきた。

そんなものだから、周りにいた妖怪たちは「きゃあ」と悲鳴を上げ、両手で顔を覆って、指の間からその光景をガン見し、

「おお！　公開プレイ……公開プレイか！」

大黒は目を輝かせ、荒い鼻息交じりに懐からビデオカメラを取り出した。

「馬鹿っ！　人間の前で……七福神の沽券《こけん》に関わるだろうがっ」

慌ててビデオカメラをしまわせた後、恵比寿は持っていた竹竿でぴしゃりと地面を叩いた。

「くぅおらあ！　そういうことは家でやれ！　これだから、人間はヤなんだよ」

怒鳴って竹竿を振り上げると、トキたちの体がふわりと宙に浮いた。

「人間のお前に、もう用はねえ。その人間とさっさと消えな」

「そ、そんな……恵比寿様っ。まだ」

「トキ」

浮かび上がっていくトキを見上げながら、大黒が改まったように声をかけてきた。

「ぬしには、夢を見せてもろうた。人間はまだ、捨てたものではないという夢を」

「……大黒様」

「よき、夢であった」

大黒が晴れやかに笑うと、妖怪たちが手を振ってきた。

「ラクダイさん、おめでとう。それから……さようなら！」

「いっぱいいっぱい、要さんと幸せになってね！」

九十九神たちも手を振っている。その中には、茶碗たちの姿も見える。

四匹ともやはり号泣していたが、一生懸命笑いながら大きく手を振っている。

その姿に色んな感情が込み上げてきて、トキも手を振り返した。

「ありがとう、皆！　さよなら……さようならっ」

「よし。じゃあ行けっ」

生涯可愛がってもらえよ！　恵比寿が竹竿を跳ね上げた刹那、トキと要、アリスの体は、打ち上げ花火のように空高く舞い上がった。

手を振る皆の姿が見る見る小さくなっていく。

二人と一匹の体はそのまま宙を飛び、真っ新《さら》な雪原の上に投げ出された。

トキは要を、要はアリスをそれぞれ庇い抱いて、雪原を勢いよく転がった。

「……要、アリス。大丈夫か？」

ようやく体が止まったので、トキが腕の中の要たちに声をかける。要は頷いてきたが、

「にゃあ！」

突如鼓膜を揺らした声に、トキは弾かれたように顔を上げた。

「？　トキ、どうかしたか」

「……分からない。アリスの言葉」

何を言っているのか、分からない。そう言うと、アリスはまたこちらを向いて頻りに鳴いてきたが、どう耳を澄ませても、にゃあとしか聞こえない。

それに、何だか……いやに体が震える。雪に触れている箇所がひどく痛い。

「それは……『寒い』って感覚だよ」

要が自分の着ていたコートで体を包んでくれながら、教えてくれた。

「『寒い』……人間は、こんなに敏感に感じるもん……あ。じゃあ、これは」

「『あったかい』」

冷えたトキの手を両手で包み込み、息を吹きかけながらまた教えてくれる。

「そっか。これが……『あったかい』これが……人間……」

トキは両の目を細めた。

自分は、彼らとは別の存在になってしまった。もう二度と会えないのだ。けれど——。

「……帰ろうか」

「え？　……ああ。そうだな。そんな格好じゃ、風邪引く……っ」

要がわずかに息を呑んだ。トキが要の手を握り返し、親指の腹で要の手の甲を、舐めるようになぞったからだ。

「恵比寿様の言うとおり、ここじゃ、さっきの続き……できないから」

耳元で囁くと、要の手が怯えるように震えた。視線も居たたまれないと言うように逸らす。

それでも、すぐ……赤らんだ頬で小さく頷くと、立ち上がって、トキの手を引いて来た。

その、かすかに震える緊張した指先が、あまりにもいじらしくて、可愛くて……この場で押し倒したい衝動を抑えるのに、えらく苦労した。


その後の要も、すごく可愛かった。

家に帰る道すがら、一言も喋ってはくれなかったけれど、ずっとトキの手を握りしめたままだったし、家に着くと、そのまま寝室に向かい、トキをベッドに座らせると、ナイトテーブルから何かを取り出し、無造作に放ってきた。コンドームとローションだ。

「こ、これで……最後まで、できると思う」

目を逸らしたまま、頭から湯気が出そうなほど真っ赤な顔で、そんなことを言ってくる。

「お前の、ことだ。こんな時でも、最初は痛いからって、やらない気だろ？　だから……ん」

好きな相手にこんなことをされて、我を忘れない男はきっと不能だ。

そんなことをちらりと考えて、要の口内を貪りながら、要をベッドに押し倒した。

「ト、キ……ん……は、ぁ。……ふ、ぅ……ぅん」

要の全てが可愛かった。トキとのセックスに備え、こっそり色々準備していたことも、トキに遠慮させないために、羞恥《しゅうち》で顔を真っ赤にしながらも、買っておいたアダルトグッズを差し出してみせるいじらしいところも、全部全部可愛い。

だから、要の体から緊張の強張りが消えるぐらい、濃厚なキスをした後、

「んぅ……っ！　トキッ？　……ゃっ。俺は、女じゃ、ないんだから、そんな……ぁっ」

シャツごとセーターをたくし上げ、要の胸に顔を埋《うず》めると、要は戸惑いの声を上げた。

「そうか？　けど……気持ちいいんだろ？」

ほら。と、兆しの見え始めた下肢を擦ってやると、要が小さく首を振った。

「それは……別、に……んぅっ、ふ……ぁっ。トキ……トキッ。ちょっと……待って……あ」

「うん？　どうして……んっ」

他に要のイイところがないか探しながら尋ねると、要はたどたどしく袖を握り締めてきた。

「俺は……俺も、お前に……気持ちいいこと、したいんだ。でも、こんな、の……ぁあ」

その声には、かすかに怯えの色があった。

きっと、要はこんなふうに一方的に抱かれるのが嫌なのだ。

抱かれる覚悟を決めたとはいえ、これまでノーマルで、男に抱かれたことがないから、男としての矜持《きょうじ》が悲鳴を上げるのだろう。

無理もないと思う。そして、実を言えば少し前まで、トキはそのことを気にしていた。だからできるだけ、要の男としての矜持を傷つけないやり方で、要を抱こうと思ってもいた。

でももう、無理だ。こんなに可愛い態度を取られまくったら、我慢なんかできない。

もっと要を気持ちよくしたい。もっと可愛い要が見たい。その衝動に突き動かされて、

「！　ぁ……トキッ。聞いて、るのか？　俺は……ぁ、あ、あっ」

要の制止を無視して、要の体を愛撫する。

耳、唇、首筋、胸、下肢……全身くまなく、感じるところを見つけたら、そこは特に念入りに、触って、舐めて、甘く噛んで――。

自分の愛撫にされるがままに身悶える要は、眩暈がするほど可愛かった。

普段非常に生真面目《きまじめ》で無愛想で、きっちりしてる……さながら修行僧のように禁欲的な風情を醸す要が、悩ましげに眉を寄せ、快感で濁る濡れた瞳で心細そうにこちらを見上げてきながら、火照《ほて》った肢体をいやらしくくねらせるのだ。そそらないわけがない。

だが、いよいよ……要が用意してくれたローションで濡れた指先で、要の秘部に触れた時。

「……ぁ、あっ。つめた……ゃっ！　……そ、こ……ん、ぅっ」

今までにないほど戸惑った声を上げる要に、言いようのない興奮が全身に走った。

「ココ……触られるの、初めてか？」

「あ、あ……当たり、前だろっ。そんな、とこ……女が、触るわけ……ああっ」

女。その単語を聞いた瞬間、なぜだろう。心は幸せに溢れていたはずなのに……。

「じゃあ、……ココは？」

縁をなぞっていた指先をゆっくりと内に潜り込ませながら、要の顔を覗き込む。

「この中に、指とか……挿入《い》れたのは……」

「あ、あっ。ソコはっ……や、め……ぁ、んんっ！」

ある一点を指先がかすめると、要の腰が勢いよく跳ねる。どうやら、ココがいいらしい。

「ト、キ……ま……待って、くれ。ソコ……そ、んなふうに、された、ら……は、ぁあっ」

腰をびくびくと震わせながら、目を白黒させる。その様子から、要がココを弄《いじ》られるのは未経験であることが容易に知れたが——。

「……そんな顔、したのか？」

「ぁ、あ……な、なに……？　ふ、ぁ……っ」

「初めて、高校の先輩を美術室で抱いた時」

スルリと、そんな言葉が口から漏れた。要の目が、大きく見開かれる。

「ど……して、それを……あ、あっ」

「大黒様から……要は、別にお前じゃなくたっていいし、初体験でも騎乗位で抱けるくらい、女が好きなんだから……男のお前からの好意なんか、気持ち悪いだけだって」

どうして、今こんなことを口走っているのか、自分でもよく分からなかった。

せっかく、夢にまで見た要とのセックスをしている最中なのに、こんな水を差すようなことを言うなんて、どうかしている。

だが、自分の愛撫に要があまりにも可愛い反応を示すものだから、自分以外の女にもこんな姿を見せたのではないかと思うと、何だか無性に腹が立つ。

「その顔、先輩に見せたのか……？　そんな可愛い顔、俺以外に……ふぐっ！」

苛立《いらだ》ちのままに口を動かしていると、おもむろに鼻を痛いくらい強く摘まれた。見ると、眦をつり上げ、口をへの字に曲げた要の顔があり、トキはようやく我に返った。

しまった。怒らせた。と、思ったのだが……。

「……それは、こっちの台詞だっ」

「……は？　……いでで！」

「なんでセックスもこんなに上手いんだっ？　本当、何人と犯《や》ったんだ、おま……あっ！」

あまりの剣幕にたまらず、指三本で奥を突いてやると、要は大人しくなった。だが、

「ムカ、つく……は、ぁっ。俺、以外と……ちく、しょ……ん、ぅっ」

まだ言っている。その姿を見ていると、

（……か、可愛い！）

何かもう、全部どうでもよくなった。いや、それよりも……と、トキは要の中に埋め込んでいた指を引き抜いた。

「ああっ。な、に……いき、なり……ん」

「なあ。……ゴムなしで、挿入れていいか？」

要の足を抱えながら尋ねると、要が小さく息を止めた。そんな要にトキは顔を近づける。

「お前が、俺以外の誰かと寝た記憶全部忘れるくらい……今すぐ、俺でいっぱいにしたい」

そう囁くと、要はそれだけで感じたように身を捩《よじ》らせた。

「あ……いい、けど……その前に、答えてくれ。お前、俺以外と、こういうこと……んっ」

「……お前だけ」

要の唇に口づけながら、トキは囁いた。

「俺の頭ん中、お前でいっぱいなのに……他の奴となんて、できないよ」

苦笑しながら言うと、要はくしゃりと顔を歪めながら、首に腕を絡めてくる。

「……来いっ。俺の体、お前で塗り潰してくれ」

背中に爪《つめ》を立てて、そう言うではないか。その言葉に簡単に煽《あお》られて、トキは声をかけるのも忘れて、猛《たけ》った自身を要に突き立てた。

「いっ！　……ぅ、んんっ」

要が背を撓《しな》らせ、呻《うめ》き声を漏らした。だが、下肢はそのまま、萎《な》えることなくそそり立っている。要が用意したローションがよかったのだろうか？

「ぁ……くっ。なんだ、これ……っ」

トキは思わず、悩ましい声を漏らした。

「かな、め……お前の中、……ヤバい」

「……ぁ、あっ。ト、キ……ちゃ……っ」

「……っ！」

突然耳に届いたその呼び名に、心臓が止まりそうになった。

「は、ぁっ。トキ、ちゃん……トキちゃんっ」

無意識なのか何なのか。要はその呼び名を連呼しながら、必死にしがみついてくる。

ここで、完全に理性が焼き切れた。

「ああ……要。可愛い……要っ」

本能の赴くままに腰を突き動かした。要の内部が熱く、ねっとりと絡みついてくる。奥へ奥へといやらしく蠢《うごめ》き、誘ってきて……こんな、脳髄まで痺れるような快感は初めてだ。

「あ、あ……いい、の……？　俺は、いい……んん、ぅっ」

切れ切れに要が訊《き》いてきたが、そんな要の口に舌をねじ込む。応えている余裕なんかなかった。要に触れる箇所全てが気持ちよくて、触れば触るほどよくなる一方だから、止まれない。

もっともっと要が欲しい。奥の奥まで繋がりたい。けれど、気持ちがいくら欲しがっても、体はすぐに快感の許容量を超えて、外に出たいと暴れ出す。

「ト……トキ、ちゃ……も、う……あ、んんっ」

「うん？　達きたい、のか？　じゃ……一緒、に……くっ」

出口を探して、互いに相手を追い上げる。

「……あああっ」

要が嬌声を上げ、勢いよく白濁を吐き出した。要の内部が、きゅっとトキのモノを食い締めてくる。

「ぁ、あ……く、ぅっ」

頭の中が真っ白になると同時に、トキも要の中に白濁を吐き出した。

そのまま崩れ落ち、要を抱き締める。要も身を寄せてくる。それきり二人は動きを止めた。

二人とも何も言わない。ただ、自分たちの獣のような息遣いを聞いていた。

けれどしばらくして、トキは異変に気がついた。腕にかすかな震えを感じる。

そちらを見遣り、瞠目《どうもく》する。要が身を硬くして震えているではないか。

「要っ？　どうしたんだ。……まさか、どこか怪我した……っ」

「……違う。俺は、嬉しいんだ」

嬉しい？　トキが首を傾げると、要がしがみついてきた。顔を押しつけられた胸に、濡れた感触を覚える。もしかして、泣いているのか？

「……わ、るい。さっき、お前……死んでてもいいって、言ったけど……やっぱり嫌だ」

「……要」

「勿論、死んでたってお前が好きだ。でも……死んだら、それきりだ。届かない。何もしてやれない。俺はまだ……たくさんあるんだ。お前と一緒にしたいこと、してやりたいこと……それで、お前にいっぱい笑って欲しいんだよ。……だから」

長生きしてくれな？　トキの手を握り締め、祈るように言ってくる。

その言葉と要の掌の感触に、トキは胸が熱くなって、要をきつく抱き締めた。

（要は……物好きだなあ）

重過ぎて害悪でしかないと言われる付喪神からの愛情を、こんなにも欲しがって……物好きとしか思えない。けれど、それでも――。


結局その後も、トキは要と熱烈に愛し合った。

トキはとても幸せだったが、要のほうは夜が明ける頃には声が嗄《か》れ、足腰が立たなくなって、ベッドから出られなくなってしまった。朝食に作ったスープを食わせてやりながら、トキはそのことを謝ろうしたが、その前に要に鼻を摘まれた。

「謝らなくていい。俺も、お前と……これくらい、抱き合いたい気分だったから」

「そうか？　でも、看病はさせてくれ。他に、何か欲しいものあるか？」

「……お前」

トキの袖を摘みながら、ぽつりと言ってくる。

トキは一瞬きょとんとしたが、見上げてくる要の瞳に不安の色を感じ取ると、持っていた皿とスプーンをナイトテーブルに置き、ベッドの中に潜り込んだ。

要を抱き込みながら、「黙ってたほうがいいか？」と尋ねると、要は胸に耳を寄せてきた。

「……どうしようかな。話したい気もするし、この音を聞いていたい気もする」

「心臓の音？　……ああ。今まではなかったもんな」

「結構、いい音だ」

独り言のように言いながら、トキの体に触れてくる。

トキはちゃんと生きている。そう、確かめるように……。おそらく、トキの体がバラバラに崩れ去った時のショックが、まだ抜け切っていないのだろう。

ちゃんと生きてるよ。言い聞かせるように、背中をゆっくり擦ってやる。

「……本当に、人間になったんだな」

しみじみと要は呟いた。そして、「これから大変だ」と息を吐く。

「お前の戸籍。どうやって作るんだろう。調べてみないと……あ、それなら、お前の苗字も考えないとな。何か好きな苗字とかあるか？」

「苗字？　うーん。そうだな……あ！　俺、要とおそろいの苗字がいい！」

「！　お、おそろいって……それは、ちょっと……いや、別にいいのか。偶々一緒だったってことにすれば。そうなると、汐見トキ……汐見トキか。……うん」

要が眉間に皺を寄せ、普段の五割増しの不機嫌顔で、頻りに独り言ちていた時だ。インターホンの音が下から聞こえてきた。郵便か何かだろうか。

「なあ。俺、出てみてもいいか？　人間になったわけだし！」

「ああ……まあ、いいんじゃないか？　……汐見トキ。……うん」

上の空ながら、要がそう言ってくれたので、トキはベッドを下り、玄関に向かった。

しかし、玄関の戸を開いても、外には誰もいない。もう帰ってしまったのだろうか？

残念と肩を竦めた時、足元にあるものを認めて、トキは目を見張った。

大きな封筒を担いだ四匹の九十九神たちが、こちらを見上げていたからだ。

「お、お前たち！　なんで、ここに……うん？　なんだ、この紙。……何々。『こいつらはお前の目付け役だ。死ぬまで丁重に扱うように。恵比寿』っ？」

茶碗から受け取った手紙を走り読んだトキは、弾かれたように顔を上げた。

「死ぬまでって……お前ら、いいのか？　だって、俺はもう……人間だから、お前らとは寿命が違うし、言葉だって分かってやれない……っ」

トキは口をつぐんだ。九十九神たちが担いでいた封筒を放り出し、トキの足にしがみついて泣き出したからだ。その姿は「トキのそばにいつまでもいたい」という思いを、切なくなるほどに伝えてきたものだから、トキは九十九神たちを拾い上げた。

「馬鹿だよ、お前ら。でも……ありがとう。すごく嬉しい」

一匹一匹撫でてやりながら、噛みしめるように囁く。

人間になれたことは嬉しいが、彼らと一生会えないのは寂しいと思っていたから。

「これからもよろしくな？　……あ、そうだ。要に、改めてお前たちを紹介しないと。きっと喜んでくれるはず……うん？　何だ。まだ何か……封筒？」

九十九神たちが指差す封筒を拾い上げる。

封筒にはでかでかと、「汐見要殿」と筆で書き殴られている。……この字、恵比寿の字だ。

（恵比寿様……要に、何を……うん？）

首を捻りながら九十九神たちと二階に上がろうとして、トキは足を止めた。柱の影からこちらの様子を窺《うかが》うアリスと目が合ったからだ。

アリスは目を合わせるなり、にゃあと鳴いてそっぽを向いた。それにトキは苦笑して、

「そんなとこで憎まれ口叩いてないで、こっちに来いよ、アリス」

そう言ってやると、アリスはピンと尻尾を立て、にゃあと鳴きながら駆け寄ってきた。

「うん？　分からないよ。けど、何言ってるか何となく分かるよ。俺とお前の仲だろ？　だから、大丈夫だ。俺たちは今までと同じ。何も変わらないから……そんな顔するなよ」

ほら、おいで。そう言って手を差し出すと、アリスは大きな目をうるうるさせながら、腕の中に飛び込んできた。

「よし、じゃあ皆で要のとこに行こうな。……うん？　はいはい。分かってるよ」

「別に、あなたと喋れなくなったこと、悲しんだりなんかしてなかったんだから！」と言わんばかりににゃあにゃあ鳴くアリスの頭を撫でながら、トキたちは要の元に戻った。

トキの肩に乗った九十九神たちを見て、要は最初驚いていたが、すぐに頬を綻ばせた。

「付喪神にしてやれなくて、悪かったな。これからは……トキが好きな者同士、よろしくな？」

「要、それ以上言うな。シーツが涙でぐしゃぐしゃになる。それと、これ。恵比寿様から」

「恵比寿様が、俺にか？　何だろうな」

首を捻りながら、要はトキから封筒を受け取り、封を開けた。

中には、たくさんの紙の束が入っていた。一枚一枚見ていくと、それは――。

「これは……戸籍謄本《とうほん》っ？　こっちは住民票……身分証明書まである！」

「？　要。なんか、メモみたいなのが落ちた……あ」

紙を拾い上げ、トキは思わず声を漏らした。

『トキを人間に転生させた責任として、人間としての身分を作ってやった。ありがたく使うように。恵比寿』

（……恵比寿様。何から何まで、ありがとうございます）

感謝の念を嚙みしめながら、トキが恵比寿からのメモに深々と頭を下げた……その時。

「なんだ、これ！」

突如、要が驚愕の声を上げた。

「名前の欄、見てみろよ。『恵比寿　大黒』って書いてある！」

「はぁっ？」

突き出された書類を受け取り、恵比寿が用意してくれた経歴を確認する。

名前は恵比寿大黒。父、恵比寿大《だい》。母、恵比寿黒子《くろこ》。恵比寿家の長男として生を受け、弁《べん》天《てん》幼稚園、布袋《ほてい》小学校、寿老《じゅろう》中学校、福禄寿《ふくろくじゅ》高校、毘沙門《びしゃもん》大学で学を修めた後、悟りを開くために、比叡山《ひえいざん》に籠り修業を重ね……云々《うんぬん》。

「こ、これって……あ」

『追伸。どうせなので、俺たちの広告塔として生きてください。参拝者の誘導よろしく』

「……恵比寿様」

メモ書きの追伸を見ながら呆気に取られていると、また紙切れが一枚零れ落ちた。

今度は何だと拾い上げてみると、「見かけ倒し眼鏡へ。大黒」などと書いてある。

猛烈に嫌な予感を覚えつつ、開いてみると……。

『なぜぬしがネコなのだ。ぬしのせいで、ぬしがタチになると賭けたわしの名が、恵比寿の下に……いや、さようなことはもうどうでもよい。問題は、ぬしがネコになると、トキの美しい一物がぬしの中に挿入《はい》って見えぬことだ！　ぬしに揺さぶられて揺れる、トキの一物を見るのが夢であったに……ぬしの粗チンなどどうでもよいのだ！　よいか！　次回からは必ずタチになれ。ぬしの一物にぴったり合う尻の穴に作っておいたゆえ……』

そこまで読んだところで、トキは紙をくしゃくしゃに丸めると、そっとゴミ箱へ捨てた。

相変わらず滅茶苦茶なんだからと肩を竦める。でもすぐに、トキは肩を揺らして笑った。

「何がおかしいんだ」

「はは……いや、俺は相変わらず、お二人によくしていただいていると思ってな」

「よく？　これのどこがだ。トキにはトキって名前があるのに、こんな……！」

「要。神様の世界じゃな。付喪神を人間に転生させるのは基本御法度《ごはっと》なんだよ。だから、広告塔とかそういうことにしておかないと、他の神様が納得しなかったんだと思う」

経歴に他の神様の名前がたくさん入れてあるのがその証拠だ。二人がただ目立ちたくて経歴を作ったのなら、そんなことはしない。

「説得、すごく大変だったと思うよ。それに、大黒様も……本人は涼しい顔してたけど、転生の法はものすごくエネルギーを使うから、今頃ヘロヘロなんじゃないかな」

かと言って、大黒のリクエストに応える気はないが、と内心思いつつ説明したが、要は何とも言えない表情を浮かべた。

「そういうことなら……でもな。恵比寿大黒ってのは、いくら何でも」

やっぱりちょっと納得がいかないらしい。そんな要を見ながら、トキは苦笑する。

（……分からないかな。これがどれだけすごいことか）

本当に、すごいことなのだ。

大黒と恵比寿は、人間に対して期待することをほとんどやめている。

生活が豊かになり、物が溢れ、何でもかんでも使い捨てが当たり前になっていく一方、心がどんどん貧しく、弱くなっていく人間たちに、変わらぬ思いを求めるなんて馬鹿げている。

そう……トキと同じように、人間に恋をして悲しい末路を迎えた付喪神たちを看取《みと》り続けるうちに悟って……いや、諦めたのだ。

だから、トキの恋を何度も諦めさせようとしたし、要のことも信じなかった。

けれど、二人は今、こんなにも信じている。要なら、トキの思いを受け止めることができて、トキを幸せにできると……いや。二人だけではない。自分もそうだ。

自分だって、要を信じていなかった。この命、生涯を懸けても構わないと思うほどに、恋焦がれながらも、どうせ自分の気持ちばかりが重い。要にとって、この思いは重荷で、迷惑以外の何物でもない。

後ろめたくて、虚しくて……そんな自分の気持ちに、目を背けることに必死だった。

だが、今なら――。

「こんな、紙に書くだけの名前なんて、俺はどうでもいいよ」

心から、要からの思いを信じることができる。

要も自分からの愛を欲していて、自分を必要としてくれているのだと思える。

「お前に触れてもヒビが入らなくて、お前と同じように歳を取って死んでいける体があって、お前が俺にくれたその名前で、俺を呼んでくれるなら……どうだって」

だから、これからは胸を張って生きていけると思うのだ。

要を好きだというこの気持ちに誇りを持ち、与えられたこの生涯を力の限り生きて、要を愛して、要と二人、いつまでもいつまでも――。

そんな思いを込めて微笑うトキに、要は「馬鹿」と小さく毒づきながら、すっと顔を背けた。けれどすぐ、少し赤らんだ顔を向けてくると、

「一生、呼び続けるよ。……幸せになろうな？　トキ」

天使のように柔らかく微笑んで、優しく抱き締めてくれた。

あとがき

はじめまして、こんにちは。雨月夜道と申します。このたびは、拙作「恋する付喪神」をお手に取っていただき、ありがとうございます。

今回出されたお題は、「ひたすら恋に生きる攻」でした。

そして、「ひたすら……ひたすらねえ」と思案する中出会ったのが、付喪神なる存在でした。「昔、器物は百年を経ると魂が宿ると考えられており、九十九年目で器物を破棄する習慣があった」云々。これを読んだ時、昔の人は本当に物を大事にしていたんだなあと感じ入るとともに……そこまで大事にしていても、魂が宿るのは困るから捨てちゃうのか。道具はそれをどう思うんだろう？　と考えて、何だか切なくなったり。

そんな矢先、陽の光で崩れ落ちる雪だるまを見て思いついたのが、今回の話です。

だから、設定は結構重かったり暗かったりなのですが、「日本の妖怪（神様）は大らかで愛嬌がある」という私の勝手なイメージにより、トキをはじめ妖怪の皆様は、基本明るくて愉快な感じになってます。まあ、闇や問題を抱えていても、それを微塵も感じさせない男にときめいてしまう私の萌えツボも多分に含まれていますが。

対する要。お互い負けず劣らず好き合っているというのが好きなので、トキとは別ベクトルで愛に生きる男になってもらいました。ちなみに、ムスッとしたキャラにしたのは、今回のイラストが金先生と伺ったからです。先生が描かれる「はぶてた」顔、好きなんですよね。

ということで、今回イラストをつけてくださった金ひかる先生。

疫病神より陰気な顔した受だの、○○頭巾だの、九十九神ちゃんだの、滅茶苦茶な注文ばかり出してしまいましたが、それぞれとても可愛く、かつ魅力的に描いてくださいました。

さらには、大黒様と恵比寿様まで！　描いていただけるとは思っていなかったので、感激しました。本当にありがとうございます！

編集様も、相変わらず無意識にグロ表現に走ろうとしたり、大黒様たちの場面で悪乗りし過ぎたりな私を宥め、最後まで面倒見てくださってありがとうございました。おかげさまで今回も無事、こうして形にすることができました。

アドバイスしてくれた友人たちにも感謝感謝であります。

最後に、ここまで読んでくださった皆さま、ありがとうございました。愉快な神様たちから熱く（？）見守られる異種間カップルを、少しでも楽しんでいただけますと幸いです。

それでは、またお目にかかれることを祈って。

二〇一五年六月　　　　雨月夜道

えびすさま
大黒さま

#『トキイロ。』

ある晴れた三月の昼下がり。

要《かなめ》は作業部屋で一人、紙に筆を走らせていた。

下書きさえない真っ白な紙に、心の中に思い描いた光景……春の陽気に誘われて花開いた桜花を、薄紅色の花びらから一枚一枚丹念に描いていく。

しかし、その筆運びは非常に早い。花びらの繊細な濃淡を表現するためには、絵の具が乾く前に次の筆を入れなければならないため、もたもたしていられないのだ。

一筆のミスも許されない。迷いも許されないという緊張感の中、全神経を研ぎ澄ませ、筆先に意識を集中させる。

時に慎重に、時に大胆に……まるで流水のように淀《よど》みなく、筆を走らせ続ける。

そして、最後の一筆を引き終わった刹那――。

(……あれ?)

要はふと、目を見開いた。

たった今描き終えた桜の上に、小さな影がひらりと舞い落ちてきたからだ。

顔を上げてみると、襖《ふすま》にちらちらと落ちていく雪の影が見えた。

どうやら降ってきたらしい。けれど障子からは依然、昼下がりの日差しが、紙の上に格子《こうし》模様を作るほどに降り注いでいる。

試しに掌《てのひら》をかざしてみると、温かな感触を覚えて……少しだが、春の気配を感じた。

（……春か）

いつの間に、そんな季節になったのだろう。まるで気がつかなかった。

最近、大変なことが立て続けに起こり過ぎていたから……。

そう思いながら筆を置き、要はふと、これまでのことを反芻《はんすう》させた。

＊＊＊

トキと初めて身も心も結ばれた朝。要の胸は、幸せではち切れそうになっていた。

感情の赴くまま激しく求められ、トキの感触でいっぱいになった気怠《けだる》い体。優しく包み込むように抱き締めてくれるトキの腕。自分と同じように鼓動するトキの心臓。

そして、心底幸せそうな、トキの柔らかな笑顔。

何もかもが嬉《うれ》しくて、幸せで……これから始まるトキとの人生に思いを馳《は》せていた。

『刑事さん、こいつです！　こいつが私を付け狙っていたストーカーですっ』

インターホンが鳴ったことを受けて、トキが玄関に向かったすぐ後、一階からそんな叫び声が聞こえてくるまでは――。

「間違いありませんか？」

「ええ！　間違いなくこの男です。ここ数ヶ月、私につきまとい、昨日私を殺そうとした……早く、この男を逮捕して」

「ま、待ってくださいっ」

要が体を引きずるようにして階段を下りながら叫ぶと、駐在所の警官が顔を上げた。

「あ、汐見《しおみ》さん。その歩き方……どこか具合でも？」

「はい……少し、体調を崩しまして。それで、その……これは、どういう」

まさか、トキと一晩中セックスしていて足腰が立たなくなったなどと言えるわけもなく、とっさに嘘《うそ》を吐《つ》いて状況を尋ねると、警官は肩を竦《すく》めてみせた。

「ええ。昨日の午後四時頃、近隣住民から『ナイフを持ってうろついている、不審な男がいる』という通報がありまして、銃刀法違反の罪でこの方を現行犯逮捕したのですが」

警官が隣にいたスーツ姿の初老の男に目を遣《や》る。男は懐から警察手帳を取り出して見せながら、話を引き継ぐ。

「逮捕当時、楠本《くすもと》さんはひどく取り乱しておられて、まともに話ができなかったのですが、今朝になって、『ナイフを所持していたのは、最近悪質なストーカーに付け回されて怖かったからで、昨日ナイフを持って走っていたのは、汐見要の家でそのストーカーに襲われそうになったから、ナイフで威嚇《いかく》して逃げていたため』と供述されまして」

「な……何、を……」

「……怖かったんです！」

警察の説明に絶句する要をよそに、楠本が警察に声を荒らげてみせる。

「何ヶ月も私を追い回して、嫌がらせをしてきたこの男が、突然目の前に現れて襲ってきたから、我を忘れるほど怖くなって……！」

両手で顔を覆い、体を震わせる。そんな楠本に、要は全身総毛立った。

要が昨日のことを警察に通報しなかったのをいいことに、この男は自分の過失をトキのせいにしようとしている。

昨日、トキの分身である打ち出の小槌《こづち》を傷つけ、トキを殺しておいて……！

(どこまで……どこまで腐ってやがるんだっ！)

腸《はらわた》が煮えくり返る思いがした。その時、指先に何かが触れてきた。

トキが、誰にも分からないようにそっと、要の指を摑《つか》んできたのだ。

こちらを見遣るトキの顔は、こんな状況であるにも関わらず、ひどく穏やかだった。ただ静かに首を傾《かし》げ、「どうしようか？」と、無言で尋ねてくる。

そんな……無邪気なトキの様子に、要は胸が詰まった。

トキは昨日人間になったばかりだ。だから、今の状況が理解できるわけないし、当然……打開する術《すべ》も何一つ知らない。楠本にされるがままだ。

そう思った瞬間。要の心の中に、楠本への怒りや嫌悪感とは別の感情が噴き出した。

(守らないと……俺が、トキを守ってやらないと!)

そんな決意の下、要はトキを見つめながらトキの手を握り返した。

トキはそれだけで、要の意図が分かったようだった。小さく笑って頷《うなず》くと、自分の手を握る要の手の甲を軽く二度、親指で叩《たた》いて、スッと手を離した。

トキが自分を信じて全部任せてくれた。

そのことに勇気づけられながら、要は一歩前に足を踏み出した。

「刑事さん、その人の言っていることは全部嘘です。彼はストーキングなんてしていませんし、何より……襲ってきたのはその人のほうです」

要がきっぱりと言い切った瞬間、トキ以外の全員が目を見張った。

「汐見さん、……どういうことですか?」

「言葉どおりです。昨日、家にやってきた楠本は、私にナイフで斬りかかってきたんです。そこへ彼、ト……恵比寿が居合わせたので、楠本は逃げた」

打ち出の小槌のことやトキの顔にヒビが入ったことなどは省略して、要は端的に説明した。

刑事が怪訝《けげん》そうに片眉《かたまゆ》をつり上げる。

「なぜ、通報しなかったんです？」

「気持ちの整理がつかなかったんです。でも、今日にでも駐在さんにご相談するつもりで」

「刑事さんっ！」

要の言葉を、楠本が悲鳴に近い声を上げて遮る。

「そいつの言うことを信じちゃいけません！　そいつはひどい狂言癖で、平気で嘘を吐く。ニュース見ませんでした？　私の請け負った仕事を、元は自分のものだったと『嘘』を吹《ふい》聴《ちょう》して回るような、卑劣な奴《やつ》で……っ」

「あんたは黙ってなさい。それで？」

楠本を制しながら先を促す刑事に、要は自分のスマホを差し出した。

「着信履歴を見てください。ほとんど楠本からです。十二月に着信拒否するまで毎日かかってきてた。パソコンのメールのほうにも……後でお見せします」

「うわ……。これはかなりの回数ですね。……もしかして、この家の場所も」

「勿論《もちろん》教えていません。昨日だって連絡もなしに突然やってきて、家に入れろと。それを断ったら、いきなり暴れ出しまして」

「嘘です！」

さらりと潜ませた嘘に、楠本が過剰に反応する。

「デタラメです、刑事さん。家に入ることを断られたくらいで、暴れたりなんか」

「ほう？　では、着信拒否までしている相手の住所を勝手に調べて、いきなり家にまで押しかけたことは本当なんですね？」

眉間《みけん》に皺《しわ》を寄せ、楠本に聞き返す刑事を見て、要は内心ほくそ笑む。よし、上手《うま》く行った。

「そ……それは……し、心配だったんですよ！　可愛《かわい》がってた後輩が、事故に遭って怪我をした上に、マスコミに叩かれたショックで田舎《いなか》に引きこもったんだから……刑事さんたちだって、一目でも会いたいと思うでしょう？」

「確かに。しかし、その可愛い後輩を『平気で嘘を吐く卑劣な奴』だなんて吐き捨てる神経は、理解できませんな」

「な……っ？」

「大体、悪質なストーカーに付け回されて、身の危険を感じていたと言うのなら、どうしてこんな人気のない……しかも、卑劣な奴だと思ってる人間の家に行こうと思ったんです？」

逆に聞き返された刑事からの問いに、楠本の目が泳ぐ。

「それは……だから……汐見は……卑劣でも、何でも……可愛い後輩なので、その」

「汐見さん、楠本さんに付きまとわれる心当たりはありませんか？」

打ち捨てるように、楠本から視線を逸《そ》らした刑事が、要に向き直り尋ねてくる。

要は慎重に言葉を選ぶ。ここが勝負だ。ここで、楠本を完全に嵌《は》める！

「おそらく、怖かったんだと思います。私が、あのことに気がついてるんじゃないかって」

「気がついてる？　何に？」

警官に首を傾げられ、要はいったん口を閉じた。そして、真っ向から楠本を見据えて――。

「楠本が、私を道路に突《つ》き飛ばして殺そうとしたことをね」

「！　殺そうとしたって……っ」

「黙れっ！」

目を血走らせた楠本が、胸倉を摑んできた。

「またデタラメ言いやがって、この野郎！　証拠もないくせにっ。名誉棄損で訴える」

「証拠？　ありますよ」

さらりと返すと、楠本が「えっ」と間の抜けた声を漏らした。

「証拠が……ある、だと？　何言ってる。そんなもの、あるわけ」

「先輩、変わった手袋をお持ちですね」

「……え」

「黒革で、手の甲のところに龍の刺繡《ししゅう》が縫ってある……なかなかお洒落《しゃれ》だ。それなのに、残念です。塗り立てのペンキに擦《こす》って、汚れてしまって……相当焦ってたんですね」

楠本はぎこちなく息を吞《の》んだ。

「なんで……なんで、そんな……」

「そりゃあ、この手にとって確かめたからに決まってるでしょう？」

楠本の顔がますます青ざめる。そんな楠本に、要は口角をつり上げてみせる。

「先輩、駄目じゃないですか。片方処分したからって満足しちゃ。しかも、うっかり残してしまったのが、ペンキがついたほうだなんてね。でもまあ、俺にとっては好都合だ。現場の建物に塗られたペンキと、手袋についたペンキの成分を調べれば」

「そんなわけない！」

要の言葉に、楠本は怯《おび》える声で絶叫した。

「ペンキのついた手袋も、俺がこの手で燃やして……灰だって海にばらまいたんだから、お前が持ってるわけ……っ！」

楠本は慌てて自分の口を手で塞《ふさ》いだ。だが——。

「楠本さん、今の言葉……どういう意味ですか？」

もう遅い。

警官の問いかけに、顔面蒼白《そうはく》になる楠本の顔を見届けると、要は刑事に向き直った。

「楠本の言うとおり、手袋は持っていません。でも、捜査には全面的に協力します。連絡先をお教えしますので、お聞きになりたいことがありましたら、そちらに」

「……ハハハ」

乾いた嗤《わら》い声があたりに響く。見ると、楠本が唇の端を目一杯つり上げた、薄気味悪い笑みを浮かべながら、ケタケタ嗤っている。

「何だよお、汐見。約束が違うじゃないか。事故のこと、黙ってるって言ったくせに……俺が何をしようが、構わないって言ったくせに、今更……今更、お前って奴は……っ！」

地面を蹴《け》り、楠本が襲いかかってきた。だが、すんでのところで、

「……がはっ！」

要を庇《かば》うように割って入ってきたトキに、楠本は突き飛ばされた。楠本が無様に尻餅《しりもち》を突く。そこをすかさず警官が取り押さえたが、楠本は抵抗をやめない。

「お巡《まわ》りさん！　見ました？　あいつ、俺に暴力を振るいましたよ！　現行犯で逮捕してくださいっ。今すぐ！」

「何言ってんだっ、自分のことを棚に上げて！　おまけに、怪我だってしてないのに」

「駄目ですか？　だったら……だったらこいつを研究所に送ってくれ！　こいつはね、一見ただの人間に見えるかもしれないが、恐ろしい化け物なんです！　昨日、顔中ヒビだらけにして、俺をハンマーで襲ってきたんだから」

必死に訴える。だが、それはあまりにも荒唐無稽な話だったものだから、

「精神鑑定でも狙ってるのか？　くだらない努力はやめることだな」

信じる者なんて、誰もいやしない。それでも、楠本は喚《わめ》くのをやめない。

「煩いっ。あいつを連れてけ！　汐見から引き離せっ。やっと……やっと見つけたんだ。汐見が失ったら困る……傷つくものを！」

警官に取り押さえられながらも叫んだ、楠本のその言葉に、要はわずかに眉を寄せた。すると、それを目ざとく見つけたのか、楠本が嬉しそうに顔を輝かせた。

「やっぱり。汐見、お前がここまで俺の相手をするってことは、相当そいつが大事なんだな？　だったら、そいつを寄越せ。俺は何もかも失うんだから、それくらいの見返りはあっていいはずだ。それでボロボロに傷ついて、二度と絵が描けなくなればいいんだ！　あはは……っ」

楠本は嗤うのをやめた。要がたまらず、楠本の胸倉を摑んだからだ。

「あんたは……あんたって人は、どこまで……！」

「要っ！」

思わず振り上げた要の手を、トキがとっさに摑む。

「やめろっ、要。こんなことのために、大事な商売道具を傷つけようとするな」

「煩いっ。たくさんだ。こいつに大事なもの踏みにじられて、傷つけられるのは、もう…っ」

「……え」

呻《うめ》くように漏らした要の言葉に、楠本が大きく目を見開いた。

「今……傷ついたって、言ったのか？　傷ついたって……汐見。傷ついた……のか？　俺のしてきたことで、お前」

「当たり前だろうっ」

ひどく間の抜けた質問に、要は吐き捨てるように答えた。

「あんたは……あんたの絵は、俺の憧れだったんだ！　それなのに、こんなことされて……傷つかないわけないだろうっ？」

血を吐くような声で叫んで、要は唇《くちびる》を噛《か》みしめた。長年楠本に抱いていた感情を、こんな形で吐露しなければならない今の状況が、あまりにもやり切れなかったのだ。

項垂《うなだ》れる要に、楠本は何も言わない。ぽかんと口を開け、呆然《ぼうぜん》と立ち尽くすばかりだ。

だが、しばらくして――。

「は……ははは……あははは！」

嗤い出した。

「憧れ……俺の絵が……汐見の……あの天才の、憧れ！　あは……あははは」

憧れだ！　俺の絵は、天才の憧れだあ！

目から涙を、口から涎《よだれ》をダラダラと垂れ流しながら、壊れたように嗤い続ける。

そのあまりに異様な姿に、要をはじめ、刑事たちも皆呆気《あっけ》に取られ、ただただ見つめることしかできない。しかし、ここで……指先に何か温かいものが触れてきた。トキの指先だ。

「大丈夫だよ、要」

「……え」

「この人は、もう大丈夫だ。要のおかげで……だから、そんな顔するな」

今の楠本に何を感じて、トキがそんなことを言うのか、要には分からなかった。

けれど……要を陥れ、自分を殺した男に向けるには、ひどく優しげなトキの笑みを見ていると、身の内で激しく燃えていた怒りの炎が、急速に冷えていくのを感じた。

（ああ……俺は、何を考えてるんだ）

トキを守りたくて、楠本に立ち向かうことを決めたのに、憎しみに駆られ衝動の赴くままに行動してしまっては、楠本の思う壺《つぼ》だ。

冷静になれ。本当に大変なのはこれからだ。


それからの、要の行動は早かった。

警察が楠本を連れて署に戻った後、すぐさま家に戻り、楠本から届いたメールなど、警察に提出するための資料をまとめたり、知人に片っ端から電話をかけて、刑事事件、またはマスコミ対応方面で優秀な弁護士を紹介してくれないかと頼み、色よい返事をもらえると、早速新幹線に飛び乗り、東京まで会いに行って……。

とにかく、自分にできる思いつく限りのことを実行した。

楠本はレギュラー番組を持っているほどの著名人だし、親が有力な資産家だと聞いたことがあるから、逮捕されれば必ず世間の注目を浴びる。

おまけに罪状が、数ヶ月前「楠本を妬《ねた》んで嫌がらせをしている最低の画家」として、マスコミが叩きまくった汐見要を殺そうとしたから、というセンセーショナルなものだから、マスコミはこぞってこの事件を取り上げ、面白おかしく報道するに違いない。

そうなれば、マスコミからの執拗《しつよう》な干渉、世間からの好奇の目が、容赦なく向けられる。

数ヶ月前の自分なら、あらゆるものから目を背け、家に引きこもり続けただろう。

最初から色眼鏡《いろめがね》でこちらを見てくる連中に、何を訴えたって無駄だし、傷つき、困っている姿を周囲に見られて、弱みを晒《さら》すのも嫌だからと。

だが、もうそんなことは言っていられない。

今の自分のそばには、トキがいる。そして、二人で一緒に幸せになろうと約束した。

だから絶対、世間から後ろ指を差されたり、人目を気にして家に引きこもるような生活を、トキに強いるわけにはいかない。

ようやく手に入れたトキとの生活を、こんなことで台無しにしてたまるか！

そういう固い決意があったから、楠本逮捕の報を受けて世間が騒ぎ出してからはよりいっそう、要はなりふり構わず奔走した。

どんなに恥ずかしくて言いづらいことでも証言して警察の捜査に協力し、適当なことを書かれないよう、無遠慮なマスコミの相手もし、楠本のことで怖い思いをさせてすまなかったと近所中に頭を下げて回って……やらなければならないことは山積みだった。

目が回るほど忙しい。だが、何をしてても、要の頭の中はトキのことでいっぱいだった。

マスコミからの干渉が顕著になり始めてからというもの、要は祖母の家を離れ、東京の自宅で寝泊まりするようになった。

取材陣に詰めかけられて、近所の住民に迷惑をかけたくなかったし、「汐見要には同性の恋人がいた」だ何だのと、マスコミに騒がれたくなかったから。

なので、トキは今、アリスや九十九神《つくもがみ》たちと一緒に祖母の家に籠もらせているのだが……心配でしかたない。

人間に転生したばかりのトキは、とにかく危なっかしい。

壁をすり抜けたり、空を飛ぶことに慣れ過ぎていたせいで、よく壁に体をぶつけたり、高いところから落ちて尻餅を突いたりしてしまう。

家の中なら微笑《ほほえ》ましいだけなのだけれど、街に出ると、うっかり車に轢《ひ》かれそうになったりして気が気ではない。

おまけに、トキの体自体にも問題があった。

「要！　ほらちょっと見てくれよ。『ワゴンお手玉』！　なんちゃって……」

「わぁあああ！」

二トン近くあるワゴン車をお手玉のように片手で放り上げる腕力は勿論のこと、垂直跳びで軽々十数メートル飛び上がれたり……人間離れにも程がある。

なんでそんな化け物じみた運動神経しているんだと問い詰めれば——。

「うーん。多分、そのあたり興味ないから適当に作ったからじゃないかな。茶碗たちの話によると、大黒様、俺の下半身の造型ばっかに気合い入れてたらしいから」

「そんないい加減な……てか、下半身ってどういう意味……わっ」

要は思わず声を上げた。トキが突然、要の体を軽々と横抱きに抱え上げてきたからだ。

「ハハハ。要、そんな顔するなよ。俺は嬉しいぞ！　こうして変わらず、お前をお姫抱っこできるんだからな」

……いや、そういう問題ではないのだが。

事の重大さをまるで理解していない能天気な答えに頭痛がした。

だが、トキの能天気さはこれだけには留《とど》まらない。

ある日、街に連れ出して買い物の仕方を教えていた時のこと。

「よし。これで物を買うやり方は分かったな？　じゃあ、これで何か買い物してみろ」

そう言って千円札を渡してやったら、

「要！　これ見てくれ」

十数分後、訳の分からない妙ちくりんな壺を抱えて戻ってくるではないか。

「お、お前……それ、どこで……」

「うん？　あそこの骨董屋《こっとうや》。すごいんだぞ？　俺がこの壺見てたら、店長さんが『本当は五百万するけど、お兄ちゃんカッコイイから千円にまけてやる』って言って、千円で譲ってくれたんだ！　五百万を千円にまけてくれるなんて……へへ、俺そんなにカッコイイか？　それか、要が買ってくれたこの服のおかげかな」

ホクホク顔でそんなことを言うトキに、要は眩暈《めまい》を覚えた。

前も、アリスにせがまれて作ったというブログデザインの、あまりのひどさに絶句したものだが、こんな……五千円渡すから引き取ってくれと言われたって、丁重にお断りしたいような壺に千円も出すなんて。しかも、見え透いたセールストークまで鵜呑《うの》みにして——。

……これは、自分がしっかりと導いてやらないと。

そう心に決めたのに、今はほとんど離れ離れ。

トキは今、何をしているだろう。毎日電話で言い聞かせてはいるが、変なセールスに引っかかったり、人前で十数メートル跳躍して、研究所か何かに連れて行かれていないだろうか。

心配で夜も眠れない。そんなある日のこと。

「要。俺、車の免許を取りに教習所に行こうと思うんだ」

トキの食料を補充するため、久しぶりに家に帰ると、トキがそんなことを言ってきた。

「免許取れば、俺がお前の代わりに買い物行ったり、色々できるだろ？」

「それは、そうだけど……でも」

壁に鼻をぶつけてばかりいるお前が車？　無理無理無理。絶対やめておけ！　そんな言葉が思わず出かけたが……、

「今のままじゃ、お前に悪過ぎる。お前は楠本のことを夜も寝ないで頑張ってるのに、こんなふうに俺の面倒まで見てさ。……楠本のことは、今の俺じゃ何の力にもなれないけど、せめて自分でできることは自分でやりたいんだ。だから」

いつになく真剣な顔で言われてしまうと、反対できなくなってしまった。

確かに、要に全ての面倒を背負わせ、自分はただ守られるだけ……なんて、トキのプライドが許さないだろう。それに、いつまでも家の中に閉じ込めておくのも可哀想《かわいそう》だ。

「……もう、壁にぶつかったりしなくなったか？　だったら……分かった。そうしてくれると、俺も助かる。でも……それだったら、お金下ろしに行かないと」

結構したはずだよなと、スマホで値段を確認しようとすると、トキが首を振った。

「大丈夫だ。自分で出すよ。俺今、六百万持ってるから」

「そうか？　まあ、それだけあれば十分……ええっ？」

要は思わず声を上げた。

「ろ、六百万って……嘘吐くな！　どこにそんな金が……っ」

言いかけ、要は口を閉じた。トキがポケットから通帳を取り出し、差し出してきたからだ。

いつの間にこんなものを作ったのだと驚愕《きょうがく》しつつページをめくると、確かに六百万入金されていたので、要は目を剝《む》いた。

「こ、この金……一体、どこから」

「ああ。この前買った壺があったろう？　あれを六百万で売ったんだ」

「はぁっ？　壺って……あの、訳の分からない不細工な壺が……？」

素《す》っ頓狂《とんきょう》な声を上げる要に、トキは朗らかに笑う。

「そんなふうに言うなよ。八百年前に作られた由緒正しい壺なのに」

「八百年前にって……なんでお前が、そんなこと」

「うん？　八百年前云々ってのはバイヤーからな。けど、いい壺だってのは分かった。ほら俺、元は美術品だからさ。いいものは何となくだけど分かるんだよ」

その言葉を受けて、要は改めてトキが壺を買ってきた時のことを思い返した。

「五百万もする壺を千円で譲ってもらった」とはしゃぐ様を見て、なんておめでたい奴なんだと呆《あき》れ返ったものだが、実際は——。

その後、さっさと車の免許を取ったトキは、時々ふらっとどこかへ出かけていくようになった。そして一ヶ月後には、一階で使っていない部屋を改装して、小さな骨董屋を開きたいなどと言い出した。

「世の中には、しまわれっ放しで悲しんでる道具がたくさんいる。そいつらを一つでも多く箱から出してやって、使ってもらえる人を探してやりたいなと思って」

「それは……いいことだと思うけど、こんなところに店を開いたって客なんか来ないだろうし、元手になる金は」

「大丈夫だ。店はネット販売を主軸にするつもりだし、金もこれくらいあれば足りるだろ？」

事もなげに言って、トキはまたも通帳を差し出してきた。

恐る恐る開いてみると、そこには八桁もの大金が印字されているではないか。

その数字の羅列に、要が絶句していると、

「これで、分かってくれたか？　要」

そんな言葉が耳に届く。顔を上げると、真面目《まじめ》な顔でこちらを見据えるトキと目が合った。

「俺のこと心配して、一々後ろを振り返ろうとするな。俺はそこにはいない」

「ト、トキ……」

「俺はお前と並んで生きるために人間になった。お荷物になるためじゃない。お前に手を引いてもらわなくても自分で歩けるし、人間世界のこともちゃんと分かってる。だから…わっ」

「馬鹿！」

大声で怒鳴りながら、要は体当たりする勢いでトキに抱きついた。

「馬鹿じゃないのか、お前。自分は一人でも大丈夫だって、俺を安心させるために、短期間でこんな大金……無茶なこと、してないよな？　辛い思いとか」

念を押すと、トキは要を抱き締め返し、要の頭を宥《なだ》めるように撫《な》でてきた。

「大丈夫。無理なんかしてない。約束したろ？　今度から辛くなったらすぐに言うって……うん？　信用できないか？　だったら、どうやって稼いだかちゃんと説明する。それで」

「……ありがとう」

トキの胸に顔を埋《うず》め、要はくぐもった声で呟《つぶや》いた。

「ずっと、怖かったんだ。お前はこっちの世界のことよく分かってないから、危ない目に遭ったり、余計に辛い思いをしてないかって……最近は、お前と一緒にいられなくて寂しいとか、そこまで頭が回らないくらい怖くて」

「……最近？」

「あ……じ、実は、これからもっと、ここに……帰ってこれなくなりそうなんだ。どうも先輩、俺以外の画家にも同じようなことしまくってたみたいで、騒ぎがもっと大きくなりそうで。だから……んんっ？」

トキの顔を見ようと顔を上げかけて、要は目を見開いた。突然トキに口づけられたからだ。

「……ト、キ？　どうし……ぅんっ！」

問いかけたが返事はなく、代わりに熱い舌を口内にねじ込まれた。

そのまま押し倒されて、無遠慮に口内を犯される。

体を掻《か》き抱かれながら、ねっとりと舌先で歯列をなぞられ、痺《しび》れるほど舌を嬲《なぶ》られる。

激しいキスに、ぎこちなく喉《のど》を鳴らすと、不意にキスが止まった。

「あ……悪い。……つい」

拙《つたな》い謝罪が降りてくる。目を開くと、頬《ほお》を赤くしたトキがひどくばつの悪そうな顔をして、そっぽを向いている。

どうやら、ますます会えなくなると聞いて、思わずがっついてしまったらしい。

そう思ったら、ひどくトキが愛《いと》おしく思えて、要はトキの首に腕を絡め、引き寄せた。

「……なあ。何か、俺にして欲しいことないか？　久しぶりに、お前の我《わ》が儘《まま》が聞きたい」

「我が儘……？　でも、お前……今、これからもっと忙しくなるって……ん」

「いいんだ。俺が聞きたいって言ってるんだから。……ほら、言えよ」

トキの顔中にキスの雨を降らせながら強請《ねだ》る。そんな要に、トキは苦笑した。

「そうか？　じゃあ……そうだな。……あ！　アリスの絵を描いて欲しい！」

しばしの逡巡《しゅんじゅん》の後、トキがおもむろにそう言ってきた。

「……アリスの絵？」

「ほら。前に、ブログ用に描いてくれたことあったろ？　あれを描いて欲しい」

そう言われ、要はようやく「あー」と声を漏らした。

トキが作った、絶望的にセンスがないブログを発見した後、要は他にいいデザインのものがないかとテンプレートを探し回った。だが、どうもこれだというものが見つからない。

そんな要を見て、トキが「要はどういう感じなのを探してるんだ？」と首を捻《ひね》るので、こういう感じの奴と、適当にマンガ風にアリスを描いて見せると、

——要、これいい！　これにしよう！

そう言ったかと思うと、せっせとその落書きを加工して、ブログデザインにしてしまった。加工を手伝った茶碗たちのセンスがよかったのか、なかなか様にはなっていたが、所詮はただの落書き。折を見て、ちゃんとした絵に差し替えようと思っていたのだが——。

「あの絵な、閲覧者にすっごく評判いいんだぞ」

「え……あれが？」

「ああ。『すごく可愛い』って。で、もっと見たいってコメントがいっぱい来てるんだ」

……そうなのか。世の中、何が受けるか分からないものだと、妙に感慨深く思ったが、

「分かった。そのくらいならお安い御用だ」

トキの腕から抜け出すと、要は早速何枚かアリスの絵を描いてやった。前に描いた時よりも、「可愛く」を意識して。すると、トキは大げさなくらい喜んでくれた。

「要、これもすごく可愛い！　あ……皆にも見せてくる！」

絵を持って一目散に部屋を飛び出していく。そして、ものの数分もしないうちに、アリスや九十九神たちと一緒に戻ってきた。

他の皆もすごく喜んでくれた。アリスは胸に飛び込んできて身をすり寄せ、九十九神たちは小さな体で感動を表現しようと躍起になって飛び跳ねる。

何もそこまで……と、思わなくもなかったが、悪い気はしなかった。ただちょっと、くすぐったくて落ち着かない。そう思っていると、包丁がパタパタとこちらに走ってきた。

小さな袋を差し出してくる。首を傾げながらも受け取ると、他の九十九神たちも駆けてきて、それぞれ袋を手渡してくる。

「それな、こいつらが要のために一生懸命作った薬だ。頭痛薬とか風邪薬《かぜぐすり》とか……アリスも、薬草探すの手伝ったんだよな？」

「……そうか。皆、ありがとう……っ」

言いかけて、要は口を閉じた。九十九神たちが滝のように涙を流しながら、膝《ひざ》にしがみついてきたからだ。その姿から、「こんなことしかしてあげられなくてごめんね」という彼らの気持ちがひしひしと伝わってきて、要が思わず唇を噛み締めると、

「大丈夫だ、要」

トキに、後ろから抱き締められた。

「全部上手くいく。だって皆、こんなにお前のこと好きなんだから」

お前を不幸になんて、させやしないよ。

その言葉は、トキたちの温《ぬく》もりとともに優しく、要の心に染み込んだ。

（……そうだ。トキの言うとおり……きっと、全部上手くいく）

トキと……この可愛い家族たちのためなら、自分はいくらだって頑張れるから。

と、その時は思ったが……どうも自分は、トキの言葉を理解していなかったらしい。

気がついたのは、それから程なくのこと、

『私が、ぜひにと襖絵の依頼をしたのは、汐見要さんただ一人です』

公福寺の住職が、その事実を公表してくれた時だった。

何でも、要に襖絵のことを依頼したすぐ後、住職は心臓の発作で倒れ、しばらく危険な状態が続いていたのだと言う。

だから当時、息子《むすこ》が襖絵の依頼を一方的に破棄したことも、楠本と結託しマスコミを使って要を陥れたことも何一つ知らず、要を助けることができなかった。

しかし、ようやく容態が安定し、その事実を知るや否や、自分たちの立場が悪くなることも構わず、事実を公表し、要の傷つけられた名誉を挽回《ばんかい》してくれた。

テレビの向こうで、病み上がりの体に鞭《むち》打ち、息子の罪を詫《わ》びながら、要のことを必死に擁護する住職の姿を見ると、目頭が熱くなった。

だが、味方をしてくれたのは、住職だけではなかった。

弁護士が教えてくれたのだが、友人たちが要に隠れて弁護士に労を惜しまず協力してくれたり、警察やマスコミに働きかけたりして、要のことを擁護してくれているらしいのだ。

要はプライドが高いから、こういう援助を快く思わないだろうからと言って。

しかもそのうちの数人は、数ヶ月前の件でもこっそり動いてくれていたと言うではないか。

慌てて名前を聞き出し、会いに行って礼を言うと、彼らは皆ひどく驚いた顔をしたが、最後には「お前にそう言ってもらえて嬉しい」と笑ってくれた。

「復帰、楽しみにしてるぞ。お前は皆の憧れだから」

憧れ。今まで何度も言われてきたが、要はその言葉を言われるのが嫌いだった。

なにせ、自分が絵を描くのは、訳の分からない使命感に突き動かされるがゆえのことで、楽しいとも好きとも思えなくて……だから、純粋に絵が好きな者に憧憬の眼差《まなざ》しを向けられると、何だか後ろめたくて、まともに見返すことができなかった。

だが、今は違う。絵を描くのが楽しくてしかたない。好きだと胸を張って言える。だから、

「……ああ。頑張るよ」

真《ま》っ直《す》ぐ相手の目を見て、そう返すことができた。そして、そうなって初めて気がつく。

――大丈夫だ、要。全部上手くいく。だって皆、こんなにお前のことが好きなんだから。

トキが言った「皆」とは、彼らのことも含まれていたのだと。

今まで、誰にも心が開けない自分では、誰も好きになってはくれない。心を繋《つな》げることもできずに孤独だと思い続けていたのに……自分にはこんなにも、自分のために心を砕いてくれる人間がたくさんいた。

自分が、気づいていなかっただけで……そう思ったら、

――憧れ……俺の絵が……汐見の……あの天才の、憧れ！　あは……あははは。

不可解でしかなかった、あの時の楠本の言動も、今更……おぼろげではあるが理解できた。

彼もまた、要のことで心を砕いていたのだ。

いくら、要への憎悪の炎で身を焼き、もがき苦しみながら罪を重ね続けても、要は何も変わらないし、そんな自分に気づきもしない。

それどころか、今まで散々陥れ、殺そうとした事実が露呈しても、「お前なんかと話すのは時間の無駄だ」と切って捨てられた。

あの時、彼の中に去来したのは、要への殺意と……深い絶望だったのではないか。

だから、要が初めて感情を剝《む》き出しにして、自分の気持ちをぶつけた時、あんなにも激しく、感情を爆発させた。

そして今、『さっさと身綺麗《みぎれい》になって、汐見要が憧れる俺の絵をたくさん描きたい』と言って、罪を洗いざらい自供し続けているのではないか。

——大丈夫だよ、要。この人は、もう大丈夫だ。要のおかげで……。

トキには、それが分かっていた。だからあの時、一切口出しをせず、要と楠本の動向を見守り、あんなことを言って……と、そこまで思ったところで、要は改めて、トキの視野の広さに感嘆した。

トキは要のことだけでなく、自分や要を取り巻くもの全てに目を向けている。

恩師である大黒たちは言うに及ばず、アリスや近所の住民、会ったこともない要の友人たち。そして、楠本に至るまで……彼らが自分たちにとってどういう存在で、何を思っているのか、しっかりと見極め、気を配っている。

好きなもの以外はどうでもいいと切り捨て、見向きもしない自分とはえらい違いだ。

でも……今回のことで思い知った。

トキだけに目を向け、トキだけを大事にしているだけでは、トキを幸せにはできない。

周囲から目を背け、いい加減に付き合っていたら、その皺寄せを受けるのはトキで……そもそも自分が平穏に暮らせていたのはひとえに、たくさんの人に支えられていたからこそだ。

だからもう、トキ以外どうでもいいと無視するのはやめる。真っ直ぐ世界を見据え、向き合っていく。それができて初めて、トキを大事にできるのだと思うから。

と、そういう結論に思い至ったから、要はトキの言葉を信じ、援助してくれる人たちと力を合わせて、事態の収拾に努め続けた。

そして、ようやく事情聴取が終わり、マスコミからの干渉も収まった頃――。

＊＊＊

要が絵の具皿に絵の具を継ぎ足していると、襖から控えめなノック音がした。

「入っていいぞ」と声をかけると、小さな段ボール箱を持ったトキが部屋に入ってきた。

「要。また新しい絵の具が届いた……わあ！」

襖を開くなり、トキが感嘆の声を上げた。

作業部屋の畳いっぱいに広げられた大きな紙に、桜、牡丹《ぼたん》、桔梗《ききょう》といった色とりどりの花々が所狭しと描かれていたのだから無理もない。

「すごいな！　ここだけ春が来たみたいだ。……何かいいことあったのか？」

察しのいいトキに、要は先ほど届いた住職からの手紙を差し出した。

「何々？　『確かに画風が大きく変わられましたね。それに、新しい画風にいまだ慣れていらっしゃらないようで、荒削りな印象を受けます。これでは、襖絵は頼めません。もったいなくて。なので、待たせていただけませんか。あなたが新しく見出《みいだ》されたこの画風が熟すまで……』おお！」

そこまで手紙を読んだところで、トキは声を上げ、要に飛びついてきた。

「よかったじゃないか、要！　住職さん、お前の新しい画風も気に入ってくれた……ふぐっ」

「『添えられていた桜の絵』ってなんだ」

「……へ？」

「俺はそんなもの、封筒に入れた覚えはない」

俺の習作を勝手に入れたな？　トキの鼻を摘《つま》みながら尋ねると、トキは「さ、さあ？　どうだろな」と慌てて視線を逸らした。だが、要が無言で見つめ続けていると、

「……怒ってるか？」

イタズラがバレた子どものような目をこちらに向けてくる。そんなトキに要は笑い、再び

トキの腕の中に体を収めた。

「確かに、まだ人に見せる段階じゃない絵を勝手に送るなんて、普通なら許せないが……ありがとう。お前のおかげで、俺はチャンスをもらえたんだ。俺の名誉を取り戻してくれたあの人に恩返しできるチャンスを」

ずっと、引っかかっていたのだ。自分の立場を悪くしてでも「汐見要の絵はいい！」と声を張り上げてくれた住職に、何も応えることができないなんて……と、楠本の事件が一応の収束を見せてからも、心の中で燻《くすぶ》り続けていた。

だから今、すごく嬉しい。そう言うと、トキも嬉しそうに笑った。

「それで、張り切ってこんなにたくさん描いたのか？　はは、要は相変わらず頑張り屋だな」

「え？　あ……うん。まあそうなんだが」

トキの胸に背もたれながら、要は難しい顔をした。

「花を描くのは、しばらくやめる」

「ええっ？　どうして。なかなかいい感じじゃないか」

「よくない。特に色。全然駄目だ。無機質で、素っ気なくて、生きてるって感じがしない」

自分の絵をばっさりと切り捨て、要はそばに置いてあった花の写真に手を伸ばした。

「やっぱり、写真を見て描くだけじゃ駄目だな。実物を見て、匂《にお》いや感触を、色をイメージしながら確かめて……なんだ？」

「うん？　いや……懐かしいなあと思って」

にこにこ笑いながら、トキがたくさん並べられた絵の具皿に目を向ける。

「昔もこうやって、いっぱい絵の具出して、あーでもないこーでもないって首捻ってたよな。まだ子どもなのに、すごい拘《こだわ》りだなって……あ！」

「？　今度は何だ」

「拘りで思い出した。お前昔、俺のほっぺの色を再現するとか何とか言って、俺の顔に絵の具を塗りたくってきたことあったよな」

「……そうだっけ？」

要が首を捻ると、トキは口をへの字に曲げた。

「そうだ！　何時間も延々と……しかも、『照れ笑いした時の色がいいから、トキちゃんずっと照れ笑いしてて』とか無茶苦茶言って……あの時はホントえらい目に遭った」

具体的にそこまで言われて、要はようやく思い出した。

「あーそう言えば、そんなこともあったな。けど、しょうがないだろ？　あれが一番、俺の好きな色なんだから」

悪びれずさらりと言い返すと、トキが思わずと言ったように息を呑んだ。

「い、一番……？」

「ああ。見るだけで、温かくて幸せな気持ちになれるからな。今でも一番好きだ」

「そ……そうなのか。へ、へえ……っ」

「だからな。今でもその色、ちゃんと作れるぞ」

妙にぎこちない返しをしてくるトキの腕から抜け出し、要は絵の具を手早く混ぜ合わせた。

「ほら。あれだけ拘っただけあって、ちゃんと再現できてるだろ？」

「う、うーん。『だろ？』って言われてもなあ。確かに綺麗な色だけど……肌の色にしちゃ、ちょっと赤過ぎないか？」

「お前はそれだけ赤くなるんだよ。ほら、こうして見れば……あれ？」

色の正確さを証明するために、トキの頬に一筆色を塗った要は、目を丸くした。作った色と頬の色が合っていなかったからだ。

「なんで……合わないんだ」

「ハハ。子どもの頃に作ったやつだからな。合わなくなっててもしかたな……うわっ」

「もう少し、白か？　それとも……こうか？」

トキの頬の上で色を作り始めた要に、トキは顔を引きつらせた。

「お、おい、要。まさか、また色を作るって言うんじゃ」

「当たり前だろ。この色は完璧に把握しておきたい……こら。頬が普通の色に戻ったぞ。早く赤くしろ」

「赤くしろって……じゃ、じゃあ！　俺を熱烈に口説《くど》いてくれ。そしたらすぐ、ゆでダコみたいに赤くなるぞ」

期待に目を輝かせながら、前のめりになってトキが提案してくる。

「口説け？　じゃあ……『好きだ』『大事だ』『俺にはお前だけだ』ほら、言ったぞ」

さあ赤くなれ。と、要はぞんざいに促した。すると、トキは照れるどころか顔を顰《しか》め、そばにあった絵の具を指先にすくい取った。

「愛がない！」

「わっ！　何するんだ、いきなり……わっ」

頬に絵の具を塗りつけられて声を上げる要に、トキはまた絵の具を塗りつけてくる。

「要、お前も一度顔を絵の具皿にされてみろ。大変なんだぞ。くすぐったいの我慢したり、肌《はだ》がふやけたり……ぷっ！」

突如、トキが盛大に噴き出した。

「ははは。か、要……可愛い！　アリスみたい。ははは」

可愛い？　アリス？　何のことだと壁にかけてある鏡を見て、要はぎょっとした。

自分の両頬それぞれに三本線が入っている。それはさながら、猫のひげのようで――。

何とも間の抜けた風貌《ふうぼう》に、要は猛烈に恥ずかしくなり、慌てて両頬を擦って三本線を消した。そんな要を見て、トキがますます笑う。

「この野郎！　人の顔で遊びやがって」

お返しだと、要もトキのように絵の具を指ですくい、トキの顔に塗りつけてやった。トキも「やったな！」と言いながら、またも絵の具を塗りつけてきて……。

大の大人《おとな》二人が一体何をやっているのだろう。頭の片隅でそんなことを思わないでもなかった。だが、ようやく……こんな馬鹿なじゃれ合いをトキとしてもよくなったのだと思うと、要はすごく嬉しかった。

トキもそう思っているようで、子どものように笑いながら、しばらくの間、お互い服が汚れるのも構わず相手に絵の具を塗りたくり、じゃれ合った。

だがふと、トキの手が止まった。

「ははは」

絵の具まみれになった自分の掌を見つめ、肩を揺らして笑う。どうしたのだと尋ねると、トキは「いや」と笑いながら、絵の具を指先にすくい取った。

「俺、筆としてこの世に生まれてきたけど、鑑賞用だったからな。本来の用途で使われたことが一度もないんだよ。だから、お前に使われる筆が羨ましかったんだ。お前と一緒に溜息《ためいき》が出るほど綺麗な絵を描いて、それが何百年も形に残る。なんて、素敵なことなんだろうって……？　なんだ、その手」

「手を貸せ」

「手？　手なんかどうする……っ」

首を傾げながら差し出してきたトキの手を、要はむんずと摑んだ。

「夢、叶《かな》えてやる」

そう言って、トキの人差し指を筆を握るように握ってみせる。トキは二、三度瞬きしたが、すぐ意図が分かったのか、苦笑を浮かべた。

「昔、憧れてただけだ。今は、別に」

「いいから」

俺の筆になってみたかったんだろ？　そう言って指を引くと、トキは要に摑まれている手の力を抜いた。

そんなトキの指先に絵の具をつけて、要はトキの指で絵を描いた。

トキの指を本当の筆だと思って、一筆一筆心を込めて紙の上にトキの指先を走らせる。

しかし、筆としてのトキは、非常に使いづらかった。

毛先と指先では勝手が違うのは勿論、絵の具でぬめった手は摑みづらいし、密着した体が邪魔で、ひどく描きにくい。

それでも、できるだけいい絵を描いてやろうと思って、一生懸命描いていたのだが――。

「！　トキ……ッ？　ど、どこ触って……っ」

「うん？　このほうが、描きやすいかと思って」

後ろから要の体を抱き込み、腹に手を回しながら、トキがそんなことを言ってくる。

「確かに……そう、だけど……ぁ」

「手も滑るから、こうしたほうが……よくないか？」

要の耳に唇を押しつけて、要の指に長く形のよい指を絡めてくる。

（……こ、こいつ！）

人がせっかく、夢を叶えてやろうとしているのに、邪魔なんかして！

怒ろうとした。けれど、なぜか口が開かない。それどころか、絡みついてくるトキの指や腕を振りほどくことさえできない。

「……要。手が止まってる」

吐息だけで囁《ささや》かれ、びくりと体が震える。すると、耳にかすかに笑う吐息を感じて、要は唇を噛みしめた。

（……馬鹿に、しやがってっ）

こうなったら絶対、このまま最後まで描き切ってやる。

いやらしく触れてくるトキの掌や唇を必死で無視しながら、要は手を動かし続けた。

程なく、要は何とか、薄紅色の桜の花を描き上げた。

「……ほ、ほら。描けたぞ」

掠《かす》れた声で声をかける。本当はしっかりとした声を出したかったが、少しでも気を抜くと、変な声が出てしまいそうだったのだ。

「うん！　すごいな。夢が叶った。……でも」

トキは自分の指で描かれた歪《いびつ》な桜と、筆で精密に描かれた桜を見比べて苦笑した。

「俺、筆に向いてないいな」

「……ああ、最悪だ。持ちづらいし、毛先の自由は聞かないし、それに……ぁ」

要は口を閉じた。トキの掌が服の中に入ってきたからだ。

「ああ。……ごめん。お前がこんなにそばにいるのに、我慢なんかできないや」

「お、前は……っ！　これ、くらい……我慢できない、のか……は、ぁっ」

おもむろに股間《こかん》を握られて、思わず嬌声《きょうせい》が漏れた。

「……勃《た》ってるな。腹撫でて、耳を舐《な》めただけなのに……はは。ホント、要は可愛いなあ」

「そ、れは……お前が、変なとこ……触るか、ら……んんっ」

仰向《あおむ》かされ、唇を塞がれる。服の中に潜り込んだ掌も、相変わらず肌の上を這《は》いずり回って……もしかして、このままここで？

まさかと思った。いつも、やたらに節度を守るトキが、こんなに明るい……しかも作業部屋で行為に及ぼうとするわけがないと。しかし、愛撫《あいぶ》の手は止まらなくて……先ほど、要が絵を描いているところを邪魔してきたことと言い、どうも最近のトキは今までと違う。

そんなトキに、要は戸惑った。けれど、やはりトキの手を振りほどけない。それどころか、トキに見つめられると視線に促されるままに目を閉じ、唇を開いてしまう。

……嬉しかったのだ。こんなふうに、トキに強引に求められて。

思えば今まで、トキは要のためになるようなことしか、しようとしなかった。要にとって都合の悪いことは絶対にしないし、要の夢を叶えるためならば、要と離れ離れになることだってできるし、要に辛《つら》い思いをさせたくないからと、自分の記憶を疵《きず》も残さず要の中から消してくれとさえ願ってしまう。そんな男だった。

でも、晴れて人間に転生してからというもの、少しずつだが、こういう……少し言い方は悪いが、自分本位な行動を取るようになった。

それが、ひどく嬉しい。だって、それでこそ……と、思った時。

「……昔、お前の筆に憧れていたのは」

ふと、愛撫の手を止め、要を抱き締めながら、トキが独り言のように呟いた。

「俺はお前の中に、何も残せないと思ったからだ。お前はゲイじゃないし、俺のこと覚えていないし、何より……神様の呪いとはいえ、お前は俺のこと忘れられる。だからせめて、お前の絵筆になって、お前と一緒にいた証を、絵の中に残せたらって……でも」

ここでトキは言葉を切った。そして一つ、自分を落ち着けるように小さな息を吐く。

「今は、筆になりたいだなんて思わない。知ってるから……お前も、俺と同じ気持ちだって」

「……同じ？」と、要が声を漏らすと、トキが要から身を離した。

要の顔を覗《のぞ》き込むと、少し緊張した面持《おもも》ちでこう言った。

「『俺はお前以外好きになれないし、お前がいなきゃ幸せになれない』」

要は大きく目を見開いた。だが、すぐに両の目を細めて頷いた。

「……そう、だよ。お前がいなきゃ、いくら絵が上手くなっても意味がないし、いい人たちに支えられて、穏やかに暮らせても、幸せだって思えないし……色さえ、満足に感じられないんだ。だから、ずっと俺のそばに……んぅっ」

突然、引き寄せられたかと思うと、唇に嚙みつかれた。

要は面食らったが、すぐにトキの首に腕を絡め、キスに応えた。

「好きだ……トキ。俺も、お前だけ……大好きだ……ふ、ぅ」

「ァ……ん、ぅ。要……ああ。お前は、どうして……そんなに可愛いんだっ」

切羽詰った声を漏らしながら、トキが要の服に手をかけてくる。

その性急な所作に煽《あお》られて、要も急いでトキの服に手をかけた。

服が邪魔だ。トキと、これ以上ないほど深く交わりたい。今すぐ……!

そんな衝動に突き動かされて、服を脱がし合い一糸纏《まと》わぬ姿になった二人は、花々が咲き乱れる紙の上で、激しく絡み合った。

そばに置いてあった絵の具皿がひっくり返り、全身絵の具塗《まみ》れになるのも構わず……いや。むしろ、絵の具に塗れれば塗れるほどに、要の心は昂揚《こうよう》した。

絵の具のぬめりが、いつもと違う快感を呼び起こして心地いいから?　……それもある。

けれど、一番刺激されたのは、視覚。

絵の具がついているから、トキが触れた愛撫の跡が肌に残る。それが、まるで――。

「ぁ、あ……なん、か……お前の、手……筆、みたい……は、ぁっ」

「筆？　……はは。お前、そういうプレイが好きなのか？」

「！　馬鹿っ。そんな、わけ……ぁあっ」

内部に埋め込まれていた指先を大きく掻き回されて、要は身を捩《よじ》らせた。そんな要を抱き起こすと、トキは自分の膝の上に要を座らせた。

「……要。見てみろ」

耳元で囁かれる。促されるままに目を上げて、要は目を見張った。

鏡に映る、あられもない姿の自分と目が合ったからだ。

「これなら……俺が、お前に何をどう描いたか、よく見えるぞ」

「ト、トキッ！　こんな、の……ぃ、や……っ」

あまりの羞恥《しゅうち》に、顔どころか体中真っ赤にさせながら、トキの腕の中でもがいた。しかし、

「大丈夫」

耳元でトキに熱っぽく囁かれた瞬間、体が動かなくなった。

「大丈夫だよ、要。怖くない。……大丈夫だから」

あやすように言いながら、トキが行為を再開させる。

トキの濡れた指先が舐めるように要の裸体を這い、線を描いていく。脇腹をくすぐる、いたずらな指先の引っ掻き。背中をなぞる滑らかな流線。尻《しり》を揉みしだく無遠慮な掌の跡。

いやらしく淫《みだ》らな愛撫の軌跡全てが、快感とともに体に刻まれていく。その光景と感触は、眩暈がするほど倒錯的で、淫猥《いんわい》で、綺麗で……要の理性をドロドロに溶かしていった。

「……紙に描くのと、どっちが上手い？」

要の白い太ももの内側に指先を這わせ、青い流線を描きながら、トキが尋ねてくる。要が甘い声を上げて身悶《みもだ》えると、トキは満足げに口角をつり上げた。

「……そうか。気に入ってくれて、よかった」

「ぁ……ト、キ。……ん、ぅ……俺、も」

「うん？　……何？」

「俺も……お前に、描きたい」

描く手を伸ばしながら要が掠れた声で訴えると、トキは笑みを深め、要の手を取った。

「じゃあ……上手《じょうず》に、描いてくれ」

そんな言葉とともに、手がトキの体へと導かれる。

トキの白い裸体に指先を当てる。そして、トキが自分にしたのと同じように、愛撫を描いていく。トキの全てを自分で描き埋めてやろうとばかりに浅ましく、執拗に。

「あ、あ……んっ。トキ……もっと、描いて……くれ。俺も……描く、から……んんっ」

ふしだらに絡み合う自分たちの姿を鏡で見ると、ひどく昂奮した。

互いが互いに、こんなにも全身塗りたくられていると言うのに、ちっとも満足できずに四《し》肢《し》を絡め、何度も何度も……相手に愛撫を塗りたくって……ああ。

脳髄が蕩《とろ》けそうだ。そう、思った時——。

「！　ぁああっ」

突如、全身を貫かれるような衝撃を受けて、要は背を撓《しな》らせた。

「……悪い、要っ。我慢、できなかった……っ」

「ト、キ……ぃっ、あ、ああっ」

強引にねじ込まれ、揺さぶられる。だが、十分に慣らされ、高まっていた体は大した痛みもなく、トキをすんなりと受け入れた。

目の眩《くら》むような快感が全身を犯す。

視界が明滅する。物の形さえ、上手く捉えられない。その代わり、色がよりいっそう鮮やかに、要の視覚を刺激する。

色が、溢《あふ》れる。

赤、青、黄、緑、紫、桃、白、黒、茶……色。彩。イロ。

色とりどりの色彩が入り乱れ、混ざり合い、弾《はじ》けて、きらめいて、要に迫ってくる。

それらは、どれもそれぞれに美しくて、要はうっとりと魅入った。

けれど一番、要の心を震わせたのは……あの色。

「ずっと……一緒に、いような？　要。……大好きだ」

綺麗に色づいた、トキの……頰の色。

（ああ……やっぱり、この色が一番好きだ）

見ているだけで温かく、幸せな気持ちになれる……トキが幸せを嚙みしめている証《あかし》の色が。

そんな思いを嚙みしめながら、要はトキとともに絶頂を目指した。


「……はは」

「なんだ」

「いや、改めて見ると……すごい惨状だなあって」

陽《ひ》が落ちるまで抱き合った後。絵の具が飛び散りまくった紙の上で、これまた絵の具塗れになって絡み合った自分たちを見て、トキが今更なことを言って笑った。

「自分でやっといて、何言ってんだ」

「はは、そうだな」

「でも」

「でも？」

「さっきの……すごくよかった」

またやろう。要があけすけに言うと、トキが驚いたように目を丸くした。

「？　なんだ。俺は何か変なこと言ったか……っ」

「いや……お前が可愛過ぎることに感動しただけだ」

要をぎゅっと抱き締め、頬ずりしてくるトキに、要は首を傾げる。

「変な奴。ああ、それと……今思ったんだけど、春になったら、皆で旅行に行かないか？」

「……旅行？」

「花を見たいんだ。お前とアリス、それから九十九神たちと一緒に。そうしたら……独りで見ていた今までよりずっと、綺麗だと思うから」

紙に描いた花に指を這わせながら言うと、その手に、トキが自分のそれを重ねてきた。

「すごくいい考えだ。皆で行こう。あいつらも、きっと喜ぶよ」

要の手を握りながら囁いてくるトキに、要は小さく頷いて、トキの胸に頬を寄せた……その時。

「にゃあっ！」

いきなり襖が開いたかと思うと、アリスと九十九神たちが飛び込んできた。だが、要たちのあられもない姿を見た瞬間。

「にゃ、にゃあっ？」

アリスは素っ頓狂な声を上げてひっくり返り、九十九神たちは慌てて目を小さな手で隠して……でも、しっかり指の間からガン見しながら右往左往した。

どうやら、外でずっと盗み聞きしていて、自分たちのことが話題に上ったから思わず入ってきた……というわけではないらしい。

と、慌てふためくアリスたちを見ながら要が思っていると、トキに服で体を包まれ、抱き寄せられた。

「お、お前たち！　入ってくる時はノックぐらいしろっ」

要を皆から隠すように抱き込みながら、トキが抗議すると、アリスが毛を逆立て牙を剥いて、トキに「にゃあにゃあ」鳴いた。

「その格好は何だって？　これは……あれだ。芸術がドッカンしてたんだ。なあ？　要」

「……まあな。それで、お前たちのほうは？　何か用があったんじゃないか？」

あまり突っ込まれたくなくて、要が早々に話をアリスたちに振ると、茶碗が我に返ったように立ち止まり、持っていた紙を差し出してきた。

見ると、それはメールのコピーだった。

「誰かからメールが来たのか？　一体誰から……え？　出版社っ？」

慌てて、文面を走り読む。

そこには、要の絵を添えたアリスの写真集を出さないかという文字が躍っていたものだから、要は驚愕《きょうがく》した。

「あ……ああ……な、なんで……」

「やったじゃないか、アリス！」

メールを読むなり、トキはアリスに飛びついた。

「一日十万アクセス行くようになったのに、なんでお呼びがかからないのかってヤキモキしてたけど、やっと」

「十万っ？」

トキの口から飛び出した単語に、要は声を上げた。

「十万って……あのブログが？　そんな……いつから」

自分が見ていた時は、一日高々百アクセスだったはず……と、要が戸惑っていると、

「え？　前に言ったじゃないか。要が描いたアリスの絵がすごく好評だったって」

「それは……聞いた、けど」

まさか、アクセス数を一千倍に跳ね上げるほど好評だったとは思うはずもなくて――。

（……全く。こいつといると、何が起こるか分からないな）

これまで抱いていた固定概念が、呆気ないほど簡単に突き崩されてしまう。

今までの自分なら、そのことをよく思わなかったろう。

いつ何が起こるか分からない日常なんて落ち着かないし、不安で嫌だ。

けれど、アリスたちと一緒に喜んでいるトキの笑顔を見ていると……ワクワクしてくる。

なにせ自分は、トキがそばにいてくれたら、いくらだって頑張れる。

だから、何が起こったって乗り越えていける気がするし、今まで絶対不可能だと思っていたことも、自分がただそう思っていただけかもしれないから、これからは何でも挑戦してみようというやる気が沸々と湧いてくる。

そう考えると、自分たちの未来が無限に広がっているような気がして、これからの日々が楽しみでしかたない。そして——。

「要、皆でお祝いしよう！　アリスの夢が叶ったことと、要の復帰に」

「……ああ」

その日々が、自分の一番好きなこの色で色づくよう、トキと生きていきたい。

嬉しそうにはしゃぎ回るアリスと九十九神に囲まれ、幸せそうに笑うトキの頰を掌で撫でながら、要は思った。

✦初出　恋する付喪神……………書き下ろし
トキイロ。…………………書き下ろし

雨月夜道先生、金ひかる先生へのお便り、本作品に関するご意見、ご感想などは
〒151-0051 東京都渋谷区千駄ヶ谷 4-9-7
幻冬舎コミックス　ルチル文庫「恋する付喪神」係まで。

幻冬舎ルチル文庫
恋する付喪神

2015年6月20日　　第1刷発行

✦著者	雨月夜道《うげつ やどう》
✦発行人	伊藤嘉彦
✦発行元	株式会社 幻冬舎コミックス 〒151-0051 東京都渋谷区千駄ヶ谷 4-9-7 電話 03(5411)6431［編集］
✦発売元	株式会社 幻冬舎 〒151-0051 東京都渋谷区千駄ヶ谷 4-9-7 電話 03(5411)6222［営業］ 振替 00120-8-767643
✦印刷・製本所	中央精版印刷株式会社

✦検印廃止

ISBN978-4-344-83475-0　C0193　Printed in Japan

本作品はフィクションです。実在の人物・団体・事件などには関係ありません。